SÉCURITÉ ABSOLUE

Paru dans Le Livre de Poche :

L'Armure de vengeance
Avis de tempête
Baignade accompagnée
Bunker
La Captive de l'hiver
Les Cavaliers de la pyramide
1. Les Cavaliers de la pyramide
2. Le Jardin des idoles
La Chambre indienne
Le Château des poisons
Le Chien de minuit
Conan Lord
Les Emmurés
Les Enfants du crépuscule
L'Enfer, c'est à quel étage ?
La Fille de la nuit
Iceberg Ltd
Le Labyrinthe de Pharaon
La Main froide
Le Manoir des sortilèges
La Mélancolie des sirènes par trente mètres de fond
Le Murmure des loups
Le Nuisible
Pèlerins des ténèbres
La Princesse noire
Les Prisonnières de Pharaon
Le Sourire noir

SERGE BRUSSOLO

Sécurité absolue

LE LIVRE DE POCHE

Avertissement

Ce roman étant un strict produit de l'imagination de l'auteur, toute ressemblance – de quelque nature que ce soit – avec des personnes existant, ou ayant existé, ne serait qu'un pur effet du hasard.

ISBN : 2-253-11617-3 – 1re publication – LGF
ISBN : 978-2-253-11617-2 – 1re publication – LGF

1

Il avait vu venir la tempête, il l'avait vue naître au fin fond du désert, il avait vu le vent la fabriquer derrière les dunes et les collines arides, là-bas, sur la ligne d'horizon. Maintenant elle courait vers lui, elle chargeait, tel un animal énorme noyé au sein d'un nuage de poussière. Il la regardait venir, sans bouger, abattu dans son grand fauteuil de cuir qu'il avait fait pivoter pour fixer l'immense baie vitrée occupant toute la paroi sud de son bureau. C'était comme l'écran d'un téléviseur gigantesque aux images merveilleusement vivantes. Un panneau de polycarbonate analogue à celui employé dans la confection des carlingues d'avion de chasse, et capable de supporter des pressions fantastiques.

Recroquevillé dans la coquille du fauteuil en peau d'autruche, il se préparait au choc, attendant le moment où la bourrasque percuterait de plein fouet le donjon de la résidence.

Le « donjon », c'était toujours ainsi qu'il désignait la plus haute tour du complexe d'habitation qu'il avait fait surgir de terre, en plein désert Mohave. C'est là qu'il avait installé son bureau, « au sommet de la plus haute tour », comme on avait coutume de dire dans les romans d'aventures médiévales qui avaient bercé son enfance. Et comme disait Polly, jadis, dans une autre vie…

Les yeux écarquillés, il voyait s'enfler la tempête avec angoisse, car c'était par un jour semblable que Polly avait été assassinée. La mort avait choisi de se laisser porter par la bourrasque. Elle avait plané, invisible au cœur des nuages noirs, regardant défiler sous son ventre les toits des buildings de Los Angeles, écueils cubiques noyés dans la brume du smog. Chaque fois qu'il y pensait, il l'imaginait sous la forme d'un oiseau sans plume, d'un volatile aux ailes de cuir, à la peau sillonnée de veines arborescentes, tels ces ptérodactyles de la préhistoire dont il avait pu voir des reconstitutions au muséum d'Histoire naturelle. C'était une image morbide et naïve, tout droit sortie d'un film d'épouvante pour adolescents, mais il ne pouvait se l'arracher du crâne. Un oiseau gigantesque, les pattes souillées par le goudron des marées noires, une bête enduite de pétrole, mais qui volait quand même, cherchant un perchoir pour se poser… et se nourrir. Est-ce qu'on était en train de devenir fou lorsqu'on se mettait à penser des choses pareilles ?

Il se raidit, et ses ongles s'enfoncèrent dans les accoudoirs du fauteuil. Il ne devait plus songer à tout cela. Pourquoi se torturait-il ainsi alors qu'il lui suffisait de presser un bouton pour activer les cristaux photosensibles qui obscurciraient la baie vitrée en quelques secondes, lui donnant l'aspect d'un mur gris, parfaitement opaque ? On disait de lui qu'il était un génie de la domotique, un architecte visionnaire ; il n'avait qu'à tendre la main pour obturer la fenêtre ouverte dans la muraille… mais il demeurait paralysé, incapable de bouger.

À présent la tempête lançait ses premières gifles de sable à l'assaut. Les grains crépitaient sur la paroi vitrée, chevrotine de silice qu'on sentait animée par la volonté de faire mal. Quelqu'un qui aurait commis à cet instant la folie de sortir nu sur sa terrasse aurait eu l'illusion de rouler dans un cylindre de papier de verre. Les bourrasques lui auraient mis la peau à vif en l'espace de quelques secondes. Lorsqu'on était pris dans une pareille tempête, on avait l'impression de se noyer au sein d'un océan sec et râpeux. On devenait aveugle et muet. Si l'on ouvrait la bouche, la poussière vous remplissait aussitôt la gorge, vous étouffant. Si l'on soulevait les paupières, les grains de silice vous lacéraient les globes oculaires, et les cristaux de sel prélevés par le vent à la surface des lacs asséchés avivaient la douleur, vous faisant perdre la tête et tourner en rond.

Il s'appelait Ernst Julius Noman ; il avait cinquante-deux ans. Il avait bâti cette cité futuriste que personne n'habitait encore à part lui-même et une armée d'ouvriers. Et Patti, également. Patti Grizzle, cette petite journaliste speedée qui prétendait vouloir rédiger la biographie de celui qu'on surnommait « King » Noman. Dans les revues spécialisées certains chroniqueurs parlaient de lui comme d'un grand artiste, d'autres l'accusaient d'avoir réactualisé l'architecture fasciste monumentale des pires heures du IIIe Reich.

En cette seconde précise, il avait peur. Il attendait le moment où la tempête envelopperait la cité de son nuage hurlant, ne laissant plus rien deviner du paysage s'étirant jusqu'à la ligne d'horizon. Parfois, lorsque les conditions météorologiques se détérioraient, il se préparait au choc, persuadé que la tour allait basculer comme une quille de bowling, que la bourrasque allait la déraciner à la manière de ces arbres qu'arrachent les ouragans. Elle s'écroulerait au ralenti, et ses milliers de tonnes de béton exploseraient en touchant le sol, projetant leurs débris à des kilomètres à la ronde. Peut-être certains de ces blocs rouleraient-ils jusqu'à Los Angeles, laminant les faubourgs de la ville ?

Il avait toujours détesté Los Angeles, et lorsque Polly, sa jeune épouse, avait émis le souhait d'habiter au sommet d'une tour, en plein centre de la cité, il avait d'emblée éprouvé un mauvais pressentiment. À partir du trente-cinquième étage on vivait au cœur même du smog, à l'intérieur d'un nuage de pollution permanent. On avait beau se coller le nez contre la vitre, on ne parvenait pas à discerner autre chose que ce coton grisâtre qui tapissait vos fenêtres.

— J'ai l'impression d'être perdu en mer à bord d'un paquebot qui dérive au milieu des glaces, marmonnait Noman chaque fois que le smog s'abattait sur la cité. Regarde, on ne voit même pas l'immeuble d'en face !

Ce n'était pas tout à fait vrai, en plissant les yeux, on réussissait à discerner une ombre haute et noire à travers la brume, mais cette silhouette, qui évoquait celle d'un iceberg se rapprochant dangereusement d'un paquebot aveugle, n'avait rien de rassurant.

— Tu as trop d'imagination ! s'esclaffait Polly. Moi, je trouve ça amusant d'habiter un nuage, comme les fées des contes. On se sent loin du monde. Coupé de la folie qui règne dans les rues. J'ai écrit une histoire là-dessus : la petite fille kidnappée par un cumulonimbus, tu te rappelles ? Elle apprenait à vivre sur son nuage comme sur une île déserte…

C'était une mince jeune femme au visage constellé de taches de rousseur et dont les cheveux blonds avaient des reflets roux. On disait d'elle qu'elle faisait très anglaise. Elle avait une peau laiteuse, des grimaces de fillette taquine. Elle avait vingt-cinq ans et écrivait des contes pour les petits qui connaissaient un succès d'estime. Elle vivait dans un monde peuplé de lutins farceurs, de fées, d'enchanteurs, de dragons endormis. C'était une femme enfant, anachronique, aux antipodes des *career women* que Noman fréquentait à longueur de journée, et qui se donnaient tant de mal pour être « plus dures que les mecs ». C'est pour cela qu'il l'avait épousée. Mais l'immeuble… Jamais il n'aurait dû accepter d'y louer cet appartement trop vaste, situé au dernier étage.

— Si ! avait insisté Polly. Il y a un jardin sur la terrasse. Je pourrai écrire au milieu des fleurs. Ce sera super pour mon inspiration !

Un jardin ? Un simple morceau de pelouse suspendu cent mètres au-dessus des trottoirs crasseux, une fontaine de marbre où nageaient des poissons rouges amorphes. Mais ce bout de verdure posé sur le béton comme de la confiture sur une biscotte avait enchanté Polly. Et puis elle aimait le smog. Elle était probablement la seule personne dans tout Los Angeles à aimer ce fléau né du trafic trop intense qui encombrait les voies à grande circulation.

Un vieil immeuble, oui, sur la peau duquel chaque tremblement de terre avait laissé une marque de son passage. Noman avait grimacé en découvrant les grandes lézardes sillonnant les parois de la cage d'escalier. Et puis il détestait cette ornementation rococo : colonnes à cannelures, gargouilles dressées aux angles des terrasses.

— Oh ! se désolait Polly, c'est si charmant, tellement « Métropolis », tu ne trouves pas ? Un vrai décor de film d'épouvante.

Il bougonnait, ravalant sa hargne et ses craintes. Il avait deux fois son âge. Il ne voulait pas jouer les rabat-joie, les vieux époux grognons. Elle était encore à cette époque de la vie où l'on trouve l'inconfort amusant, pittoresque, où l'on se réjouit de devoir dormir à même la moquette ou de manger avec ses doigts. Et puis elle était tellement dans la lune... C'est vrai que cet appartement noyé de brume lui convenait tout à fait avec son parquet en séquoia rouge, son ameublement *Early America* de faux pionnier de l'Ouest.

Polly, elle aimait les jouets mécaniques, en tôle peinturlurée. Les ours qui battent du tambourin, les nègres qui jouent de la trompette. Noman courait les antiquaires pour s'en procurer. Des ferrailles pleines de rouages rouillés, qui valaient une fortune, et qui coûtaient encore plus cher à restaurer. Elle les entassait sur les étagères de la bibliothèque, entre sa collection complète des ouvrages de Béatrix Potter, ses romans d'Heroic-Fantasy, les mille et une éditions de *Peter Pan* dont elle s'appliquait à acquérir le moindre des avatars. Noman l'aimait pour son inadaptation au réel. Sans lui elle serait morte, asphyxiée par le quotidien. Elle aurait dû se préoccuper de gagner sa vie, *réellement*, se plonger dans la comptabilité, se casser les ongles sur les touches d'une machine à calculer.

C'est elle qui avait choisi l'immeuble, pour son aspect vieillot, sa vétusté.

— N'ayez aucune crainte, avait expliqué l'agent immobilier, c'est très bien habité. Pas de Noirs, ni de latinos. Les loyers élevés garantissent une population WASP à cent pour cent. Il y a, je crois, des journalistes, des professeurs d'université, un historien, plusieurs stylistes qui travaillent pour les boutiques de Rodeo Drive.

... Et le smog, aurait-il dû ajouter. Le smog qui les attendait au trente-cinquième étage, cocon de fumée blanche enveloppant le faîte de la maison.

— C'est parce qu'il fait humide, aujourd'hui, avait éludé le bonhomme. Quand le temps est sec, ça se dissipe. En Californie, nous bénéficions, je vous le rappelle, de 350 jours d'ensoleillement par an.

— Ça ne me dérange pas, le brouillard, avait lancé Polly en haussant les épaules. Je trouve ça... *romantique*.

Elle avait marché jusqu'à la rambarde entourant la terrasse pour jeter un coup d'œil dans le vide. On ne voyait rien. Au-delà de trois mètres le regard se perdait dans la blancheur des volutes. Noman avait grimacé. Le smog lui rappelait ces écrans de fumée dont s'entouraient les porte-avions, lors de la guerre du Pacifique. Il avait pensé : une sécurité trompeuse. On se croyait protégé, en réalité on ne voyait pas l'ennemi s'approcher.

C'était exactement de cette manière que les choses s'étaient passées.

Il n'avait pas su dire non. Il avait pourtant tenté quelques objections : le portier trop vieux, somnolant derrière son bureau. Un retraité de la police, obèse et rhumatisant, qu'on imaginait mal faisant le coup de poing en cas d'alerte. Et puis, la proximité de plusieurs taudis qui surgissaient tout à coup du brouillard lorsque le smog daignait se dissiper. Des *slums*, ou assimilés, des immeubles pourris sur les toits desquels on élevait des lapins et des poulets. Il les avait examinés à la jumelle. Cette inspection lui avait permis de repérer quelques cahutes de carton bâties par des clochards campant entre les antennes de télévision. Des bandes de jeunes, aussi. Des types qui passaient leurs après-midi à bronzer nus, la bite au vent, et n'enfilaient leur slip qu'au passage des hélicoptères de la police urbaine. Des gigolos, ou des putes mâles qui fignolaient leur bronzage avant d'aller racoler le micheton sur Hollywood Boulevard.

— Je vais faire blinder la porte, avait-il proposé. Je n'ai pas confiance dans ce gardien. Il se bourre d'analgésiques à cause de son arthrite ; conséquence : il dort debout la moitié du temps.

Polly avait soupiré.

— Si tu veux ; j'aurais l'impression de jouer les prisonnières de la tour, mais si ça peut te rassurer.

Elle ne prenait pas ses craintes au sérieux. Elle y voyait les effarouchements d'un monsieur au bord du vieillissement, s'effrayant soudain des transformations d'un monde qu'il ne comprend déjà plus. Il n'osait pas insister, de peur de passer pour un barbon et un couard, mais au fond de lui-même, il ne cessait de se répéter que Polly ne connaissait rien aux grandes villes. Elle avait vécu jusqu'alors dans un village du Maine où tout le monde se connaissait. Un village à la Walt Disney, rempli de charmantes maisonnettes.

Il avait fait blinder la porte… mais le danger n'était pas venu par l'ascenseur.

Il avait eu raison de se méfier du brouillard lors de la première visite. Du brouillard et des maisons voisines, trop rapprochées, de ces minces fossés séparant les immeubles les uns des autres. Des fossés qu'on pouvait franchir en prenant son élan et en sautant au-dessus du vide. Un voyou en bonne condition physique, nanti de cuisses bien musclées, pouvait ainsi se déplacer de toit en toit en bondissant à l'horizontale, au-dessus de la fourmilière des rues. D'ailleurs, lorsqu'on se donnait la peine d'examiner la géographie environnante à la jumelle, on n'avait guère de mal à localiser, ici et là, des passerelles de fortune jetées entre les immeubles. Certains soirs, quand la visibilité le permettait, il lui était arrivé de suivre les évolutions d'une bande de jeunes qui, par défi, sautaient de toit en toit en prenant chaque fois moins d'élan. À plusieurs reprises, il s'était attendu à les voir manquer leur coup, mais jamais ils ne basculèrent dans le vide. Souples comme des singes, ils se recevaient sans mal, frôlant l'abîme de quelques centimètres à peine. Il fallait les voir jouer les funambules le long des corniches, remonter à cloche-pied le parcours sinueux d'un parapet. Leur inconscience mettait Noman au bord de la transe. Il se préparait à les voir perdre l'équilibre, plonger dans le vide en battant des bras, mais le drame ne se produisait jamais. Qu'est-ce qui restait de vous après une chute de cent mètres ? Il n'en savait rien. Depuis qu'il était architecte, il n'avait jamais été témoin d'un accident mortel. Les charpentiers ne faisaient jamais de faux pas.

Le soir, avant de se coucher, il allait vérifier à plusieurs reprises si la porte était bien verrouillée, une habitude qu'il avait contractée à New York. Depuis quelque temps, il prenait conscience qu'il haïssait les villes, paradoxe gênant pour un homme qui faisait métier d'ériger des gratte-ciel.

Il admirait l'insouciance de Polly. Elle restait imperméable à la grande psychose citadine, incrédule même, et lorsqu'on lui racontait une histoire de femme agressée sur un parking ou dans la cabine d'essayage d'un grand magasin, elle laissait échapper un « C'est vrai, ça ? » qui avait le don de plonger Noman dans une fureur froide. La drogue, les tueurs fous, les tireurs embusqués, les violeurs hantant les grandes aires de stationnement semblaient à Polly des accessoires de série télévisée, rien de plus. Dans son esprit, ils étaient à peu près aussi crédibles que les soucoupes volantes ou les envahisseurs à tentacules verts des feuilletons pour adolescents. Elle venait d'un endroit où l'on ne fermait jamais la porte de sa maison lorsqu'on allait faire les courses, où l'on dormait au rez-de-chaussée, la fenêtre ouverte, sans jamais craindre de se réveiller, un couteau sur la gorge. Elle venait d'un monde mythique qui ignorait la peur, un endroit où les fusils de chasse ne servaient encore qu'à tuer les cerfs et les ratons laveurs.

Pour lui éviter d'avoir à descendre au sous-sol, Noman avait fait installer une machine à laver dans la salle de bains.

— C'est bête, avait protesté Polly. La laverie, c'est un endroit convivial où l'on rencontre des gens, où l'on peut faire connaissance avec ses voisins. Quand on discute entre femmes, laver le linge cesse d'être une corvée.

Mais Noman avait visité la laverie en question. Noire, enfouie dans les fondations de l'immeuble, il l'avait trouvée sinistre. Un coupe-gorge qui puait la lessive et le linge moisi. Une fois de plus, il s'était maudit d'avoir cédé au caprice de Polly. Il avait les moyens, il aurait pu louer un appartement gigantesque dans le meilleur quartier de Los Angeles, le West Side, Bel Air ou même une villa à Beverly Hills, pourquoi pas ?

— Non, avait tranché la jeune femme. Ça fait m'as-tu-vu. Je ne veux pas être la voisine d'une connasse de star télévisée qui en est à son cinquième lifting.

Elle voulait « de l'ancien », une maison avec une histoire. Elle détestait les choses neuves, elle enviait les Européens qui peuvent habiter dans des baraques vieilles de cinq cents ans. Elle rêvait sur les reproductions de châteaux forts, les armures, les dames à hennin. Elle aimait entendre craquer les lattes du parquet alors que ce même bruit, perçu en pleine nuit, faisait courir la chair de poule sur les bras de Noman. Lors du déballage qui avait suivi le déménagement, elle était tombée au fond d'un carton sur le pistolet automatique que Noman s'était procuré à New York. Un vieux 45 *Military Model* acheté dans un bar à un marin désargenté. Une arme lourde, peu précise, au pouvoir de pénétration médiocre, mais dont l'aspect avait quelque chose de rassurant.

— Tu ne vas pas garder cette horreur ici ? s'était-elle écriée. Je ne veux pas de ça chez moi ! Va la flanquer à l'eau ou bien j'irai dormir à l'hôtel.

Il avait obéi, se maudissant de sa docilité. S'il avait su…

Mais non, c'était idiot, de toute manière Polly n'aurait jamais eu le réflexe d'aller chercher le pistolet. D'après les voisins, elle n'avait même pas eu le temps de crier. Mais dans les villes on peut hurler indéfiniment sans que personne vous entende, n'est-ce pas ?

Polly… Polly qui descendait rarement dans la rue et passait presque toutes ses journées sur sa minuscule terrasse. Une pelouse zen sur laquelle on avait improvisé un jardin de pierres. Une lanterne chinoise, en bronze verdi, piquée au bout d'un bâton. Il s'était dit : « Tant qu'elle est là-haut elle ne risque rien », mais il n'était pas entièrement rassuré, il y avait les livreurs de pizza ou de nourriture chinoise qu'elle appelait par téléphone. L'un de ces types, la découvrant seule, n'aurait-il pas la tentation de…

Il avait demandé au portier d'intercepter toutes les livraisons et de les monter *lui-même* à Polly ; il avait accompagné cette exigence d'un gros pourboire. Il avait essayé d'installer tout un réseau de défenses invisibles autour de l'immeuble. « Peut-être acheter un chien ? » songea-t-il un soir en apercevant un vigile qu'accompagnait un inquiétant doberman.

— Oui, dit la jeune femme en battant des mains, mais un petit, alors. Un caniche, comme en ont les Françaises. On dit qu'ils restent joueurs toute leur vie durant !

Elle avait peur des molosses car elle avait été mordue par l'un d'eux quand elle était petite fille.

Il avait longtemps cru que le danger viendrait du trottoir. Il s'était trompé. Sentinelle imbécile, il avait monté la garde du mauvais côté. Un soir, en rentrant, il avait vu le gardien se précipiter à sa rencontre en bredouillant des mots incompréhensibles.

— Il y a une inondation chez vous, haletait le gros homme. Ça coule chez le voisin du dessous. J'ai sonné, mais votre femme ne répond pas. Et la clé que vous m'avez donnée n'ouvre pas la porte.

Noman ne prit pas la peine de se justifier. Lorsqu'il avait fait blinder le battant, il avait volontairement donné un faux double au gardien car il avait appris, en lisant le journal, que certains concierges indélicats n'hésitaient pas à vendre aux cambrioleurs les copies des clés que leur confiaient les locataires.

Il avait bondi dans l'ascenseur, cherchant fébrilement son trousseau. Il n'y avait pas de quoi s'affoler. *Pas encore.* Polly était distraite, une vraie artiste. Lorsqu'elle écrivait, il lui arrivait de se coiffer d'une paire d'écouteurs diffusant de la musique en continu. Et puis si elle était sur la terrasse, elle avait pu très bien ne pas entendre la sonnerie. Prise par son récit, elle avait sans doute oublié la machine à laver qui tournait, et…

Sur le palier il crut que ses genoux allaient plier sous le poids de son corps. L'odeur de sueur et de salami au poivre qui s'élevait du gardien le mettait au bord de la nausée. Il ferrailla dans la serrure. La grosse serrure multipoint, la *merveilleuse* serrure anti-effraction. Il avait encore les paroles de l'installateur dans les oreilles : « Il faudrait trente-cinq minutes à un cambrioleur très habile pour l'ouvrir. Vous comprenez, c'est trop long. Ces gars-là ne restent jamais sur place plus de cinq minutes. »

Personne ne l'avait forcée. Il en fut soulagé. « Polly ? » cria-t-il d'une curieuse voix de fausset en franchissant le seuil. C'était idiot, il ne l'appelait jamais Polly, mais Princesse, en clin d'œil à la littérature moyenâgeuse dont elle se délectait. Pourquoi Polly alors ? À cause du concierge ? Par la suite il s'en voulut d'avoir eu honte de prononcer ce petit surnom plein de tendresse.

Elle était dans la salle de bains. On lui avait attaché les mains dans le dos avec une paire de collants trempés. La chair autour des nœuds était noire et boursouflée. Elle reposait sur le flanc, nue à partir des hanches. Sa jupe et sa petite culotte, sectionnées au rasoir, reposaient en tas, sur le carrelage. Pour la faire taire, on lui avait enfoncé dans la gorge le tuyau de vidange de la machine à laver. Un tuyau énorme, de caoutchouc gris, qui – l'autopsie le révéla plus tard – était descendu jusqu'au fond de son estomac, lui lacérant l'œsophage. C'était cet étrange bâillon qui l'avait tuée. Pendant qu'on la violait, la machine à laver était brusquement passée en phase vidange expulsant des dizaines de litres d'eau savonneuse dans l'estomac de la jeune femme. La pression avait fait éclater les viscères distendus et elle était morte presque immédiatement, pendant que s'écoulait de sa bouche une eau mousseuse teintée de rouge qui recouvrait maintenant tout le sol de la pièce.

Vingt minutes après, quand Noman eut enfin repris connaissance, un flic ennuyé qui mâchait une cigarette éteinte lui dit :

— Ils sont passés par la terrasse, on a trouvé des empreintes de pas sur la pelouse. Ils sont venus de l'immeuble d'à-côté, avec un grappin au bout d'une corde d'alpiniste. Le smog les dissimulait, personne ne les a vus escalader la paroi. Probable qu'ils savaient ce qu'ils faisaient. Je pense qu'ils observaient les habitudes de votre femme depuis un moment déjà.

— Vous les connaissez ? aboya Noman d'une voix détimbrée.

L'inspecteur haussa les épaules. Il essayait d'avoir l'air désolé mais ses yeux restaient froids.

— Une bande, un « posse » comme on dit maintenant, marmonna-t-il. Il y en a plein qui prolifèrent sur les toits. Ils se cachent au passage des hélicoptères. Ils font leur mauvais coup dès que le smog installe son écran de fumée. Ils prennent des risques insensés pour cambrioler les appartements. C'est à croire qu'ils ne savent pas ce que le mot vertige veut dire.

On avait relevé deux empreintes distinctes sur la pelouse, entre les pierres bousculées du jardin zen. Des baskets, de pointures différentes. Ils étaient repartis par où ils étaient venus, laissant le grappin accroché à la rambarde faisant le tour de la terrasse. Deux fantômes se déplaçant à l'abri du brouillard, insaisissables, parfaitement entraînés, capables de se lancer à l'assaut des corniches comme n'importe quel laveur de carreaux indien. Noman s'était redressé, s'arrachant au fauteuil de cuir d'autruche dans lequel il s'était effondré, et s'était avancé sur la terrasse pour voir le grappin de métal autour duquel s'affairaient les photographes de la police. Un grappin, comme dans les films de pirates de son enfance. C'était idiot. *Captain Blood.* Des images incongrues lui envahissaient l'esprit. Il revint sur ses pas, courut vers la salle de bains, mais on avait déjà emporté le corps de Polly. Le concierge était là, bavardant avec les gars du labo en utilisant l'argot de la « maison », comme au bon vieux temps. Noman constata qu'on avait également emporté le tuyau de vidange de la machine à laver.

— Il n'y a pas d'empreintes utilisables, dit quelqu'un. Ils ont tout effacé.

Noman se cacha le visage dans les mains. Il ne pouvait pas s'ôter de la mémoire l'image obscène du tuyau gris s'enfonçant dans la bouche de sa femme, si profondément. Il ne se rappelait rien d'autre. À peine le ventre nu. Non, il ne voyait que le tuyau, et les petites dents blanches de Polly mordant désespérément le caoutchouc…

Il dut suivre les inspecteurs à l'hôtel de police. On l'interrogea, et il finit par comprendre qu'on le suspectait d'avoir commandité l'assassinat de son épouse. Beaucoup de bizarreries avaient retenu l'attention des enquêteurs. Pourquoi avoir loué cet appartement minable dans un quartier quelconque alors qu'il gagnait fort bien sa vie avec son cabinet d'architecte ? Pourquoi ne pas avoir préféré une villa, ou un building moderne ? Avait-il des dettes ? Et cette fausse clé donnée au concierge, comme pour *l'empêcher d'intervenir* en cas de grabuge ?

Il répondait en bafouillant, assommé, incrédule. Les flics n'avaient pas mis longtemps pour apprendre que Polly possédait une fortune personnelle, là-bas, dans le Maine. Des terres, trois fermes héritées de ses parents morts un an avant son mariage. Avait-elle de la famille ? Était-il son légataire universel ? Vrai, ça faisait une jolie somme ces exploitations modernes qui fabriquaient du poulet à la chaîne.

Noman se ferma, refusant de répondre. Il venait de comprendre que les policiers se rabattaient sur la proie la plus facile. Un quinquagénaire fatigué, hagard, c'était plus facile à attraper que deux jeunes assassins dansant sur les façades des immeubles, n'est-ce pas ? Que voulaient-ils lui faire avouer ? Qu'il avait payé deux gouapes pour supprimer sa jeune épouse ? À un moment il faillit se redresser en hurlant : Elle avait vingt-cinq ans, j'en ai cinquante, vous ne comprenez donc pas ? *C'était ma dernière chance*…

Mais ils n'auraient pas compris. Il se tut, il n'avait plus rien à leur dire.

Durant tout le mois qui suivit, il n'ouvrit pas la bouche. On dut le placer en observation dans une clinique huppée. L'enquête n'avançait pas. La bande des *frontclimbers* demeurait introuvable. On signala cependant trois autres agressions similaires perpétrées sur des appartements pourvus de terrasses ou de jardins suspendus.

Dans la nuit qui suivit la mort de Polly, une tempête venue de l'océan s'abattit sur Los Angeles, la ville aux 350 jours d'ensoleillement. La pluie et la bourrasque dissipèrent le smog et lavèrent les façades à grande eau. Noman eut l'affreuse impression qu'on nettoyait l'autel en vue d'un nouveau sacrifice.

Peu à peu les flics cessèrent de le harceler. L'affaire s'enlisa. Il ne retourna jamais à l'appartement. Retranché dans un hôtel, il demanda à son avocat de procéder à la liquidation de tout ce qui se trouvait dans le logement. Il ne voulait rien conserver, aucun souvenir qui n'aurait fait qu'empêcher la plaie de se refermer. Comme chaque fois qu'il allait mal, il se cloîtra avec son carnet de croquis. C'est là qu'il crayonna les premières esquisses de *l'Oasis*, la forteresse des sables, la cité préservée du désert Mohave. L'œuvre de sa vie. La ville aux antipodes du vice. Le refuge ultime de tous ceux qui voudraient échapper à la barbarie de Los Angeles.

Le smog ne pourrait pas le rattraper ici, au cœur des dunes et des cailloux que la chaleur du jour et le froid de la nuit faisaient parfois éclater comme des bombes naturelles. Il était à l'abri, et tous ceux qui voudraient le suivre dans son exil le seraient aussi.

Mais ce soir il avait vu venir la tempête, il l'avait vue naître au fin fond du désert, il avait vu le vent la fabriquer derrière les dunes et les collines arides, là-bas, sur la ligne d'horizon. Maintenant elle courait vers lui, elle chargeait, tel un animal énorme noyé au sein d'un nuage de poussière. Il la regardait venir, sans bouger, abattu dans son grand fauteuil de cuir noir qu'il avait fait pivoter pour fixer l'immense baie vitrée occupant toute la paroi sud de son bureau.

Il n'aimait pas ce spectacle qui lui rappelait trop de mauvais souvenirs. Comme le smog, le vent de sable abolissait tout repère, vous enveloppait dans un cocon oppressant qui crépitait sur les vitres blindées dont était nanti chaque appartement. Il eut le pressentiment qu'un nouveau malheur allait se produire, cette nuit. Quelque chose qu'il ne pourrait pas éviter, une fois de plus. C'était ainsi chaque fois qu'une tempête fouettait la cité. Il n'y pouvait rien. *Des choses se passaient*... Des choses qu'on lui reprocherait sans doute un jour...

Il se leva et marcha vers la baie vitrée. Il était nu, et, malgré la climatisation, une fine pellicule de sueur couvrait son corps décharné. Il avait beaucoup maigri depuis la mort de Polly. La chaleur du désert l'avait débarrassé de ses bourrelets de quinquagénaire empâté par les repas d'affaires. Il avait fondu, il s'était purifié. À présent la charpente osseuse apparaissait nettement sous la peau tannée. Ainsi dressé, immobile, dans la pénombre du bureau, il avait l'air d'une étrange statue gainée de cuir. Seuls ses yeux trop clairs vivaient encore dans son visage émacié. Des yeux qui fixaient la tempête sans ciller.

⁂

Patti Grizzle se boucha les oreilles pour ne plus entendre le crissement du sable sur les vitres de l'appartement témoin qu'elle occupait depuis son installation à la résidence. Son cœur battait très vite, cent cinquante pulsations/minute, et elle commençait à se demander si elle n'avait pas abusé des cachets dont elle faisait une consommation effrénée. Elle essaya de maîtriser sa respiration et approcha son visage de la fenêtre pour observer les tourbillons de poussière qui s'abattaient sur les structures avancées de la cité. Ces explosions pulvérulentes n'étaient pas sans évoquer les éclaboussures écumeuses qu'on peut observer à la proue d'un paquebot dressé face à la lame, et qui encaisse de plein fouet les paquets de mer des grandes déferlantes. La cité blanche, au curieux profil aérodynamique, avait quelque chose d'un navire échoué au milieu du désert. En l'apercevant, on avait l'illusion qu'une tornade avait abandonné là un transatlantique capturé en pleine mer. Cela tenait à une certaine inclinaison des formes, aux angles des bâtiments résolument modernes, à ce style si particulier qu'imprimait Ernst Noman à la moindre de ses constructions.

Patti s'essuya le visage. Elle transpirait abondamment en dépit de la climatisation réglée sur vingt-quatre degrés, et l'angoisse lui nouait l'estomac. C'était une femme de trente ans, mince et souple, toute vêtue de noir à la manière de ces ninjas qui peuplent les films de karaté. Elle avait un visage triangulaire, une petite bouche très séduisante que ne fardait aucun maquillage et qui, pourtant, paraissait étonnamment rouge tant elle était gorgée de sang. Des cheveux d'ébène, coiffés à la Louise Brooks, achevaient de lui conférer le charme un peu étrange d'une Lolita qui ne se serait pas décidée à vieillir. L'abus des amphétamines accélérait le moindre de ses gestes, et elle bougeait à la manière d'une poupée mécanique détraquée. Sa capacité de préhension s'en ressentait, elle avait tendance à laisser échapper les objets qu'elle tentait de manipuler. Si elle avait ouvert la bouche, elle aurait parlé à toute vitesse, comprimant les mots en une bouillie verbale au rythme affolant.

Elle essuya ses paumes moites sur le devant de son tricot de jersey noir. C'était agaçant cette sueur grasse qui ne cessait de lui poisser le creux des mains. Elle se sentait mal, au bord de la syncope, comme lorsqu'elle craquait des poppers sous son nez en faisant l'amour. Trop de cachets, bien sûr, mais elle avait éprouvé le besoin d'un coup de fouet pour passer à l'action, pour oublier la peur qui lui taraudait le ventre depuis trois jours. Cette fois c'était décidé, elle fichait le camp… Elle ne resterait pas une minute de plus à la résidence, pas après ce qu'elle avait découvert.

Tu n'as pas de preuves, lui chuchota une voix intérieure. *On t'accusera de délirer. Tu dois rester pour ramener quelque chose de concret.*

Ce n'était pas entièrement faux, mais elle était trop effrayée. Les cachets, au lieu de fortifier son courage, n'avaient fait que décupler ses inquiétudes. Perdue dans le labyrinthe d'un mauvais *trip*, elle ne parvenait plus à distinguer le fantasme de la réalité. N'était-elle pas en train d'imaginer des choses ? Elle se détourna de la fenêtre scellée, à la vitre aussi épaisse que celle d'un hublot de 747. L'appartement témoin lui parut immense, une plaine de moquette crémeuse et molle où le pied nu s'enfonçait avec délice. Une architecture de courbes reposantes où il faisait bon se vautrer, s'abandonner. Aucun angle aigu, rien qui blessât l'œil. En plissant les paupières, on réalisait que Noman avait reproduit entre quatre murs le paysage du désert. Les canapés, les fauteuils ressemblaient à des dunes de sable moelleux, les meubles à de gros cailloux polis par l'érosion. « On dirait une caverne, pensa-t-elle. Une caverne de luxe pour troglodytes milliardaires. » Oui, c'était exactement cela : l'appartement témoin évoquait une sorte de désert miniature, apprivoisé. Il fallait vraiment faire attention pour discerner la découpe des tiroirs et des placards dans les parois de pierre brute. Tout était commandé par des cellules électroniques de la taille d'une tête d'épingle. Si l'on voulait ouvrir un tiroir, il suffisait de passer la main au-dessus du faisceau lumineux pour voir le compartiment coulisser tout seul. C'était un appartement de science-fiction, un bazar à gadgets qui avait amusé Patti durant une bonne semaine, puis la peur s'était peu à peu installée, et la jeune femme avait cessé de prêter attention aux jouets fabuleux incorporés dans l'épaisseur des murs.

Elle fit quelques pas, vérifia une fois de plus le contenu du sac de voyage qu'elle avait jeté sur le sol. La boussole. Le plus important, c'était la boussole, pour ne pas s'égarer au cœur de la tempête. Si elle parvenait à s'orienter convenablement, elle n'aurait aucun mal à rejoindre Los Angeles, même si elle devait conduire face à la bourrasque. Elle n'avait rien d'une débutante, elle avait participé à un rallye des plus raides, en Afrique, deux ans auparavant. Elle se mordit la lèvre, ses pensées avaient tendance à déraper. Peut-être s'affolait-elle bêtement ? *Et si elle avait tout imaginé ?* Parfois la drogue vous mettait de drôles d'idées dans la tête, accentuant vos tendances naturelles à la paranoïa. En vieille habituée du *speed*, elle connaissait parfaitement ces symptômes. Elle regarda une nouvelle fois autour d'elle. L'appartement lui offrit sa perspective douce et reposante de désert paisible, avec son canapédune, sa grande sculpture de bois pétrifié dressée contre le mur du fond. Un monde conçu pour la stagnation heureuse, la méditation béate. Une seconde, elle fut tentée de s'abandonner aux courbes molles du fauteuil et de ne plus penser à rien, comme un lézard qui se gorge de chaleur. Mais non ! Il ne fallait pas. Elle avait conscience que la caverne fonctionnait comme un piège luxueux, un micro-univers dont on devenait très vite dépendant. Ernst Noman en avait fait une merveille de la domotique, cette science de l'habitat unissant l'architecture aux prodiges de la gestion technologique assistée par ordinateur. D'abord il y avait la voix, « la voix de la caverne » comme l'avait surnommée Patti. Une voix irréelle qu'on ne pouvait localiser et qui sourdait tour à tour du plafond ou des murs. Une voix synthétique fabriquée par l'ordinateur domestique, et qui vous tenait au courant de la vie de la maison. Elle vous réveillait le matin à l'heure de votre choix, vous annonçait que votre café était servi, vos toasts grillés, et vous présentait un bref résumé des nouvelles du jour. Patti avait déjà eu affaire à ces ordinateurs de voiture qui vous signalent que vos portières ne sont pas fermées ou que vous dépassez la vitesse autorisée, mais jamais elle n'avait pensé qu'un appartement tout entier pourrait un jour être régi par l'entremise de l'une de ces machines. En emménageant à l'Oasis pour rédiger la biographie de King Noman, elle avait réalisé à quel point elle s'était trompée. L'ordinateur détectait tout : le robinet qui gouttait obstinément dans la salle de bains, le grille-pain qui allait bientôt tomber en panne, les yaourts qu'on avait rangés dans le réfrigérateur sur la mauvaise étagère…

Oui, c'était l'épisode des yaourts qui avait agacé Patti. La voix résonnant dans son dos alors qu'elle était en train de quitter la cuisine. La voix la rappelant à l'ordre avec cette douceur mielleuse d'hôtesse de l'air qui ne veut que votre bien :

— *Vous venez de placer vos yaourts sur l'étagère supérieure, or je vous rappelle que ces produits doivent être stockés à + 6 degrés, sinon ils gèlent et deviennent impropres à la consommation. Il vous serait donc profitable de corriger au plus vite l'erreur d'inattention que vous venez de commettre.*

Patti s'était figée, exaspérée par cette surveillante d'internat invisible qui venait de la prendre en faute. Elle avait voulu passer outre, mais l'annonce avait été de nouveau diffusée, avec la même intonation veloutée, totalement dépourvue d'agressivité. Elle avait dû obéir, sachant que le message ne cesserait de retentir tant qu'elle n'aurait pas corrigé son erreur. Elle s'était fait la réflexion que les hommes devaient aimer ce murmure de maîtresse soumise. Sans doute s'imaginaient-ils servis par une esclave docile, propre à satisfaire leur moindre caprice ?

En feuilletant le manuel qui trônait sur sa table de chevet, elle avait découvert qu'on pouvait modifier facilement la voix artificielle tombant des haut-parleurs dissimulés. Il suffisait pour cela de déverrouiller le panneau des commandes générales et d'agir sur les différents curseurs du synthétiseur vocal. Elle s'était amusée pendant une heure à fabriquer des voix électroniques, agissant sur le timbre, la tessiture, la hauteur. En poussant les boutons de réglage on créait des voix de vieillard, de jeune homme, d'adolescent, d'enfant, de grand-mère. C'était assez fascinant. Elle avait finalement opté pour un cocktail qu'elle avait intitulé « Prof de tennis à petit cul musclé ». Depuis, c'était cette voix artificielle qui lui communiquait tous les renseignements dont elle avait besoin.

L'appartement était connecté au grand réseau informatique qui régissait toute la résidence. Il était capable de comprendre la plupart des questions qu'on lui posait vocalement, de bouche à oreille, sans qu'on ait besoin de passer par un clavier. Il identifiait votre voix, ouvrait et verrouillait les portes sur votre ordre, sans jamais se tromper. Il n'y avait pas de serrures dans la résidence, aucun mécanisme de fermeture qu'on aurait pu crocheter, rien que des battants lisses, coulés dans un beau métal brillant conçu pour résister à la morsure d'un chalumeau oxhydrique. Personne ne pouvait s'introduire chez vous si ses coordonnées vocales n'avaient pas été au préalable enregistrées par vos soins dans la mémoire de l'ordinateur.

Durant les trois jours qui avaient suivi son arrivée, Patti avait eu l'illusion de vivre un film de science-fiction. Tout cela était complètement fou ! Californien en diable ! La résidence expérimentale avait exercé sur elle une véritable fascination, et elle avait fini par atteindre un tel point d'excitation qu'elle en avait perdu le sommeil. Puis elle avait commencé à discerner des failles dans la belle architecture de la cité.

— Ces histoires d'identification et de commandes vocales, avait-elle lancé à Noman, ça me fait tiquer. Vous n'avez pas peur qu'on vous accuse d'avoir posé des micros dans les appartements ?

— Non, avait répondu l'architecte en souriant. La commission informatique a passé le système au crible pendant trois mois. Elle n'a pu relever aucune infraction à la vie privée des citoyens. L'ordinateur n'est capable d'enregistrer que des ordres bien précis : *allume la lumière dans le salon, monte le chauffage, branche la télévision sur Canal 12*... C'est tout. On pourrait le comparer à un chien très intelligent mais qui n'a pas accès au langage humain, vous comprenez ? Si vous parlez devant lui, il ne perçoit qu'un bruit de fond inintelligible jusqu'au moment où vous prononcez les quelques mots qui sont inscrits dans sa mémoire : *allume la lumière*, par exemple. C'est pour cela qu'on ne peut pas classer mon système dans la catégorie des appareillages d'écoute et d'espionnage. L'utiliser dans ce but reviendrait à faire espionner une conversation en swahili par quelqu'un qui ne comprendrait que le moldo-volaque. Il n'y a pas d'indiscrétion possible. Il en va de même pour les cellules optiques chargées d'identifier les objets. Elles sont programmées pour ne reconnaître qu'un certain nombre de formes utilitaires : fourchettes, œufs, pots de yaourt, bidons de lait. Plus tard, tous les aliments vendus à l'Oasis seront munis d'un code-barres que les scanners domestiques seront capables de lire. Ces étiquettes électroniques indiqueront jusqu'à la date de péremption des produits, ainsi l'ordinateur pourra vous prévenir dès que vos provisions commenceront à s'attarder dans votre réfrigérateur.

Patti avait noté cette réponse car elle savait que les attaques des associations de consommateurs se porteraient sur ce point précis. Les *ecofreaks*, qui devenaient de plus en plus paranoïaques depuis quelque temps, suivaient avec un intérêt tout particulier les travaux de Noman dans le désert Mohave et semblaient redouter quelque mystérieux bouleversement d'un site jusqu'alors inhabitable.

— La vie privée de chacun sera soigneusement préservée à l'Oasis, avait renchéri Noman. Ne craignez rien, le système de gestion domestique est inattaquable et très sûr. En cas de besoin, nous pouvons fabriquer notre propre électricité grâce aux panneaux solaires géants installés au sommet des tours et aux éoliennes plantées dans le désert. Des citernes d'eau douce ont été creusées dans les fondations, toute l'assise de la résidence correspond aux normes antisismiques les plus avancées. Le monde s'écroulerait autour de nous que nous n'enregistrerions pas une vibration à l'intérieur des appartements.

— C'est cet argument que vous comptez mettre en avant pour vendre vos logements ? avait demandé Patti. *L'Oasis, la résidence qui résistera au prochain grand tremblement de terre qui détruira la Californie ?*

Mais Noman n'avait pas ri, et ses yeux pâles avaient semblé regarder au travers de Patti comme si la jeune femme n'avait soudain guère plus de consistance qu'un ectoplasme. Elle en avait été agacée. Noman avait un charme étrange avec son visage émacié, son regard de glace et ses cheveux couleur aluminium brossé. Un drôle de bonhomme qu'on avait du mal à regarder longtemps en face sans baisser les paupières. Il avait de belles mains. Elle avait eu envie de ces mains sur son ventre, comme ça, tout à coup, et elle avait serré instinctivement les cuisses.

De retour dans l'appartement témoin, que Noman l'avait priée d'habiter le temps de son séjour à l'Oasis, elle avait passé le téléphone au détecteur pour s'assurer qu'il n'était pas sur écoute. Murphy Mc Murphy, alias Bumper, son éditeur, un ancien des Forces Spéciales, lui avait procuré ce petit matériel de détection qu'on pouvait d'ailleurs acheter en toute légalité dans n'importe quel magasin d'électronique. La machine avait rendu un avis négatif. La ligne était « propre ». Patti avait longtemps tourné en rond sur la moquette, caressant les meubles-cailloux du bout des doigts. Toutes les textures étaient agréables, soyeuses, douces. Même la pierre avait cet aspect poncé des rochers usés par le vent du désert. L'appartement était un cocon sans aspérité, une grotte de rêve où l'on pouvait régresser à l'aise, sans plus se soucier de rien. Il suffisait d'une simple parole prononcée à voix haute pour jouir d'une ambiance sonore ou musicale de votre choix. Chants d'oiseaux, bruit de source (qui finissait, au demeurant, par vous donner envie de faire pipi !), ressac de la mer sur une plage de galets, souffle du vent dans les arbres… On écoutait, on fermait les yeux, on s'endormait aussi sûrement qu'avec un bon somnifère.

Pendant un moment, Patti avait échafaudé le vague projet de coucher avec Noman, de s'offrir une aventure dans ce cadre étrange pour yuppies en mal de sanctuaire naturel, mais l'architecte était resté insaisissable et sourd à ses invites. Poli, galant, mais lointain. Un peu comme ces prêtres catholiques qui ont fait vœu de chasteté. D'ailleurs elle l'avait très peu vu. La plupart de leurs rencontres s'étaient déroulées à l'extérieur, au sommet d'une tour, sous le soleil accablant du désert. Pour une jeune femme, il était difficile de rester durablement séduisante sous une telle chaleur alors que la sueur vous dégoulinait le long des aisselles et au creux des reins. Chaque fois qu'on ouvrait la bouche on avait l'impression d'aspirer l'haleine de brasier s'échappant d'un haut-fourneau. Elle avait peu à peu abandonné son projet de séduction, et puis la peur s'était installée.

Est-ce qu'elle avait commis une erreur? Mais quand… et quoi ? Est-ce qu'elle n'était pas tout bonnement en train de perdre la tête ? Elle n'était plus certaine de rien. La cité était un piège pour les cinglées de son espèce. Le désert était bien là, immense, à portée de la main, mais à cause de la chaleur on ne sortait guère de la résidence, et l'on se mettait à vivre en vase clos, comme un poisson dans un bocal. On stagnait au sein du cocon, on se laissait bercer par l'ambiance sonore, on entamait une bizarre cure de sommeil. Très vite, l'Oasis s'était changé aux yeux de Patti en une cité fantôme qui lui avait mis les nerfs en pelote. À quoi cela tenait-il ? Aux deux cents appartements inoccupés qui béaient au long des couloirs ? À cette absence de vie, justement ? À ces galeries marchandes aux vitrines désertes et où l'on ne croisait guère que des ouvriers silencieux et trop propres qui travaillaient sans échanger un mot, comme s'ils avaient fait vœu de silence ?

Pour ne pas déprimer, elle avait commencé à prendre des pilules. Une, deux, trois… ça ne pouvait pas faire de mal. Et puis elle avait besoin d'un coup de fouet; le tofu, l'aérobic, les médecines douces, ça n'était pas son truc. Elle n'avait jamais mis les pieds dans un club de mise en forme, même pour draguer. Elle était restée fidèle aux vieux *single bars* de jadis où le whisky vous faisait briller les yeux mieux que toutes les gouttes utilisées par les stars d'Hollywood.

Elle se secoua. Il fallait y aller. Elle enfila son coupe-vent, s'assura que les lunettes de soleil se trouvaient bien dans la poche-poitrine de sa chemisette noire, elle en aurait besoin si elle ne voulait pas être aveuglée par les tourbillons de sable. Elle vérifia la présence de la carte militaire, glissée dans sa ceinture. La route à suivre y était indiquée avec des cotes très précises.

« Tu es idiote, pensa-t-elle une fois de plus. Si tu pars maintenant personne ne te croira jamais, c'est trop… *démentiel*. Reste encore un peu, le temps d'amasser du matériel, des preuves. »

Elle n'en avait pas le courage. Ses nerfs à vif ne supporteraient pas la claustration plus longtemps, et depuis deux jours elle se sentait véritablement en danger. Elle n'aurait su dire pourquoi, mais la menace était là, palpable, présente, comme un animal qui se serait tenu en permanence derrière elle, tapi derrière un fauteuil. Un puma… Un puma qui serait rentré à l'insu de tous dans l'appartement… *Un puma?* Elle perdait la tête. Cela lui était déjà arrivé à une ou deux reprises, dans le passé, un jour qu'elle avait voulu tâter de la mescaline pour voir si elle arrivait à se « dépasser sexuellement ». Elle avait fait un mauvais voyage, un très, très mauvais voyage, et pendant un moment elle s'était imaginé que le pénis du garçon qui allait et venait dans son ventre était en réalité une murène qui lui dévorait les ovaires. Elle n'avait que vingt ans à l'époque, mais le souvenir de cette expérience ne s'était jamais effacé de sa mémoire.

Elle saisit son sac et s'avança vers la porte.

— *Si vous sortez*, dit la voix du « prof de tennis au p'tit cul musclé », *évitez les promenades en extérieur. Je vous rappelle que la tempête fait actuellement rage et que le vent atteint des pointes de 110 kilomètres/heure sur le plateau. Vous ne percevrez toutefois aucun des effets de la tourmente si vous demeurez à l'intérieur du périmètre protégé de la résidence. Dois-je ouvrir tout de même?*

— Ouvre, connard, grinça Patti en crispant les doigts sur les poignées du sac de voyage.

— *Bonne promenade*, dit encore la voix synthétique au moment où le battant coulissait en chuintant.

Patti se dépêcha de sortir dans le couloir. Son malaise s'accentua dès qu'elle aperçut les appartements vides dont les portes béaient tout autour d'elle. Dieu ! c'est à ça que ressemblerait Los Angeles lorsque aurait enfin eu lieu cette fameuse guerre bactériologique avec laquelle on rebattait les oreilles des gens depuis si longtemps. Des maisons désertes, comme un os récuré. Un squelette de ville. Elle pressa le pas, essayant d'endiguer le flot des images hallucinatoires qui se bousculaient dans son cerveau. Elle avait été idiote de forcer sur les pilules pour se donner du courage. Son cœur battait à tout rompre, si ça continuait elle allait faire une crise cardiaque dans l'ascenseur. Le moindre objet lui paraissait soudain menaçant. Est-ce que les cendriers ne la regardaient pas d'un drôle d'air ? Hein ? Est-ce que c'étaient seulement de *vrais* cendriers ?

Elle s'engouffra dans l'ascenseur. Détectant sa présence, l'ordinateur s'enquit de l'étage qu'elle voulait rejoindre et lui répéta les conseils de prudence relatifs à la tempête.

— Ta gueule ! lui lança Patti.

Au moment où elle sortait, elle s'aperçut dans un miroir. Elle était blême et ses cheveux mouillés de sueur lui collaient aux joues. Elle se trouva laide à faire peur avec les cernes violets qui lui soulignaient les yeux.

— *Vous prenez la direction du parking souterrain*, bourdonna une voix synthétique au-dessus d'elle. *Je crois de mon devoir de vous prévenir qu'il est très imprudent de quitter la résidence au cours des tempêtes de sable. Pourquoi ne pas différer votre voyage de quelques heures ? Nous passons un très bon film au cinéma de la galerie marchande, et nous vous rappelons que ces projections sont gratuites durant toute la durée des travaux.*

Mais Patti ne voulait plus mettre les pieds dans cette galerie fantôme, aux vitrines emplies de mannequins plastifiés et nus. Noman affirmait que les boutiques qui ouvriraient ici n'auraient rien à envier à celles de Rodeo Drive, mais pour l'heure la fameuse promenade marchande était à peu près aussi attractive qu'un abri antiatomique en attente de réfugiés.

Elle s'engagea sur la rampe qui plongeait au cœur du parking souterrain. Des cellules photoélectriques s'activèrent à son passage. Elle aurait dû les enjamber, mais il y en avait trop, et puis elle n'y avait pas pensé. Dans sa poche, sa main se crispait sur la boussole militaire qui allait lui permettre de sortir du désert pour rallier Barstow, à proximité de la base militaire aérienne d'Edwards ; de là elle pourrait rejoindre Los Angeles en moins de deux heures.

Si tout allait bien…

Bon sang, que dirait-elle à Bumper ? Qu'allait-il penser quand il la verrait arriver dans cet état ? Avait-elle seulement une chance d'être crue ?

« Il sera aussitôt persuadé que tu as tout inventé ! songea-t-elle. Que tu as flippé à mort. »

Et pourtant tout était réel, n'est-ce pas ? Elle n'avait pas rêvé.

Quand elle pénétra sur l'aire numérotée du parking, un nouveau message fut diffusé à son intention.

— *Pour quitter la résidence*, susurra la voix synthétique, *glissez votre carte magnétique dans le lecteur se trouvant au bas de la rampe d'accès. Nous vous signalons toutefois qu'en agissant ainsi, à l'encontre de nos recommandations, la responsabilité de ce qui pourrait vous arriver à l'extérieur vous incombera entièrement.*

— Et ce qui m'arriverait ici si je restais plus longtemps, hein ? ne put se retenir de hurler Patti. Hein, tu y as pensé, connasse ?

Puis elle réalisa qu'elle parlait à un simple enregistrement, et se passa la main sur le visage. Elle la retira gluante. Elle n'avait jamais autant sué de sa vie. Ce fut presque en courant qu'elle se dirigea vers sa voiture.

2

C'était un immeuble de verre et d'acier perdu au milieu de tous les immeubles de verre et d'acier du quartier de Downtown, à Los Angeles. Ce n'était ni une pyramide futuriste, ni l'une de ces constructions qui ressemblent à un vaisseau interplanétaire oublié par quelque extraterrestre en visite à Hollywood, non, mais un simple building dont les immenses baies vitrées interceptaient la lumière du jour comme un panneau solaire géant. Au-dessus de la porte d'entrée, on avait gravé dans le métal de la façade un œil stylisé et protubérant qui semblait avoir été prélevé sur un cyclope adulte. En cette minute même, Oswald Caine se trouvait au vingtième étage du bâtiment, au centre d'une curieuse salle plongée dans la pénombre et qu'éclairaient les lucarnes tressautantes d'une centaine de téléviseurs encastrés les uns au-dessus des autres. Caine se dandinait d'un pied sur l'autre, comme chaque fois qu'il était perplexe. C'était un homme grand et mince, presque maigre, à la musculature nerveuse, aux cheveux et à la barbe grise. S'il portait une coûteuse Rolex au poignet, et si de sa poche-poitrine dépassait un stylo *Bright Flood Shadow* en platine, analogue à celui utilisé par le président des États-Unis, il n'en était pas moins attifé d'une veste de cuir fatiguée qui sentait un peu trop le mouton, et marchait porté par des bottes éculées de buckaroo ayant laissé son dernier dollar au saloon de Tombstone. Cela composait un curieux mélange qui plongeait toujours les portiers d'hôtel dans la perplexité. L'atmosphère de la pièce évoquait celle d'un sous-marin nucléaire en immersion profonde. Toutes les fenêtres avaient été obturées au moyen de volets métalliques, et l'on avait du mal à décider si l'on se trouvait au cœur de la City of Los Angeles ou dans les abîmes d'un bunker se préparant à encaisser un échange nucléaire limité.

Tout à coup Caine se décida enfin à bouger ; fourrageant nerveusement dans sa barbe grisonnante, il se pencha vers l'écran de surveillance qui lui faisait face. On y voyait une femme âgée confortablement assise dans un rocking-chair, et qui tricotait en chantonnant. La luminosité de l'image était excellente, la définition parfaite, au point qu'on aurait pu croire la scène filmée sur un plateau de télévision par des professionnels de la mise en scène.

— Elle nous voit ? demanda-t-il au vigile installé au centre de la rotonde de veille qu'on surnommait le périscope. Est-ce qu'elle *sait* que nous sommes en train de la regarder ?

Le gardien sourit. C'était un homme jeune au physique de surfer hypervitaminé. Sa chemise d'uniforme avait manifestement le plus grand mal à contenir tous les muscles qui composaient son torse et ses bras. Une queue-de-cheval d'un blond oxygéné dépassait de la casquette plate aux armes du *Noman's Survey Network.* Caine lui donnait à peine vingt ans, mais il est vrai que le vigile semblait faire partie de ces teenagers inusables qui ont découvert le moyen d'arrêter le temps. Une espèce qui se répandait de plus en plus en Californie.

— Elle ne nous voit pas mais elle sait que nous sommes là, dit le *beachboy* en uniforme. Et c'est ça qui la rassure. D'ailleurs, vous allez voir, de temps en temps elle nous adressera un petit clin d'œil complice ou un signe de la main.

Caine hocha la tête, essayant de masquer sa stupeur. Une bonne centaine d'écrans géants tapissaient les murs de la rotonde, chacun d'eux retransmettait une image différente et pourtant curieusement semblable : un homme, une femme, assis dans le champ de la caméra, et se livrant à une occupation quelconque : couture, lecture, aérobic, ou faisant simplement la sieste. Aucun de ces individus ne paraissait indisposé par la proximité de la caméra braquée dans sa direction, et ils n'hésitaient pas à se fourrer les doigts dans le nez ou à se gratter les parties génitales, comme ils l'auraient fait dans l'intimité.

— Vous êtes bien certain qu'ils savent qu'on les observe ? insista Oswald Caine en plissant les paupières.

— Ouais, soupira le vigile qui repoussa la visière de sa casquette de général d'opérette en arrière. C'est dans le contrat. Ils ont payé pour qu'on installe chez eux une ou plusieurs caméras de surveillance. C'est comme un abonnement.

Caine se mordit la lèvre inférieure. C'était incroyable, il pouvait plonger les yeux dans plus d'une trentaine d'appartements, dont trois pièces au moins étaient sous surveillance, et espionner l'intimité de tous les abonnés du réseau *avec le consentement de ceux-ci*. Il y avait là des gens de tous âges, des mamies, mais aussi des jeunes femmes n'ayant pas dépassé la trentaine. Des invalides, mais également des hommes bien portants qui allaient et venaient sans la moindre gêne, se livrant aux occupations les plus variées sans paraître le moins du monde souffrir de la présence de l'œil indiscret de l'objectif.

— Les caméras sont dissimulées ? interrogea Caine.

— Pas du tout, protesta le vigile. Ce sont des petites boîtes très maniables, pas plus grosses qu'un livre de poche. On peut les déplacer facilement, comme un téléphone sans fil, et les emmener avec soi, où on le désire. Un *led* rouge, situé sur le dessus de l'objectif, signale que l'appareil fonctionne.

— Et vous les louez ?

— Oui, par abonnement. Selon la cotisation on peut en emporter deux, trois, quatre, et les disposer dans différentes pièces. Tout ce qu'elles captent est transmis directement ici. Les émissions sont codées, de manière à ce que personne ne puisse les intercepter au moyen d'un appareillage bidouillé. Nous sommes les seuls en mesure de les décrypter.

— Et cela ne peut pas être considéré comme une atteinte à la vie privée ?

— Non, puisque nos clients ont accepté par contrat d'être soumis à cette surveillance constante. D'ailleurs, s'ils le désirent, il leur est possible de mettre les caméras hors service.

— Mais ils ne le font jamais, bien sûr.

— Non, jamais.

Caine se replongea dans l'examen des écrans. Une grand-mère à la tête couverte de bigoudis leva soudain les yeux dans sa direction et lui fit un petit geste complice de la main. Il se sentit si gêné qu'il faillit reculer, un peu comme s'il venait de se faire surprendre l'œil collé au trou d'une serrure.

— Il n'y a pas de son ? demanda-t-il.

— Non, protesta le surveillant avec une pointe d'indignation dans la voix. Nous n'écoutons pas les conversations privées, ce serait de l'espionnage. Nous sommes des sentinelles, nous montons la garde, rien de plus.

— Oui, ricana Caine, c'est ce qui est écrit dans votre brochure. C'est Noman qui a trouvé ça ?

— Ouais, fit le surfer en uniforme. Et ça résume bien l'état d'esprit de la maison. Nous sommes des sentinelles capables de patrouiller dans plus de cent endroits différents, de Bel Air au West Side, en passant par Beverly Hills. Tous ces gens nous ont presque suppliés de poser des caméras chez eux. Quand Monsieur Noman a inauguré la boîte, il a été submergé sous les demandes d'abonnement, au point que nous n'avions plus assez de matériel pour équiper tous les appartements.

— Ça paraît dingue.

— Pas tellement quand on y réfléchit. Tous ces gens que vous voyez ont subi des agressions. Certaines de ces dames – je ne peux pas vous dire lesquelles – ont même été violées. D'autres se sont réveillés en pleine nuit pour découvrir des cambrioleurs au pied de leur lit. Plusieurs, à cause de leur métier, ont reçu des menaces de mort. Quelques-uns craignent qu'on enlève leur bébé. Parfois ces inquiétudes sont justifiées, parfois ce sont de simples phobies, mais comment savoir, hein ?

— Ils n'attendent plus rien de la police, c'est ça ?

— Exactement. Les flics sont débordés, et puis très souvent ils ne prennent pas les angoisses des plaignants au sérieux. Ils ont l'air de dire : « Ma pauvre dame, revenez quand vous aurez un couteau planté entre les omoplates, là ce sera du solide. » Les gens en ont marre de vivre dans la peur, l'insécurité. Alors quoi faire ? S'armer ? Ce n'est pas une solution. Un revolver, il faut savoir s'en servir, et surtout *oser* s'en servir le moment venu. La plupart – les femmes en particulier – en sont incapables. C'est une chose de sortir un flingue d'un tiroir, c'en est une autre de le braquer sur la tête d'un gars de dix-sept ans et d'appuyer sur la détente. Les gardes du corps c'est trop cher, et puis c'est installer *physiquement* des étrangers chez soi. La télésurveillance a cet avantage qu'elle est impersonnelle. C'est un objet sans visage. Une boîte de plastique avec une lentille, un peu comme un appareil photo qu'on aurait posé sur une étagère. On finit par l'oublier.

— Vraiment ?

— Sans déconner. Au point que certains se déshabillent devant l'objectif sans penser à mal, simplement parce qu'ils se sentent en sécurité et que l'appareil de surveillance n'est plus perçu par eux comme une ingérence désagréable.

Caine fit crisser l'ongle de son pouce dans sa courte barbe argentée. Un tic qui avait longtemps agacé son ex-femme, Mary-Sue. Il s'était redressé et se promenait dans la rotonde, scrutant chaque écran tour à tour. Quand quelqu'un regardait dans sa direction, il détournait les yeux.

— Vous voyez, triompha le vigile. Ils nous font des signes. Il y a même une grand-mère qui s'amuse à poser une tasse de café et une part de tarte aux pommes devant la caméra chaque fois qu'elle s'installe pour goûter. C'est une manière de nous faire comprendre que nous sommes ses invités permanents, et qu'elle est contente de nous savoir là. Certains se plaignent de l'absence de micro. Ils voudraient pouvoir parler à la caméra, soliloquer, en sachant que quelqu'un, au bout de la ligne, les écoute, même s'ils n'en attendent aucune réponse.

Il souriait en parlant, comme si ces extravagances le ravissaient. Caine, quant à lui, éprouvait une gêne mêlée de fascination. Il avait beau savoir que tout ce petit monde était consentant, il ne pouvait s'empêcher de se sentir dans la peau d'un voyeur.

— Il ne faut pas s'embarquer dans le délire parano, dit le vigile à queue-de-cheval. Parmi les gens âgés, il y en a certains qui souscrivent cet abonnement de télésurveillance pour se donner l'illusion de n'être pas tout seuls. C'est tout. Ils nous parlent, en sachant pourtant qu'on ne peut pas les entendre. Une fois j'ai reçu un coup de fil d'une mamie qui m'a dit : « Il n'y a pas de micro mais je vous cause quand même en me disant que vous devez savoir lire sur les lèvres… » Et puis il y a les vieux qui vivent dans la terreur d'un malaise, d'une crise cardiaque. Grâce aux caméras on en a sauvé plus d'un qui avait perdu connaissance avant d'avoir pu atteindre le téléphone.

— Et les agressions, vous avez assisté à une agression en direct ?

— Oui, deux fois. Dans ce cas on envoie une équipe avec des chiens sur les lieux, et on prévient les flics. Mais nos gars arrivent toujours avant eux. Le bruit des sirènes et les aboiements des dobermans suffisent le plus souvent à mettre les salopards en fuite.

— Donc tout le monde est content ?

— Personne n'a jamais résilié son abonnement. Ce serait plutôt le contraire : trop de demandes, ça pose des problèmes de réseau, de matériel. Il y a une fille qui trimbale sa caméra partout avec elle, dans son sac : au bureau, à son club de gym, au restaurant. Elle la pose au bout de sa table ou sur le sol, de manière à toujours être dans le champ de l'objectif.

— Est-ce que ce n'est pas une certaine forme d'exhibitionnisme ?

Le garçon haussa ses impressionnantes épaules. Caine, en voyant rouler les muscles, crut entendre craquer les coutures de la chemise.

— C'est pas impossible, soupira le surveillant. Avec certaines clientes, on assiste parfois à des petits jeux provocants. Par exemple la fille emmène la caméra dans la salle de bains, et pose une serviette-éponge dessus juste avant de se déshabiller, ou bien elle l'oriente de manière à ce que l'objectif ne puisse plus cadrer que ses pieds ou ses jambes. Mais en général, quand les clientes s'exhibent en petite culotte, c'est juste de l'étourderie, c'est la preuve qu'elles s'habituent très vite à la présence de l'objectif, ça devient un appareil, un simple appareil, et rien d'autre.

— Vous voulez dire qu'elles ne perçoivent plus la caméra comme une sorte de trou de serrure électronique ?

— C'est ça. Bien sûr, il y en a quelques-unes qui sont vicieuses et qui s'amusent à nous allumer en en laissant trop voir, ou en s'arrangeant pour qu'un miroir nous renvoie justement l'image que nous n'étions pas censés voir. Beaucoup de femmes cèdent à cette tentation à un moment ou à un autre. Je suppose que c'est un fantasme typiquement féminin.

— Et vous, comment réagissez-vous ? N'êtes-vous pas tenté de donner suite ? De répondre à la provocation ? Après tout vous avez les coordonnées de ces dames, leur téléphone…

— Pour entrer ici nous avons tous dû subir des tests psychologiques très poussés. Monsieur Noman a été intraitable là-dessus, toutes les candidatures suspectes ont été écartées. C'est un boulot très bien payé, et personnellement je n'ai pas envie de perdre ma place pour une stupide histoire de fesses. Je crois que mes collègues partagent ce point de vue. Et puis ce qui excite ces dames, c'est juste la provocation, pas le passage à l'acte. Elles n'accepteraient jamais un rendez-vous.

Caine grogna. Il n'était pas entièrement convaincu. Qu'est-ce qui poussait réellement les gens à accepter cet espionnage permanent, à en devenir dépendants au point de ne plus pouvoir envisager de se séparer de la caméra ? Il pensa à cette fille qui transportait l'appareil partout avec elle, au restaurant, au bureau.

— Ce qu'ils veulent, dit le vigile dans son dos, c'est ne plus être seuls. *Jamais.* Vous savez, dans le temps, on allumait sur la table de chevet des gosses une petite lampe qu'on appelait une veilleuse pour qu'ils n'aient pas peur la nuit. Les caméras de Monsieur Noman sont des veilleuses modernes, des veilleuses à la technologie très avancée, c'est tout.

— Il a fondé cette société il y a deux ans ? demanda Caine.

— Oui, juste après la mort de sa femme. Elle a été assassinée dans leur appartement. Il a eu beaucoup de mal à s'en remettre. C'est à ce moment qu'il a imaginé ce système de télésurveillance par abonnement.

Caine se retourna vers les écrans. Il essayait de s'imaginer, vivant sous l'œil infatigable d'une caméra. Est-ce qu'on finissait vraiment par s'en moquer ? Est-ce qu'on finissait vraiment par oublier qu'au bout de la chaîne électronique il y avait un homme, assis dans un fauteuil devant un pupitre de contrôle ; un homme qui vous lorgnait aussi distinctement que s'il était installé là, dans la même pièce que vous ? Il grimaça. Des vieillards, des intellectuels absorbés dans on ne savait quel travail abscons, des analystes financiers penchés sur des écrans, des femmes, jeunes ou mûres, lisant, écrivant, écoutant de la musique, jouant avec des bébés, faisant de la gymnastique, moulées dans d'incroyables maillots fluorescents. Le système de mise au point automatique les suivait dans tous leurs déplacements, s'attachant à restituer une image parfaitement nette quelle que soit l'intensité de l'éclairage ambiant. Aucun flou, aucune ombre, une merveille de la technologie portant le sceau de Silicon Valley. La grande hystérie californienne en marche !

— Normalement je n'ai pas le droit de faire entrer quelqu'un ici, murmura le surveillant. C'est bien parce que vous êtes mon auteur préféré et que je suis raide dingue de vos bouquins. Vous allez parler de moi dans la prochaine aventure du Culturiste fou ?

— Peut-être, éluda Caine. Ça ne vous fera pas d'ennuis ?

— Non, vous n'avez qu'à changer les noms.

Caine grogna. Grand voyageur et romancier populaire, il se demandait souvent comment il en était arrivé à vivre cette double vie. Auteur de best-sellers de drugstores aux États-Unis, routard vieillissant hors des frontières… La faute en revenait sans doute à Murphy Mc Murphy, le P-DG des éditions *Screaming black cat*, cet éditeur un peu dingue qui vivait presque en permanence en slip de bain. Douze ans plus tôt,

Caine, qui revenait du Népal après avoir passé deux années entières dans une lamaserie, avait éprouvé le besoin narcissique imbécile de voir publier le contenu de son premier carnet noir, un journal de voyage émaillé d'anecdotes étranges, incroyables et pourtant vraies. Il avait eu un mouvement de sympathie pour ce *publisher* non-conformiste dont les bureaux étaient installés à Venice, au bord de la plage, et qui passait plus de temps avec les bodybuilders luisants de lotion solaire qu'avec les conseillers littéraires et les contrôleurs de gestion. Murphy Mc Murphy était lui-même un culturiste achevé, et son corps, sillonné de cicatrices ramassées au Viêt-nam, ressemblait à un monstrueux assemblage de hernies sur le point d'exploser. À cause de ses pectoraux monstrueux qui saillaient tels des pare-chocs, on le surnommait *Bumper*. Il fallait le voir, en slip léopard, jonglant avec la fonte en écoutant de vieux succès des années soixante : *Be Bop-A-Lula, Good Golly Miss Molly* ou *Help Me, Rhonda*, sans oublier bien sûr *Barbara-Ann*. À cinquante-quatre ans, il avait une anatomie d'hercule de foire. En quelques années, il était devenu le dieu des plagistes, des rollers-boys, et des gigolos qui hantaient la plage.

De cette rencontre était né *Crazy Bodybuilder*, le Culturiste fou. L'argument en était aussi simple qu'atterrant : Molloy Mc Molloy, un ancien du Viêt-nam, avait pour habitude d'aller secouer la fonte sur la plage de Venice (Californie). Un soir d'orage, la foudre s'abattait sur lui, attiré par l'haltère qu'il brandissait au-dessus de sa tête. La décharge ne le tuait pas, mais éveillait en lui d'étranges pouvoirs paranormaux. Dès lors, Molloy Mc Molloy devenait une sorte de détective extralucide, capable de prévoir les crimes deux heures avant qu'ils ne soient commis. Deux heures, pas une minute de plus. Se heurtant à l'incrédulité des services de police, il devait lutter par ses propres moyens pour identifier, localiser et sauver la future victime entrevue au cours de sa transe cataleptique. Ses visions se produisaient chaque fois qu'un orage éclatait au-dessus de la ville. Les victimes potentielles étaient toujours des filles magnifiques. Les romans se déroulaient en cent vingt minutes, à un rythme extrêmement rapide.

Après avoir signé son contrat, Caine était resté une seconde foudroyé, et, pendant un moment, il s'était cru victime d'une hémiplégie due à la stupeur. Pourquoi avoir accepté ? Aujourd'hui encore, douze ans plus tard, il s'interrogeait sur les raisons qui l'avaient poussé à signer ce pacte avec un diable aux muscles gonflés et aux cheveux carotte. Solitude ? Fascination ? Lassitude ? Murphy Mc Murphy l'avait cueilli comme le font les virus : à un moment de moindre résistance organique. Il ne voyait pas d'autre explication. *Crazy Bodybuilder* était rapidement devenu une légende à Venice. La couverture en relief où saillaient les pectoraux du détective extralucide avait peu à peu colonisé tous les tourniquets des drugstores, puis le phénomène s'était changé en épidémie, et toutes les villes de la côte ouest avaient été contaminées. Caine, compromis, jugé par la critique sans même avoir été entendu, avait été catalogué auteur de best-sellers. Très rapidement, toutefois, il avait compris que Bumper entendait écrire par procuration, et qu'il avait moins engagé un auteur qu'un *ghost writer* prompt à s'exécuter.

— J'ai un sacré sujet pour toi, petit, lançait-il en se massant les deltoïdes avec un Uniment spécialement fabriqué à son intention. Tu ne dois pas oublier que je suis un fils de la guerre, j'ai été formé à l'école de la cible mouvante. Je connaissais pas mal de gars de la 175e Brigade, celle qui a été décimée à Cao-Dan. À cinq reprises les medevacs[1] m'ont ramené à l'arrière. On m'a charcuté, recousu. C'est en faisant de la rééducation que j'ai commencé à tâter du culturisme.

Bumper savait tout de la guerre et des pouvoirs paranormaux. Il attribuait sa survie aux divers pressentiments qui l'avaient assailli là-bas, dans la jungle. Il croyait dur comme fer au sixième sens, aux signes, aux présages. Comme beaucoup de vétérans, il était extrêmement superstitieux. Caine réalisa qu'il entendait qu'on le prenne pour modèle. Le Culturiste fou, c'était lui ! D'ailleurs il retouchait les dialogues sur manuscrit, grommelant lorsqu'il ne trouvait pas assez de bons mots dans la bouche du héros, ou que ce dernier n'employait pas suffisamment l'argot des vétérans.

— C'est pas dur, pourtant, soupirait-il. Y a qu'à m'écouter parler.

Et cela avait donné : *Le Culturiste fou et la fille aux yeux de panthère. Le Culturiste fou et la femme aux seins d'acier. Le Culturiste fou et...* Caine avait enchaîné roman sur roman. Six par an, une sorte de plongée vertigineuse qui ne lui laissait plus le temps de penser. Mais n'était-ce pas ce qu'il avait secrètement désiré après tout ?

Le vigile à queue-de-cheval toussota dans son dos, le ramenant à la réalité. Il avait sorti d'un tiroir un exemplaire de la dernière aventure de son héros favori.

— Je m'appelle Andy, dit-il avec une soudaine timidité. Si vous pouviez me faire une dédicace mar-

1. Hélicoptères sanitaires de l'armée.

rante que je montrerai aux copains. Moi aussi j'ai fait du culturisme, je sais ce que c'est, je pourrais vous raconter des anecdotes, ça vous donnerait peut-être des idées de bouquin…

Caine chercha, extirpa son stylo *Bright Flood Shadow* d'une des poches de sa vieille veste de cuir dont l'odeur de sueur résistait à tous les nettoyages. Il écrivit quelque chose comme : *Pour Andy, le silver surfer, ce roman tapé sur peau humaine par une machine à écrire chauffée à blanc. Amicalement. OS'CAINE.*

Il avait fini par découvrir que les fans adoraient ce genre de phrases idiotes. Elles donnaient de la valeur à des bouquins imprimés sur papier recyclé qu'on pouvait ensuite revendre à prix d'or sur le marché parallèle des librairies spécialisées.

— Super ! siffla Andy en déchiffrant le gribouillage, le visage tordu par l'effort d'attention.

Caine décida qu'il était temps de prendre congé. L'ennui avec les fans, c'est qu'ils commençaient par vous passer la pommade, et finissaient toujours par exhumer d'un tiroir secret un manuscrit rédigé d'une vilaine petite écriture et qu'ils s'empressaient de vous coller dans les bras en vous demandant votre avis.

— Merci, assura-t-il, c'était très sympa de me donner accès à ces informations.

Andy rosit de plaisir pendant que Caine prenait la fuite. Une fois dans le hall, il rendit à la réceptionniste le badge de circulation qu'on lui avait remis avec beaucoup de difficultés. Il conservait de cette incursion sur le territoire de la haute surveillance une curieuse impression de malaise, et regrettait presque d'avoir cédé aux supplications de Bumper.

— Va jeter un coup d'œil, lui avait dit celui-ci. J'ai profité de ce que Patti rédige une biographie de Noman pour t'obtenir un laissez-passer. À ce qu'on raconte c'est le grand délire sécuritaire dans toute son horreur. Aucun journaliste à ce jour n'a pu avoir accès à la salle de contrôle du système Noman. Il faut en profiter.

Caine avait cédé, pas par curiosité mais par désœuvrement, et pour aider Patti Grizzle qu'il aimait bien. C'était une fille étrange, un peu dingue, et dont on disait qu'elle ne ferait pas de vieux os. Aux dernières nouvelles elle avait convaincu Bumper de financer la biographie monumentale qu'elle avait entrepris d'écrire sur Ernst Noman, celui que certains surnommaient « L'architecte fou » ou encore « Herr Von Noman ». Le projet devait déboucher sur la publication d'un ouvrage luxueux illustré de nombreuses photographies. La polémique féroce qui entourait depuis plus de vingt ans les réalisations de Noman assurerait les conditions de publicité nécessaires à toute bonne vente. Mais Caine, méfiant de naissance, s'interrogeait sur les motivations secrètes de l'éditeur. En effet, il ne lui avait pas fallu longtemps pour découvrir que Bumper, loin d'être un simple fabricant de séries populaires, avait beaucoup d'argent investi dans des secteurs aussi différents que l'industrie chimique de pointe ou l'aviation civile. Les éditions *Screaming black cat* n'étaient pour lui qu'un hobby. Certains n'auraient pas hésité à dire : une couverture. Qui était Bumper en réalité ? Personne ne le savait. Avait-il vraiment fait partie des forces spéciales ? Avait-il travaillé pour la CIA ? Sa faconde de clown et ses pectoraux de lutteur de foire ne parvenaient pas toujours à faire oublier l'éclat glacial de ses yeux bleus. Il s'était inventé un personnage caricatural à souhait. Il était devenu culturiste en Californie, comme il aurait été tireur au pistolet ou champion de rodéo au Texas. Un masque, rien de plus. Un masque bariolé, rutilant, qui le faisait ranger dans la catégorie des farfelus inoffensifs, mais qu'y avait-il derrière ce déguisement ? Caine n'ignorait pas que certaines vedettes d'Hollywood avaient été, en leur temps, des agents de la CIA. Alors pourquoi pas Bumper, le monsieur muscle rigolo de la plage de Venice, ce faux Tarzan en mini-slip qui faisait la joie des touristes ? Pourquoi s'intéressait-il brusquement à Ernst Noman ? Ce type de monographie était bien loin de la part de marché dans laquelle *Screaming black cat* recrutait habituellement ses lecteurs. Avait-il reçu l'ordre de se pencher sur le cas très particulier de cet architecte qui, aux yeux des spécialistes, faisait figure d'illuminé et d'artiste pompier ?

Caine arriva enfin à la hauteur de sa voiture. C'était une Simarane 4 de 1966, dont il n'existait que cinq exemplaires prototypes de par le monde, le constructeur ayant fait faillite avant d'entreprendre la fabrication en chaîne du modèle. La carrosserie en avait été traitée à la résine aviation, et toutes les pièces fabriquées à la main, selon des techniques artisanales qui auraient fait dresser les cheveux sur la tête d'un industriel d'aujourd'hui, mais qui conféraient au véhicule une finition incomparable. Elle était rouge impérial, et sa forme générale évoquait celle de la Jaguar MK 2, en plus agressif. Sa plaque d'immatriculation personnalisée portait la mention *CRAZYBODY 01* ; cet enfantillage amusait les lecteurs de Caine lorsque celui-ci devait se plier à l'inévitable corvée des séances de dédicace. Caine, qui n'avait longtemps possédé pour tout moyen de transport que ses deux pieds, des autocars Greyhound, ou des guimbardes d'occasion, se demandait parfois comment il en était arrivé à faire l'acquisition de la Simarane. Bien qu'il exerçât son activité d'auteur de best-sellers depuis près de douze ans, il ne s'était jamais habitué à la prospérité qui en avait découlé, et il lui arrivait fréquemment de se croire victime d'un dédoublement de personnalité. Quelque part au fond de lui, il était resté l'Oswald Caine des années d'errance qui traînait sur les pistes d'Asie avec pour tout vêtement un jean raide de crasse et des sandales de moine tibétain. Un trip d'éternel adolescent dont il n'essayait même pas de se guérir. Au volant de la Simarane, par contre, il se sentait dans la peau d'un usurpateur, et il lui semblait toujours qu'à un moment ou à un autre quelqu'un allait le désigner du doigt à travers le pare-brise en criant : « Hé ! Qu'est-ce que ce type fiche là ? Vous ne voyez pas que c'est un *voleur* ? » Peut-être faisait-il partie de ces gens qui ne sont pas doués pour la richesse et qui ne seront jamais capables d'agir avec cette impudence mêlée de bonne conscience qui est l'apanage de ceux qui sont nés avec une cuiller de vermeil dans la bouche ? Il avait gardé de ses années de pauvreté la manie de s'excuser à la moindre bévue ; dans les salons, on se moquait de lui pour cela.

Comme il se glissait à l'intérieur de la voiture, le téléphone se mit à sonner. C'était Murphy Mc Murphy, dit Bumper, son patron. Au ton de sa voix, Caine comprit que quelque chose n'allait pas.

— Viens tout de suite, dit l'éditeur. On est dans la merde. Patti a disparu.

— Disparu ? répéta bêtement Caine.

— Ouais, grogna l'ex-Marine. Avalée par une tempête de sable. Je ne peux pas t'en dire plus au téléphone, amène-toi. Je suis au stand d'entraînement.

Caine démarra. La nouvelle venait confirmer les craintes vagues qu'il nourrissait depuis le début de l'enquête. Il roula aussi vite que le permettait l'habituel encombrement paralysant le réseau routier de Los Angeles. Sur la plage de Venice, les amateurs de cerfs-volants se pressaient d'utiliser les séquelles de la récente tempête pour lancer dans les airs leurs dernières acquisitions. De curieuses machines constituées de papier et de badines grimpaient ainsi dans les bourrasques : trois-mâts, paquebots stylisés, biplans, locomotives. Les formes les plus extravagantes se côtoyaient, tirant sur la ficelle qui les reliait au sol. C'était à qui réussirait à faire décoller l'engin le plus fou. Des amateurs de bain de soleil, à qui la chimie des pilules faisait l'œil glauque, regardaient ce ballet compliqué en pouffant de manière hystérique. Avec une certaine nostalgie, Caine pensa à ce qu'avait été Venice dans les années soixante, à l'époque où les adeptes du surf étaient des jeunes gens propres, aux cheveux coupés en brosse. Aujourd'hui, les surfers étaient devenus punks ou nazis, ils dansaient à la crête des vagues sur des planches décorées de grandes croix gammées. Les années soixante, ç'avait été pour le petit Oswald Caine, âgé de dix ans, le temps des milk-shakes à la fraise, des films à épisodes, des monstres de science-fiction en carton-pâte se dandinant d'un pied sur l'autre sur l'écran géant du *drive-in* comme s'ils souffraient d'une colossale envie de pisser. Que restait-il de tout cela à présent ?

Caine regarda autour de lui. Il ne voyait plus que des duplicatas humains de héros de séries télévisées. Tous ces gens semblaient échappés d'un feuilleton d'aventure ou d'un *soap opera*. Ils étaient coiffés comme… Ils s'étaient fait faire le nez ou les seins de… bougeaient et parlaient à la manière de tel autre… Il se rappela ce que lui avait dit en confidence un psychiatre désabusé : « Victimes de leur *ego* boursouflé, les hommes et les femmes ont toujours tendance à se croire plus originaux et plus intéressants qu'ils ne le sont en réalité. Quand on se penche sur leur cas, on réalise qu'ils sont en fait des personnages à peu près aussi stéréotypés que ceux qui peuplent les bandes dessinées. » Caine n'avait jamais oublié ce théorème. Souvent, il avait l'illusion d'être entouré de baudruches souriantes, de peaux bronzées gonflées d'air. Il se disait alors qu'une piqûre d'épingle, qu'une brûlure de cigarette aurait suffi à faire exploser ces simulacres d'êtres humains auxquels il ne cessait de se cogner au long des rues. Une nuit, il avait rêvé qu'il n'était lui-même qu'un ballon de caoutchouc rose qu'une marchande à la tête couverte de bigoudis gonflait en lui soufflant dans la quéquette. Une amie journaliste frottée de psychologie lui avait décrété qu'il s'agissait là d'un symptôme schizoïde évident.

Caine enjamba les corps nus, luisants de lotions solaires, vautrés dans le sable. Il était pressé de rejoindre Bumper qu'il voyait s'agiter au centre du curieux stand de poids et haltères installé par les culturistes qui venaient faire leurs exercices les yeux tournés vers l'océan. L'éditeur maniait la fonte avec rage, et les veines qui gonflaient ses biceps paraissaient prêtes à éclater. Il passait la plupart de son temps ici – au milieu des bodybuilders consciencieux, que des Texanes au nez couvert de crème anti-UV photographiaient sur toutes les coutures – alternant les exercices, ne faisant une pause que pour parcourir les manuscrits qu'on lui envoyait. Un téléphone cellulaire et une télécopie portative le reliaient aux bureaux des éditions *Screaming black cat* dont l'immeuble rouge et noir dressait sa façade sur la Promenade. Dès qu'il aperçut Caine, il laissa tomber l'haltère de vingt kilos à l'aide duquel il avait entrepris de se fatiguer les tendons.

— Patti a disparu, murmura-t-il en entraînant le romancier à l'écart. Je viens de recevoir un coup de fil de Noman lui-même. Elle a quitté la résidence de l'Oasis pendant la tempête et s'est égarée dans le désert. Sa voiture est tombée en panne. Il semble que Patti s'est affolée, qu'elle a quitté le véhicule pour se mettre à tourner en rond. On a lancé un hélicoptère et des chiens à sa recherche, mais on n'a pas encore retrouvé sa trace.

Caine serra les mâchoires. Si la jeune femme s'était mise à courir au milieu des bourrasques, elle avait dû finir par s'abattre à bout de forces, et le sable l'avait recouverte, l'enterrant vivante.

Bumper glissa les doigts dans l'échancrure de son slip léopard et en tira un trousseau de clés qu'il mit d'autorité dans la main de Caine.

— Je veux que tu ailles chez elle, dit-il d'une voix sifflante. Embarque tout ce qui te semblerait se rapporter à Noman : documents, notes, disquettes. Emporte l'ordinateur, je ne veux pas que les flics mettent le nez dans les fichiers enregistrés sur le disque dur.

— Hé ! coupa Caine en levant la main. *Stop !* C'est quoi cette histoire ? Ce projet de monographie ne tient pas debout… ce n'est pas ton domaine, qu'est-ce que vous fricotiez avec Noman ? Explique-toi ou je rentre chez moi immédiatement.

L'éditeur gronda comme un chien contrarié, jeta un bref coup d'œil par-dessus son épaule pour s'assurer que personne ne pouvait les entendre, puis entraîna le romancier à la lisière des vagues, là où l'eau moussait sur le sable. Caine nota que Bumper portait des sandales de caoutchouc à cause des aiguilles et des seringues que les drogués abandonnaient dans le sable.

— La biographie, le bla-bla sur l'œuvre de Noman, c'était une couverture, marmonna Bumper. Un prétexte pour s'approcher de lui. Patti avait une idée derrière la tête.

— La connaissant, je m'en doute, ricana Caine. Je suppose que ça entretient un rapport avec cette histoire de télésurveillance, le *Noman's survey network* ?

— Oui, chuchota Bumper en baissant encore la voix. Elle prétendait que des choses bizarres se passaient à l'Oasis. Elle ne m'a pas dit quoi. Sa théorie, c'est que Noman a pété un fusible après la mort de sa femme, et que la notion de sécurité civile est devenue chez lui une véritable obsession. Elle disait…

— Merde, souffla Caine, arrête de parler d'elle au passé, on n'a pas encore déterré son corps.

— Son hypothèse de travail, énonça Bumper sans tenir compte de l'interruption, c'est que Noman aurait fondé une sorte de secte bâtie sur le principe de la maison de verre. Tout le monde contrôlant tout le monde, en permanence.

— Quoi ? Tu veux dire là-bas, à l'Oasis ?

— Oui, selon Patti les appartements seraient truqués. Chacun pourrait, grâce à un système de micros et de fibres optiques, observer à tout moment ce qui se passe chez ses voisins. Une sorte de contrôle mutuel librement consenti.

— Le style : « Je sais qu'on me regarde, mais c'est pour mon bien » ?

— Oui. « Le principe de la maison de verre », c'est comme ça qu'elle l'appelait. Dans chaque appartement, un téléviseur donnant accès à l'intimité des voisins. Une chaîne par locataire, chaque logement devenant en quelque sorte un mini-studio d'enregistrement. La transparence totale, l'abandon de toute pudeur.

— Et il y aurait des gens pour entrer dans ce jeu ?

— Oui, aucun problème de recrutement. Une secte d'exhibitionnistes, si tu préfères. Le besoin de sécurité servant d'alibi à chacun.

— Et le but avoué ?

— Apprendre à réfréner ses mauvais instincts, l'obligation de conserver à tout moment son *self-control* parce qu'on se sait observé. Une espèce de rééducation par le groupe et le regard d'autrui.

— C'est ça que Patti pensait trouver là-bas ? interrogea Caine.

— Oui, dit Bumper en grimaçant. Selon elle, Noman aurait procédé à des essais qui auraient… mal tourné. Il y aurait eu des accrocs. Plusieurs disparitions qu'on aurait mises sur le compte des tempêtes de sable. Elle avait dans l'idée que cette cohabitation avait pu déboucher sur un psychodrame collectif, des scènes de violence, peut-être même une tuerie généralisée. Elle est partie là-bas, à l'Oasis, pour vérifier ses théories. Au début elle m'a fait parvenir quelques messages. Nous avions convenu d'un code, bien sûr. Puis j'ai perdu le contact. Les derniers temps elle avait l'air inquiète, mais elle ne m'a rien dit de précis.

— A-t-elle découvert quelque chose ?

— Non, avoua l'éditeur dont les pectoraux luisaient de sueur. Je lui avais confié deux ou trois gadgets pour localiser d'éventuels micros ou des caméras. Elle a passé tous les appartements au peigne fin sans rien trouver.

— Vous espériez un scoop, c'est ça ? dit sèchement Caine. Un truc scandaleux : *La naissance d'un nouvel État dans le désert Mohave, une nouvelle constitution pour les exhibitionnistes. L'abolition du cinquième amendement*... ou quelque chose du même genre.

— C'était une hypothèse intéressante, se défendit Bumper. De nos jours les gens se foutent de la fiction. La littérature, le cinéma, ça n'intéresse personne tant que ça ne devient pas une sorte de trou de serrure par lequel on peut lorgner chez le voisin. On vit à l'époque du voyeurisme généralisé, mon vieux. Une communauté de voyeurs s'espionnant les uns les autres, ça pouvait faire un bouquin sacrément juteux.

Caine serra les doigts sur le porte-clés de Patti. Au contact de la peau de Bumper, il était devenu huileux.

— Je vais chez elle, décida-t-il. J'espère que les flics ne me surprendront pas en train de fouiller dans ses affaires.

— Y a pas de raison, fit Bumper en haussant les épaules. Officiellement c'est encore une disparition accidentelle, pas un meurtre.

Caine traversa la plage à grandes enjambées pour tenter d'épuiser la fureur qui bouillonnait en lui. Il ne savait pas qui l'exaspérait le plus de Patti ou de Bumper. L'éditeur était un vautour, comme presque tous ses semblables, mais Patti était folle et inconsciente. À force d'abuser de la dope, elle perdait le sens du réel. Caine sauta dans la Simarane et prit le chemin de

Downtown. Patti habitait un loft d'artiste dans Olvera Street, la vieille rue pavée réservée aux piétons, et colonisée par les boutiques mexicaines de peinture sur velours.

La disparition de la jeune femme le mettait mal à l'aise car ils avaient été amants, six ans plus tôt. Une aventure qui n'avait guère duré plus de sept mois, avec de longues éclipses dues aux fréquents voyages qu'ils avaient effectués l'un et l'autre dans le cadre de leur travail. Patti était accourue au secours de Caine à une époque où celui-ci était en train de perdre pied. Mary-Sue, son ex-femme, la fille unique de Bumper, venait en effet de sombrer dans la folie, et, durant quelque temps, le romancier avait bien cru qu'il allait en faire autant.

C'était, il est vrai, une histoire assez lamentable qui lui avait toujours laissé un terrible sentiment d'impuissance. Quand Bumper lui avait présenté sa fille, quelques mois après qu'il fut entré aux éditions *Screaming black cat*, Caine n'avait à aucun moment soupçonné les problèmes mentaux qui couvaient dans cette charmante caboche d'Irlandaise bien élevée. Mary-Sue était une jeune femme rousse au visage laiteux, d'une incroyable pureté, et à la bouche de petite fille boudeuse. Elle sortait d'une école religieuse où elle avait fait de si brillantes études littéraires que la directrice de l'établissement lui avait proposé un poste d'enseignante dès qu'elle avait obtenu son diplôme. Mary-Sue avait tout de la jeune Américaine saine et dynamique qui va dévorer le monde à son petit déjeuner. Caine l'avait épousée. Mais Mary-Sue avait un problème, il en avait pris conscience le jour où elle avait commencé à exprimer beaucoup d'inquiétude chaque fois qu'il leur arrivait de faire l'amour.

— Tu vas t'infecter, murmurait-elle à son oreille pendant qu'il s'activait en elle. Les femmes sont pleines de saletés. Il faudra te nettoyer soigneusement ensuite.

Cette phobie n'avait fait qu'empirer au cours des deux ans qu'avait duré leur vie commune. Peu de temps avant leur divorce, Mary-Sue en était arrivée à se considérer comme l'agent infectieux responsable du sida. En confidence, elle avouait avoir inventé cette maladie – elle, et elle seule, parce qu'elle était la plus sale de toutes les femmes de la Création – et elle en concevait un grand sentiment de culpabilité. Bumper l'avait poussée à consulter les plus grands analystes de la Côte, elle avait refusé, rétorquant qu'elle n'était pas folle mais seulement contagieuse. Elle avait fini par se prendre pour une sorte de virus déguisé en femme. Elle vivait dans un appartement-bulle, n'entretenant aucun contact avec l'extérieur, n'acceptant les visites qu'à condition qu'on enfile une combinaison de Nylon en sa présence. Elle essayait de se purifier par l'ascèse. En trois ans, elle avait perdu vingt kilos et tenait à peine sur ses jambes.

— Il faut affamer le virus, expliquait-elle. Lorsqu'il sera devenu très faible, une simple injection d'antibiotique le tuera.

C'est à cette époque que Caine avait commencé à s'échapper, prenant la fuite sous le couvert de voyages censés lui fournir la documentation nécessaire à ses livres. C'est à cette époque également qu'il s'était mis à fréquenter Patti Grizzle, la vénéneuse petite *free-lance* qui humait l'odeur du scandale comme une chienne renifle les réverbères avant de s'accroupir pour pisser.

Il s'ébroua pour chasser ces mauvais souvenirs et chercha une place pour se garer, car Olvera Street était une rue piétonne toujours encombrée de touristes. La portière claquée, il se faufila entre les cohortes de Japonais ployant sous les appareils photographiques et les *pinatas*. Patti habitait au-dessus d'un restaurant dont l'unique plat consistait en un copieux *chili con carne* qu'on servait dans d'énormes bols de terre cuite. Souvent, après l'amour – du temps de leur idylle – ils avaient appelé le patron pour se faire monter une pleine marmite de cette nourriture flamboyante capable de réveiller les morts les plus rétifs. Caine se faufila dans l'escalier aux marches affaissées en essayant de ne pas se faire voir des serveurs qui risquaient de le reconnaître.

Depuis leur séparation, il n'avait fait qu'entrevoir Patti dans les couloirs de la maison d'édition, à Venice. Elle était toujours mince, vêtue de noir, coiffée à la Louise Brooks, mais son visage triangulaire s'était creusé avec les années, et des cernes violets s'étaient installés à demeure sous ses yeux. Elle avait suivi un curieux trajet : après avoir occupé un poste d'analyste financier, un jour elle en avait eu assez de jongler avec les swaps de taux d'intérêt, les collars, les floors, et s'était reconvertie dans le journalisme, le document, la confession ou les mémoires dictés au magnétophone par d'anciennes call-girls spécialistes du *bondage*. Mais de sa première activité, elle avait gardé la manie de carburer aux amphétamines, et mâchait de la Dexedrine comme d'autres croquent des pastilles de menthe. En fait, quand il s'interrogeait, Caine devait s'avouer qu'il ne savait presque rien de Patti Grizzle. En dépit de leur cohabitation prolongée, elle était demeurée pour lui aussi opaque qu'une ombre chinoise. Durant tout ce temps, elle n'avait vu en Caine qu'un spectateur attentif et bien disposé, devant lequel elle s'était amusée à jouer de multiples rôles : la jeune journaliste pure et dure, la femme qui accumule les expériences les plus diverses en prévision du Grand Livre qu'elle écrira plus tard, une fois atteint l'âge de la maturité. La *career woman* qui saute d'un avion à l'autre, et pour laquelle la planète Terre est déjà un champ de prospection trop étroit. Elle avait souvent changé de visage devant lui, mais son regard était toujours resté le même : indéchiffrable, peut-être parce qu'il ne dissimulait rien, en fait, qu'un vide terrifiant. Patti était comme ces acteurs, qui, à force de vivre par procuration, n'ont aucune idée de ce qu'ils sont en réalité. Mais Caine n'avait jamais cherché à l'analyser, il se méfiait trop de ses propres états d'âme pour jouer les réducteurs de tête avec autrui. Depuis un moment déjà, il avait cessé de réfléchir et de s'interroger sur son cas personnel. Il ne savait pas qui était Oswald Caine, pas plus qu'il ne savait qui était Patti Grizzle, et il ne tenait pas à enquêter sur le sujet. Il travaillait beaucoup, de manière à ne jamais rester seul avec lui-même, c'était la seule méthode satisfaisante qu'il avait su inventer. « Il courait, droit devant lui, à l'abîme », disaient les mauvaises langues, il s'en moquait. Il se faisait un devoir de suivre ses impulsions, sans peser interminablement le pour et le contre. Il obéissait à ses instincts, refusant de prendre le temps de se demander si c'était bien raisonnable. C'était sans doute pour cela qu'il avait acheté la Simarane, parce qu'elle symbolisait à ses yeux la vitesse brute et bête. Parfois il est réconfortant de se sentir brut et bête. Surtout quand les aiguilles commencent à tourner plus vite sur le cadran des horloges.

Il déverrouilla la porte blindée. Plongé dans la pénombre, le loft évoquait le poste de pilotage d'un vaisseau spatial déglingué. Des écrans, des claviers, des magnétophones aux bobines gigantesques brillaient dans la lumière filtrée par les lamelles de plastique noir des stores vénitiens. Les murs et le parquet étaient peints en noir également, ce qui ne facilitait pas le repérage des cafards lorsque ceux-ci décidaient de passer à l'attaque. Partout ce n'était que bandes magnétiques entassées, cassettes audio empilées, disquettes jetées au hasard. Patti était si désordonnée qu'une perquisition en règle n'aurait en rien ajouté au chaos ordinaire de l'appartement. Caine avait toujours été tenté de discerner dans ce champ de bataille les symptômes d'un esprit en train de naufrager. Il jeta sur le sol le sac de sport qu'il avait pris la précaution de sortir du coffre de sa voiture, et commença à passer en revue les dossiers éparpillés sur la table de travail, une belle planche de séquoia rouge jetée en travers d'une paire de tréteaux. Son regard tomba tout de suite sur un recueil de coupures de presse concernant toutes Ernst Noman. On y évoquait pêle-mêle son travail d'architecte et l'assassinat de son épouse, Polly. Caine s'attarda une seconde sur la photo de celle-ci, une femme enfant à la peau laiteuse, constellée de taches de rousseur, et au sourire incroyablement lumineux. Il y avait dans ses yeux une confiance en l'avenir et un appétit de vivre qui faisaient mal. Caine enfouit le dossier dans son sac. La prolifération de carnets de notes, de brouillons et de feuilles chiffonnées l'écrasait. Jamais il n'aurait le temps de passer ce foutoir au crible. La pénombre du logement l'oppressait. D'un revers de la main, il chassa un cafard qui avait entrepris d'escalader une tasse à café au fond de laquelle on avait écrasé un mégot de cigarette mexicaine. Sur une étagère s'alignaient un nombre incroyable de magnétophones, tous plus miniaturisés et plus performants les uns que les autres. Des bijoux technologiques qui tenaient dans le creux de la main et se révélaient capables d'incroyables performances. Patti était une obsédée du micro-espion, Caine avait pu s'en rendre compte durant leur cohabitation. Elle faisait partie de cette génération de journalistes intoxiqués par le mythe du Watergate, et vivant dans l'attente du scandale monstrueux qui les propulserait du jour au lendemain à la une des journaux. Depuis des années Patti espérait le « gros coup », la méchante affaire qui ferait d'elle une énorme vedette. Comme beaucoup de reporters stressés, elle avait peu à peu glissé sur la pente de la paranoïa, devinant d'horribles mystères derrière le moindre chien écrasé. Caine connaissait bien cette engeance infernale. Elle encombrait les couloirs des éditions *Screaming black cat*. Il ne se passait pas une semaine sans qu'un enquêteur allumé vienne vous fourrer sous le nez le manuscrit dans lequel il prouvait par A plus B que Marilyn Monroe avait été assassinée parce qu'elle était en réalité un agent du KGB. À force de voir des machinations partout, ces cinglés finissaient par les fabriquer de toutes pièces. Patti avait-elle commis la même erreur ? Caine n'était pas loin de le croire. Il souleva l'un des magnétophones. Une merveilleuse petite machine japonaise qu'alimentait un micro sans fil capable de détecter le crissement des pattes d'un cafard sur le bas Nylon d'une femme assoupie. C'était l'une des raisons pour lesquelles il s'était éloigné de Patti, cette obsession des écoutes clandestines. Elle en était arrivée à poser des micros partout : à l'intérieur de bouquins évidés, dans des poignées de valise, sous des cendriers, dans le socle des vases.

« Je veux savoir ce qu'on dit de moi une fois que j'ai quitté la pièce », répondait-elle chaque fois que Caine lui demandait les raisons de sa conduite. Elle en avait même posé chez Bumper, dans la salle de réunion du comité de lecture, pour percer les secrets des délibérations, ce qui avait plongé l'ancien Marine dans une fureur noire.

Une fois qu'elle était dans un hôtel de Miami, en compagnie de Caine, elle s'était glissée dans une autre chambre pour coller un émetteur HF sous la table de chevet. Elle avait ensuite passé la soirée et une partie de la nuit, un écouteur dans l'oreille, à espionner ce que disaient et faisaient ces parfaits inconnus dont elle ignorait jusqu'au visage. Sur les rayonnages de sa bibliothèque, elle conservait près d'un millier de cassettes sur lesquelles se trouvaient stockées ses meilleures prises, des conversations volées ici ou là, des bribes d'intimité qui faisaient rougir les plus avertis lorsqu'ils les écoutaient.

— Mon plus beau coup, disait-elle, c'est quand j'ai planqué un micro sous le canapé d'un psychanalyste. J'ai pu enregistrer tout ce que racontaient ses clients. Il y avait des trucs fabuleux. Le vice à l'état pur.

Patti était une « auditive », une obsédée de l'écoute clandestine. Elle collectionnait les secrets pris sur le vif à l'insu des participants, les confessions gênantes, les aveux, les fantasmes avoués au creux des lits.

Caine passa en revue les cassettes, découragé à l'avance. Il y en avait trop. Si la police se livrait à une fouille en règle, elle aurait de quoi se régaler. Sur chaque boîtier figurait une petite étiquette résumant le contenu de l'enregistrement : *Saint-Louis, octobre 90. La femme qui pleure en faisant l'amour. Miami Dade. Université, mars 88. Le prof qui se fait sucer par une étudiante en lui racontant le sujet de sa thèse.*

Il soupira. Oui, c'était à cause de cela qu'il avait rompu avec Patti : cette perversité contre laquelle il s'était senti totalement impuissant. Elle avait essayé de lui faire partager son vice, et, quand il avait refusé, tout était allé de travers entre eux. Une faille s'était ouverte.

Alors qu'il était abîmé dans ses réflexions, la terre trembla sous ses pieds, et les cassettes dégringolèrent en cascade des étagères. La secousse fut brève mais provoqua les exclamations des touristes dans la rue. Il n'y avait pourtant pas de quoi s'affoler, ils en verraient d'autres s'ils s'attardaient en Californie.

Il décida d'en finir et s'assit devant l'ordinateur qu'il alluma pour en éplucher les fichiers. Ces machines ne l'avaient jamais mis à l'aise. Contrairement à Patti, il n'était pas branché « Silicon Valley ». Pour écrire, il n'avait besoin que de son stylo *Bright Flood Shadow*, dont la plume distillait une encre indélébile qui résistait à tous les solvants, de son carnet à couverture de caoutchouc noir, qu'une fermeture Éclair pouvait rendre parfaitement étanche, et d'un bon fauteuil dans lequel il adoptait les positions les plus invraisemblables, tel un gymnaste de cirque essayant de faire des nœuds avec ses jambes. Il avait du reste souvent remarqué que les mauvais auteurs s'entouraient d'une technologie de plus en plus avancée, comme si la puissance des machines allait en quelque sorte venir au secours de leur imagination défaillante. Il haussa les épaules et se concentra sur l'écran dont les tressautements lui fatiguaient déjà les yeux.

Quel crédit fallait-il accorder à cette histoire de communauté prônant l'espionnage mutuel ? Certes, le théorème n'avait rien d'impossible, on avait vu s'épanouir des sectes encore plus folles, mais cela ressemblait trop à un délire fabriqué par l'esprit malade de Patti Grizzle. N'était-ce pas là ce qu'elle aurait *souhaité* découvrir ? N'avait-elle pas fini par prendre ses désirs secrets pour la réalité, comme tous les chercheurs de scandales ? La mémoire de l'ordinateur ne contenait que des brouillons d'articles, ainsi que le premier jet de l'introduction du livre consacré à Ernst Noman. C'était du beau travail, intelligent, suffisamment flatteur pour appâter le bonhomme et suffisamment critique pour lui donner envie de se défendre… et donc de lier connaissance. Patti avait bien manœuvré.

Il examina les disquettes une à une, la plupart étaient vierges. Effacées ?

Et si Noman était passé avant toi ? lui murmura soudain une voix intérieure. S'*il* avait fait disparaître tout ce que l'appartement pouvait receler de compromettant à son égard ? Caine fit courir l'ongle de son pouce dans sa barbe grise et rêche. Il imaginait sans mal ce que les policiers pourraient penser de Patti s'ils venaient perquisitionner à l'intérieur du loft. Les enregistrements effectués à l'aide des micros dissimulés auraient tôt fait de classer leur propriétaire dans la catégorie des psychopathes et des vicieuses, lui faisant perdre du même coup toute crédibilité. « D'ailleurs y crois-tu toi-même ? » se demanda-t-il en fronçant les sourcils. Exaspéré, il éteignit la machine et se redressa. Il entreprit de faire le tour de la grande pièce unique au plafond curieusement surbaissé. Dans le fond, se trouvait le lit de Patti, un futon posé à même le sol, et constellé de taches de café. Un bonsaï achevait d'expirer dans la pénombre, entouré d'étranges outils de jardinage japonais qui ressemblaient à des accessoires chirurgicaux rouillés. Sous la natte de coco, dans une cavité du plancher, il découvrit un pistolet automatique de fort calibre SIGMA 40 et quatre chargeurs de rechange bourrés de balles à pointe creuse, comme si Patti se préparait à soutenir un siège. De la folie pure et simple. Elle avait les mains si fines que le recul de l'arme lui aurait luxé le poignet au premier coup de feu. Elle s'était sentie menacée, soit… mais cette menace était-elle réelle ou résultait-elle de sa paranoïa chronique ?

Il remit l'arme en place après l'avoir essuyée, puis il retourna inspecter les bandes magnétiques. L'une d'elles concernait-elle Noman ? Il les examina les unes après les autres, en commençant par les dernières, car elles étaient bizarrement classées par ordre chronologique, comme si Patti s'était davantage préoccupée de la date que du sujet. Les étiquettes le firent ricaner : *Bumper et la petite pute du mercredi. Caine et la grande bringue du comité de lecture.*

Ainsi la petite salope n'avait toujours pas renoncé à planquer ses puces émettrices dans les locaux de la maison d'édition ! Il écarquilla les yeux en découvrant un nouveau boîtier portant le titre : *Caine sautant une groupie au cours d'une signature organisée dans les locaux de la librairie O'Bannion.* Il hésita un instant, se demandant s'il devait faire disparaître ces enregistrements, puis haussa les épaules ; il y en avait probablement des dizaines d'autres sur les étagères qui le surplombaient. Pourquoi cette folle s'était-elle mis dans la tête de traquer Noman et sa secte puisqu'elle était aussi dingue qu'eux tous réunis ?

« Elle aurait mieux fait d'y adhérer ! » grogna-t-il en se redressant. Il en avait assez. Ces témoignages de perversité latente lui agaçaient les nerfs et le mettaient mal à l'aise. Il jeta dans le sac tous les dossiers ayant trait à Noman qu'il put dénicher sur le bureau, et tourna les talons. Il referma soigneusement la porte et descendit l'escalier pour se mêler aux touristes. Dans la rue on discutait encore de la secousse tellurique de tout à l'heure, et il n'eut aucun mal à passer inaperçu. Une fois dans sa voiture il appela Bumper avec son téléphone portable.

— Rien trouvé, cracha-t-il dès que l'ancien Marine eut décroché. Sauf qu'elle était encore plus malade qu'à l'époque où je la fréquentais.

— Les flics non plus n'ont rien trouvé, grogna l'éditeur. Les chiens tournent en rond. Caine, il faut que tu y ailles, toi-même. On ne peut pas la laisser tomber. Tu sais bien que j'ai un principe : je ne laisse jamais mes hommes sans renfort. Pars là-bas sans attendre, tu seras mon escadrille d'appoint.

Caine faillit cracher une injure dans le combiné. Le jargon de vétéran qu'affectionnait Bumper avait le don de le mettre hors de lui. Il raccrocha sans un mot. Mais il savait déjà qu'il irait voir Ernst « King » Noman dans sa forteresse du désert. Il devait retrouver Patti, ne serait-ce que pour lui flanquer une correction. *Caine en train de sauter une groupie.* Il devait au moins lui faire payer ça !

En mettant le contact, il se demanda s'il éprouvait encore quelque chose pour Patti. Sincèrement, il fut incapable de répondre. D'emblée, il avait senti que

Patti Grizzle ne voyait en lui que le Romancier, avec un grand R. Elle avait couché avec lui par… magie – comme cela arrive souvent avec certaine groupie – en croyant qu'il suffirait d'un contact épidermique pour voler un peu du talent du « maître » ; ça paraissait absurde, mais c'était plus fréquent qu'il n'y paraissait. Caine avait dû rabrouer plus d'une étudiante, échappée des ateliers d'écriture universitaires, qui s'était mis dans la tête que la faculté de raconter des histoires passionnantes était une sorte de maladie sexuellement transmissible. Une maladie qu'elles se donnaient beaucoup de mal pour attraper le plus vite possible. Patti avait été comme elles. Elle avait essayé de s'imprégner de la substance de Caine, de lui voler ses *trucs*, son *secret de fabrication*… comme s'il possédait des trucs et des secrets de fabrication ! Elle avait voulu le vampiriser mais il ne lui en tenait pas rigueur, il avait aimé sa jeunesse. Elle l'avait rassuré.

Il avait même essayé de lui en voler un peu. Ça n'avait pas marché.

3

Le Mohave se situe entre la US Highway 395 et l'Interstate 40, à la limite du Nevada. Caine avait choisi de s'y rendre en passant par la vallée de San Fernando, et de gagner ensuite la Highway 14 en transitant par Lancaster. Il roulait, climatisation poussée à fond, un peu inquiet à l'idée de s'égarer. Au fur et à mesure qu'il s'enfonçait dans le désert, les pistes s'effaçaient, les sentiers de grande randonnée s'évanouissaient dans la poussière. La chaleur était telle qu'il se serait cloqué les doigts s'il avait passé la main par la fenêtre pour toucher le métal de la portière. Le paysage désolé vibrait dans l'air. Il suffisait de fixer un instant la route, droit devant soi, pour avoir l'illusion de voir se dessiner de grands lacs miroitants. Ce n'étaient bien sûr que des mirages. Caine luttait contre le sentiment d'oppression qui le gagnait depuis qu'il avait laissé derrière lui les quelques villes-fantômes érigées à l'intention des touristes. Perdu au milieu de cette immensité, il se sentait bizarrement devenir claustrophobe. Chaque crête rocheuse, dénudée, cuite, fendillée, faisait penser à la colonne vertébrale d'un squelette de dinosaure enfoui dans le sable. Ce cimetière antédiluvien courait jusqu'à la ligne d'horizon, comme si tous les brontosaures de la

Création s'étaient donné le mot pour venir mourir là, et que les siècles avaient pétrifié échines et omoplates, leur donnant peu à peu l'aspect d'une excroissance rocheuse. Même les pierres semblaient mortes. Caine savait qu'à cause de la différence de température, elles éclataient à la nuit tombante, et qu'en prêtant l'oreille, on entendait les rochers se fendre avec de grands craquements d'os qui se brisent. Il s'en voulait de céder au romantisme morbide de ce lieu hors du monde, mais il était trop mal à l'aise pour feindre la décontraction. C'était un endroit monotone et désespérant qu'il avait du mal à trouver beau. Un pays pour les scorpions et les cactus. Au cours des années 60, beaucoup de jeunes gens avaient tenté d'investir le Mohave pour se couper de la civilisation ; toutefois, les conditions de vie trop éprouvantes avaient rapidement mis fin à ces utopies adolescentes. Aujourd'hui encore il arrivait que des randonneurs chevronnés meurent déshydratés au cours d'une expédition. Et puis il y avait les serpents à sonnettes, les crotales, lovés sous les pierres chaudes. Les touristes ne s'aventuraient jamais à l'intérieur de la fournaise, d'ailleurs qu'y avait-il à voir ? Le spectacle des arêtes rocheuses dénudées courant à l'infini devenait rapidement lassant.

Il se passa la langue sur les lèvres. Elles étaient sèches. Malgré les efforts de l'air conditionné il commençait à souffrir de la chaleur. Il se saisit de la bouteille de Perrier posée sur le siège et but au goulot. Sur le tableau de bord il avait fixé le plan et la boussole que lui avait confiés Bumper. Sous la banquette arrière, se trouvait caché un sac de sport contenant du matériel de détection utilisé dans le milieu de l'espionnage industriel : analyseur de champ magnétique et autres gadgets qui, selon l'éditeur, devraient lui permettre de localiser rapidement micros et caméras cachés. De la foutaise pour films de James Bond. Caine n'avait arrêté aucune stratégie, tout dépendrait de l'accueil que lui réserverait Noman. Il n'était pas sûr d'avoir beaucoup d'atomes crochus avec le bonhomme en question.

— Je vais le prévenir, avait dit Bumper. Officiellement tu viens prendre le relais de Patti, pour cette histoire de biographie. Tu es quelqu'un de célèbre toi aussi, ça devrait le mettre en confiance.

Caine ne savait pas s'il avait réellement envie de se laisser embarquer dans cette étrange affaire, mais il voulait retrouver la jeune femme.

Il se pencha sur le volant pour scruter le sol. Bumper lui avait affirmé qu'il n'avait qu'à suivre les cicatrices inscrites sur la terre pelée pour rejoindre l'Oasis, car c'était dans ces tranchées que se cachait le pipe-line alimentant la cité en eau potable, en gaz et en électricité. Une sorte de gigantesque cordon ombilical enfoui dans le sol croûteux du désert, et qui raccordait la résidence à la civilisation. Ce travail titanesque avait bien sûr mobilisé contre Noman les associations de protection de la nature, et les *ecofreaks* n'avaient pas une seconde hésité à affirmer que la tranchée ainsi ouverte défigurait le paysage. L'architecte avait rencontré bien des difficultés avant de pouvoir mener sa tâche à bien. On disait que les syndicats du bâtiment l'avaient boycotté en raison des conditions de travail trop difficiles qu'imposait la vie du désert. Les ouvriers avaient exigé des primes spéciales de plus en plus élevées, et les grèves avaient succédé aux grèves. Noman avait continué, bravant l'hostilité générale. Il avait posé la dernière pierre de l'Oasis dans des conditions bizarres. On racontait que, lâché par ses commanditaires, il avait dû accepter le soutien financier d'une secte d'illuminés presque aussi riche que celle des fameux Hare-Krishna, ce qui n'était pas peu dire. Mais tant de rumeurs avaient circulé, souvent fantaisistes, qu'il fallait se montrer prudent dès qu'on abordait le sujet de l'Oasis. Comme tous les novateurs, Noman avait une profusion d'ennemis acharnés, pour la plupart des architectes médiocres et jaloux qui n'auraient de cesse de le voir ruiné et acculé au suicide.

Caine battit des paupières, les vibrations de l'air surchauffé lui donnaient l'illusion que le sol se gondolait devant lui tel un serpent en train de ramper. Il avait fait le plein avant d'entrer dans le désert, mais il redoutait un ennui mécanique qui l'immobiliserait là, au milieu des dunes. Combien de temps s'écoulerait-il avant qu'un hélicoptère de patrouille ne le repère ? Tout à coup, alors qu'il n'y croyait plus, la cité blanche apparut au fond d'un canyon, sculpture gigantesque érigée sur le sable. « Comme une épave tombée du ciel », songea Caine pour qui les formes futuristes des bâtiments avaient quelque chose des contours d'un vaisseau spatial. Un vaisseau spatial échoué là, et récuré par les vents arides, comme un vieil os que les millénaires auraient pétrifié. Le profil aérodynamique des tours, les curieux ailerons se profilant au sommet des bâtiments ajoutaient encore à l'illusion et parvenaient à faire croire que la cité avait été conçue pour prendre son envol, colossal cerf-volant de béton prêt à s'arracher du sol au prochain ouragan. Caine dut reconnaître que l'ensemble était d'une grande beauté et dégageait une indicible impression d'harmonie. C'était moins un bloc d'habitation qu'un monument jouant avec l'ombre et la lumière.

Il accéléra. Aucune piste bétonnée ne reliait la cité au reste du monde. Ici, on roulait sur la roche nue du sol.

Une voiture de police était arrêtée au bas du grand escalier menant au porche d'accès. Un flic bedonnant qui transpirait dans son uniforme regarda Caine s'approcher. Son visage luisant de sueur trahissait nettement son envie d'être ailleurs. Au moment où il récupérait son sac et sortait de la Simarane, Caine crut que la chaleur allait le foudroyer sur place et que ses cheveux allaient s'enflammer sur sa tête tant les rayons du soleil lui paraissaient insupportables. Le flic lui demanda de décliner son identité. Son uniforme moite de transpiration dégageait une odeur de pisse tiède ou de mauvaise bière. Caine se présenta comme un collègue de Patti Grizzle. Par bonheur, le policier était un fervent lecteur des aventures du Culturiste fou, ce qui facilita grandement la prise de contact.

— Entre nous, grogna-t-il avec une certaine gêne, ces histoires de bodybuilder détective c'est quand même des conneries, mais je ne peux pas m'empêcher d'acheter les bouquins au fur et à mesure qu'ils paraissent, c'est bizarre, hein ? Avec les copains on se demande souvent où vous allez chercher des idées pareilles !

Deux chiens tournaient en rond, reniflant les cailloux. Un policier maigre et nerveux les tenait en laisse. Lui aussi paraissait épuisé.

— On piétine depuis ce matin, soupira-t-il lorsque Caine s'approcha. Les bêtes en ont marre, et puis elles crèvent de soif. Elles se brûlent la truffe à renifler cette poussière surchauffée. Elles n'arrivent pas à localiser la moindre piste, le vent de la tempête a balayé les odeurs.

La voiture de Patti était là, le pare-brise éclaté, le capot à demi enfoui dans le flanc d'une dune. Le sable s'était engouffré à l'intérieur, recouvrant les sièges.

Le véhicule avait l'air d'une épave abandonnée depuis dix ans.

— Elle a dû perdre la tête, marmonna le gros flic. Une tempête, dans ces parages, c'est sacrément impressionnant. Une pierre a fait éclater le pare-brise et elle s'est retrouvée submergée par le sable. Elle a dû sortir et commencer à zigzaguer au hasard. C'est pas la première à agir comme ça.

— Quelles chances avons-nous de la retrouver ? demanda Caine.

Le policier haussa les épaules et tripota son ceinturon.

— Pour la retrouver, on la retrouvera, marmonna-t-il. Mais dans quel état, ça c'est une autre histoire. Lorsqu'ils sont recouverts par le sable, les corps se momifient. Dix ans après ils ressemblent à du cuir. Un hélicoptère quadrille tout le secteur en ce moment même. On vous préviendra si on a du nouveau.

Caine comprit qu'ils n'avaient aucune envie de prolonger une conversation qui leur asséchait la bouche. Au moment où il tournait les talons il aperçut Noman venant dans sa direction. L'architecte descendait lentement les marches de l'escalier d'honneur de la résidence, mince silhouette grise couronnée de cheveux touffus à la couleur d'aluminium brossé. Il portait un costume gris, très coûteux (Armani ?), mais froissé, comme s'il n'accordait aucune importance à ce genre de détails. Sa poignée de main était sèche, et Caine se fit la réflexion qu'on sentait un peu trop le contour des os sous la chair des doigts.

— Votre éditeur m'a prévenu de votre arrivée, dit Noman sans sourire. Je vous guettais depuis mon bureau, j'ai une jolie paire de jumelles marines qui me vient de mon père. Elles ont fait la guerre du Pacifique et vu la défaite de la flotte japonaise. Des 7 × 50 de nuit.

La peau de son visage paraissait avoir rétréci sur ses pommettes, et ses rides avaient l'air de coutures prêtes à craquer. C'était sans doute un homme qui plaisait aux femmes, mais on n'avait pas l'impression que cela lui importait outre mesure.

— Qu'est-ce qui s'est passé avec Patti ? attaqua tout de suite Caine.

— Puisque les policiers ne peuvent pas nous entendre, dit Noman d'une voix égale, j'avancerai l'idée qu'elle a été victime d'un mauvais trip. Vous savez qu'elle se droguait, je pense ? Nous vivons ici dans des conditions d'isolement très particulières, et l'atmosphère de la résidence, encore inhabitée, génère chez les individus à l'esprit fragile des pulsions claustrophobes. Certains ont tout à coup l'illusion d'être prisonniers d'une cité fantôme. Ils se mettent à rêver de cataclysme nucléaire, de fin du monde. Vous voyez ? Patti abusait de… *médicaments*. Elle était perpétuellement sous tension, parfois elle avait des crises de paranoïa très désagréables, au point que j'ai failli mettre un terme à nos entrevues. Elle m'accusait de la faire épier… des choses folles. Elle me faisait pitié, mais en même temps elle était assez agaçante. Et puis son exaltation me faisait parfois un peu peur.

Il soupira, ébaucha un geste vague en direction du désert.

— Ce n'est pas le premier accident de cette sorte qui se produit, murmura-t-il. J'ai perdu quatre ouvriers dans les mêmes conditions au cours des six derniers mois. Les tempêtes de sable, qui nous contraignent à renforcer encore plus notre isolement, ont des conséquences fâcheuses sur les esprits fragiles. Certains ont des crises d'étouffement, des accès d'asthme psychosomatique. D'autres se mettent à courir droit devant eux en criant qu'ils ne veulent plus être enfermés. Nous avons multiplié les mises en garde, les appels à la prudence, mais nous ne pouvons pas verrouiller toutes les portes. La résidence n'est ni une prison ni un camp de détention. Il n'entre pas dans nos intentions d'y retenir les gens contre leur gré. J'ai peur que Patti ait cédé à l'appel de ses démons intérieurs. Avec une telle chaleur, et si elle n'a rien emporté à boire, elle doit être inconsciente à l'heure qu'il est.

— Vous ne craignez pas que ces accès de... claustrophobie poussent vos futurs locataires à adopter un comportement analogue ? interrogea Caine.

— Non, répondit calmement Noman. Les gens qui viendront habiter ici seront sélectionnés sur dossier psychologique. Il y a d'ores et déjà beaucoup de postulants, *beaucoup trop*. Leurs candidatures ont été placées entre les mains d'un cabinet d'experts qui les étudie en fonction de conditions que j'ai moi-même déterminées. Je ne signerai pas un bail avec le premier venu. L'Oasis n'est pas un simple complexe d'habitation, c'est aussi une philosophie. Si l'on n'adhère pas à cette philosophie, on n'a aucune raison d'habiter ici.

Caine se demanda à quoi il faisait allusion. Cela entretenait-il un rapport avec l'enseignement de la secte qui avait en partie financé les travaux de la résidence ? Noman s'était-il fait récupérer par un quelconque gourou ? Le romancier fronça les sourcils en songeant que Noman ne serait pas le premier milliardaire à tomber sous la coupe d'une organisation para-religieuse.

— Venez, dit l'architecte. Ne restons pas en plein soleil. On attrape vite une insolation par ici. Je vais vous faire visiter l'Oasis.

— J'aurais voulu explorer moi-même le désert, lança Caine. Ce n'est pas que je n'aie pas confiance dans la police, mais il me serait désagréable de rester là, les bras croisés, à siroter des boissons fraîches, pendant que Patti se déshydrate quelque part à l'extérieur.

— Je comprends parfaitement, fit Noman dont le visage demeurait toujours aussi indéchiffrable. Mais je vous déconseille de vous lancer seul dans l'exploration des environs. On peut se retrouver pris dans une tempête dont on n'a pas su lire les signes avant-coureurs. C'est une contrée hostile, très dure. Les Indiens l'appellent La Terre des Morts.

— Et, encore une fois, vous n'avez pas peur que ce contexte fasse fuir les futurs habitants de la résidence ?

Cette fois Noman s'anima, écartant les lèvres en un sourire féroce.

— Non, lâcha-t-il. Car c'est justement ce que nous voulons. Un environnement hostile qui tiendra la vermine à l'écart. Une sorte de cordon sanitaire naturel. La fournaise nous protégera des voyous, des crapules, de toute cette lie de l'humanité qui répugne à l'effort et à la vie saine. Jamais ils n'auront le courage de venir jusqu'ici, *c'est trop dur*. Le désert dressera une barrière de feu entre l'extérieur et nous. Entre Los Angeles et l'Oasis. Au Moyen Âge, en Europe, on creusait un fossé autour des châteaux forts, on appelait cela des douves. Cette tranchée remplie d'eau avait pour fonction de gêner l'approche des assaillants. Ici, l'eau manque, mais pas la chaleur. Elle aura raison de tous ceux qui voudraient nous assiéger.

Il avait parlé avec une fébrilité joviale, qui masquait à peine une rage effrayante bien que tenue en laisse. « Cet homme est une marmite sous pression, songea Caine. Quand il explosera il y aura de sacrés dégâts dans les environs. »

— Je vous donnerai un guide indien, dit Noman en s'arrêtant une seconde au seuil de la galerie marchande. J'en ai un très bon dans mon équipe, il vous accompagnera où vous voulez. De cette manière vous éviterez de vous faire mordre par un crotale, ces bestioles grouillent dans toutes les crevasses. L'un des chiens de la police s'est fait piquer ce matin, il est mort en trois minutes, c'est pour ça que les flics sont de mauvaise humeur.

Ils pénétrèrent dans la galerie vitrée. L'air conditionné les enveloppa de son souffle bienfaisant. C'est en sentant sa chemise se décoller de sa peau que Caine réalisa qu'il était trempé de sueur de la tête aux pieds.

Ils remontèrent le passage dont le long tunnel était surmonté d'une voûte de verre polarisé. Leurs pas sonnaient sur le sol de marbre blanc, éveillant des échos dans les vitrines vides des boutiques inoccupées. Çà et là, des fontaines glougloutaient, jaillissant de bouquets de verdure artistement disposés. Dans chacun de ces petits jardins intérieurs on avait installé des bancs de pierre pour accueillir le promeneur. La fraîcheur était exquise ; mais les échoppes désertes, les mannequins nus, figés sur leur socle, finissaient par créer une curieuse impression de désolation. « Postcataclysmique », songea Caine. Des ouvriers vêtus de blanc travaillaient avec ardeur, sans échanger le moindre mot. Aucun d'entre eux ne regarda dans leur direction quand ils passèrent. Les yeux baissés, ils fixaient le sol avec humilité. C'étaient pour la plupart des jeunes gens d'une vingtaine d'années. Caine remarqua que les garçons et les filles ne se mélangeaient pas et formaient des groupes de travail bien distincts.

— Ils font partie du groupe Une Nouvelle Chance Pour Les Purs, dit Noman qui avait remarqué sa curiosité. On l'appelle plus communément L'Église de la Nouvelle Force.

— La secte qui vous a aidé à bâtir l'Oasis ? souligna Caine.

Noman se renfrogna.

— Je n'aime pas le mot secte, fit-il. Je préfère celui d'église. Sans eux la résidence restait inachevée au milieu du désert. Ils m'ont aidé financièrement et physiquement. Ce sont eux qui ont pris le relais une fois que les derniers ouvriers syndiqués m'ont laissé tomber. Il n'en reste plus qu'une poignée qui travaillent encore à l'aménagement intérieur des boutiques et des appartements.

Caine se contenta de grogner en manière d'assentiment. Il était un peu tôt pour entamer une polémique. Tant que Patti n'avait pas été retrouvée, il préférait conserver un profil bas.

— Comment les gens qui viendront habiter ici se rendront-ils à leur travail ? demanda-t-il. Vous comptez installer une navette d'hélicoptères ?

— Ce serait possible, bien évidemment, répondit l'architecte sans se troubler, mais je préfère m'entourer de locataires affranchis des horaires de bureau. Des retraités, ou bien des hommes d'affaires qui gagnent leur journée en passant dix coups de téléphone le matin, avant de prendre leur petit déjeuner. L'Oasis ne sera pas un repaire de yuppies stressés, toujours en train de courir dans tous les sens. Les gens qui viendront ici auront choisi le calme, la paix, la pureté. Ils auront choisi l'Oasis parce qu'ici – et ici seulement – ils pourront vivre loin de l'angoisse et des taudis, loin de la pourriture urbaine et des agressions. La résidence sera pour eux un sanctuaire où ils n'auront plus à craindre les viols, les cambriolages, les harcèlements de toutes sortes, les nuisances sonores et visuelles.

Il s'arrêta, se tourna vers Caine, lui faisant face comme s'il se préparait à le frapper au visage.

— *Et vous*, siffla-t-il tandis que la peau de ses joues paraissait rétrécir encore un peu plus. Vous pouvez vivre dans cette poubelle ? Les autoroutes engorgées du matin au soir, les enseignes lumineuses qui se chevauchent et clignotent toute la nuit, les *slums*, la pollution. Et le smog. Vous pouvez supporter le smog ? La vermine qui se déplace à l'abri du brouillard. Vous y pensez parfois ? Est-ce qu'un écrivain n'a pas besoin du calme pour travailler ?

— Vous voulez me faire signer un bail ? plaisanta Caine.

— Pourquoi pas ? Je pourrais appuyer votre candidature, du moins si vous n'êtes ni un alcoolique ni un drogué… comme votre amie Patti.

Lorsqu'ils eurent atteint le fond de la galerie, Noman proposa à Caine de monter à l'appartement témoin.

— C'est le seul qui soit complètement habitable, expliqua-t-il. Prenez une douche et reposez-vous, vous avez l'air crevé. Je vous préviendrai s'il y a du nouveau. Demain matin je vous enverrai un guide. Si je perds deux biographes dans la semaine, personne ne voudra plus écrire une ligne sur moi.

Sa plaisanterie, maladroite, n'allégea pas l'atmosphère. Il s'arrêta sur le seuil, désignant l'étendue de la grande pièce d'un vaste mouvement de la main.

— Installez-vous, dit-il. Tout est automatique. C'est à la fois très compliqué et très simple, à la portée d'un enfant. Il y a un manuel sur la table basse, utilisez-le. La plupart des commandes sont vocales. Donnez des ordres, la maison obéira.

Pour illustrer ses dires, il lança d'une voix impérative : « Obscurcis la baie vitrée, Monsieur voudrait dormir un peu. » Aussitôt les pigments photosensibles, noyés dans le polycarbonate, s'activèrent. La vitre s'assombrit, ne laissant plus passer qu'une lumière douce. « Assez », dit Noman quand la pièce fut plongée dans la pénombre.

— Vous voyez, dit-il, c'est facile. Je vous laisse. Nous dînerons tout à l'heure, pour mieux faire connaissance. Je vous avoue que cette histoire de biographie m'ennuie un peu, mais je voudrais que les gens comprennent bien les motivations qui m'ont fait construire l'Oasis.

Il se retira. La cabine d'un ascenseur avala sa mince silhouette grise, et Caine se retrouva seul dans l'appartement témoin. Le décor lui avait coupé le souffle dès les premières secondes. La moquette, les parois, les meubles et les coussins s'inspiraient tous des couleurs et des textures du désert. On avait l'impression de se trouver au bord d'une reproduction en miniature, d'un diorama du Mohave transformé en appartement. Caine s'avança, ouvrit le sac qu'il portait en bandoulière et en tira l'appareillage électronique dont Bumper lui avait expliqué le fonctionnement. Il eut beau aller et venir, il ne détecta la présence d'aucun micro caché, mais qu'est-ce que cela prouvait ? Noman était assez fort pour avoir trouvé la parade au moyen d'investigations classiques. Caine haussa les épaules, il ne croyait pas réellement à cette histoire de voyeurisme, cela sentait trop la calomnie. S'il y avait un problème, il était ailleurs… et plus sérieux. L'architecte avait évoqué d'emblée d'autres disparitions. Quatre. Pulsions claustrophobes exacerbées par la tempête et l'enfermement ? Ça n'avait rien d'impossible. On avait vu des trappeurs devenir subitement fous après avoir vécu un an tout seuls au milieu des bois, des navigateurs solitaires perdre la boule et jeter leur embarcation sur les récifs. Au bout d'un moment la présence du désert, se refermant comme une tenaille sur la résidence, devait devenir insupportable. On se mettait à étouffer au milieu de l'immensité. Le vide vous écrasait. *La Terre des Morts*… avait dit Noman, comment pouvait-on avoir envie de vivre dans un endroit pareil ? Et pourtant, selon lui, les demandes de candidatures ne cessaient d'affluer. Il y avait là un mystère à élucider.

Caine jeta au fond du sac les gadgets inutiles de Bumper, et entra dans la salle de bains. La douche obéissait à la voix, comme tous les autres accessoires sanitaires du lieu. La température de l'eau s'élevait ou s'abaissait de deux degrés chaque fois que l'on criait « Plus chaud ! » ou « Plus froid ! » C'était un appartement de science-fiction qui paraissait sortir d'une série télévisée naïvement futuriste. Caine se rappela à temps que Noman était également diplômé du Caltech et qu'il avait transité par Silicon Valley. Cet appartement était bien réel, et ceux qui choisiraient d'y vivre risquaient à brève échéance de ne plus pouvoir se réacclimater à leur ancienne vie. Il se fit la réflexion qu'en comparaison son logement de Venice était à peu près aussi confortable qu'une caverne de l'âge de pierre. Puis il se jeta sur le lit qui ressemblait à une dune moelleuse, et s'endormit en songeant que vingt ans plus tôt il lui aurait suffi d'une douche froide et d'un verre de tequila bien glacé pour se sentir de nouveau en pleine forme.

Une voix de femme, agréable et chaude, le réveilla deux heures plus tard. Pendant une seconde, il crut qu'une hôtesse de l'air consciencieuse et maternelle lui murmurait à l'oreille, puis il réalisa que les mots sourdaient des murs sans qu'on puisse localiser leur provenance exacte.

— Monsieur Noman vous prie de bien vouloir le rejoindre dans ses appartements, disait le fantôme. Il vous suffira de monter dans l'ascenseur qui stationne en face de la porte de votre appartement, et de prononcer le mot code « Éden », la cabine vous transportera à l'étage désiré.

Caine se fit la réflexion que c'était peut-être Noman lui-même qui parlait en ce moment par l'entremise d'une machine déformant les inflexions de sa voix. Bumper lui avait montré un jour un simple boîtier de plastique qui, une fois branché sur un téléphone, pouvait transformer les sons émis par vos cordes vocales à volonté, leur donnant toutes sortes d'inflexions. Grâce à ce gadget il était possible de se faire tour à tour passer pour un vieillard, un enfant ou une jeune femme. Caine se leva, prit une nouvelle douche et choisit de s'habiller le plus simplement possible d'une chemise de soie jaune et d'un jean. Toutefois il délaissa ses bottes de buckaroo pour enfiler une paire de sneakers. Devant la porte fermée il resta un instant décontenancé par l'absence de poignée, puis se rappela qu'ici il fallait prendre l'habitude de donner des ordres aux objets. « Ouvre-toi », commanda-t-il en se disant qu'il devait avoir l'air d'un parfait idiot ou d'un fou. Le battant obéit. Il sortit, remontant lentement le couloir en direction de la rotonde où s'ouvraient les deux ascenseurs desservant le building en forme de donjon qui trônait au centre de la résidence. Les appartements vides, aux portes béantes, installaient une atmosphère de désolation. Caine commençait à comprendre pourquoi Patti avait perdu les pédales. Au bout d'une semaine passée dans ce décor, on devait se croire l'unique survivant d'un cataclysme nucléaire, le dernier humain hantant les ruines d'une civilisation disparue. Il s'arrêta, passa la tête dans l'encadrement d'une porte pour jeter un bref coup d'œil. Tous les logements étaient agencés sur le même modèle. Même moquette sable, mêmes lignes courbes, mêmes meubles déguisés en cailloux. Un délire d'uniformité. Il grimpa dans l'ascenseur, qui lui demanda aussitôt où il désirait se rendre. Ces voix qui sortaient des murs ou tombaient des plafonds commençaient à lui taper sur les nerfs, et c'est avec une certaine nervosité qu'il prononça le mot code donnant accès aux étages réservés. La cabine s'éleva en silence et sans la moindre vibration. Gaine se retrouva au trente-sixième étage sans souffrir de la brusque décélération qui reste le lot des ascenseurs à grande vitesse. Noman l'accueillit sur le seuil. La cabine ouvrait directement sur une vaste pièce ovoïde dont la moitié des parois était constituée de baies vitrées ouvrant sur le désert. On avait la sensation de se trouver juché au sommet d'un piton rocheux dominant toute l'étendue du Mohave. L'effet obtenu avait quelque chose de vertigineux. Le dîner était déjà servi et se composait d'un menu très simple : deux steaks *porterhouse* débordant des assiettes, un saladier de purée de banane épicée, deux bouteilles de vin de la Napa Valley et une tarte aux pommes recouverte de cheddar.

— Prenez place, dit Noman. Comme vous le voyez, je suis ennemi de toute sophistication. Je n'ai rien d'un sybarite. La seule cuisine que j'apprécie c'est celle des pionniers. Je crois aux choses simples. *Basiques*, comme l'on dit maintenant.

— Vous jugez cette résidence basique ? fit Caine en s'asseyant. J'aurais plutôt tendance à la trouver sophistiquée.

— Elle est basique dans la mesure où elle satisfait le besoin le plus élémentaire de tout individu : l'aspiration à la sécurité. Sans sécurité rien ne peut se construire, l'homme reste un animal. Tant que le spectre de la destruction hante les esprits, rien d'élevé ne peut s'édifier.

Caine crut que cette déclaration allait sonner le commencement du premier round, mais au lieu de cela, Noman bifurqua sur des considérations générales, s'étendant sur l'historique de la résidence, les difficultés techniques rencontrées, la conspiration des syndicats du bâtiment pour ruiner le projet. Caine s'ennuyait, il avait lu le récit de ces diverses mésaventures dans le dossier préparatoire réuni par Patti. Pendant que Noman soliloquait, un jeune homme en costume blanc allait et venait, faisant le service. C'était un gosse aux allures de surfer repenti. Vêtu d'un curieux costume de *peone* mexicain aux manches trop courtes, il officiait en silence, légèrement penché en avant, une expression de souffrance rentrée sur le visage. En dépit de la climatisation, il transpirait à outrance et des perles de sueur ourlaient sa lèvre supérieure. Caine ne lui donnait guère plus de vingt ans, et il aurait bien voulu savoir d'où lui venait cette grimace douloureuse qui faisait trembler sa bouche desséchée par le vent du désert. Dehors la nuit tombait et l'immense baie vitrée s'obscurcissait. Réglée par la magie de l'ordinateur, l'intensité des lampes éclairant la pièce augmenta de manière proportionnelle.

— J'aime cet isolement, dit tout à coup Noman en désignant la tache noire du Mohave. Je pense que beaucoup de gens partagent le même besoin : le désir irrépressible de se couper au plus vite de l'horreur grouillante de la ville. Je vous l'ai dit, je dispose d'ores et déjà d'une impressionnante liste de candidatures, mais je donnerai la préférence à ceux qui ont souffert des maux générés par la cité. Aux victimes du banditisme, à celles qui ont été attaquées, dévalisées, violées, car c'est pour elles que j'ai bâti ce refuge. J'espère qu'ici, au moins, elles se sentiront en sécurité. Cette nuit qui s'installe au-dehors est tellement différente de la nuit des mégapoles. Ici, elle ne cache que des animaux, et les animaux n'attaquent que lorsqu'ils ont faim ou se sentent menacés. Le Mohave fait figure d'aimable basse-cour quand on pense à ce qui se passe en ce moment même dans les rues de Los Angeles.

Caine retint un mouvement de mauvaise humeur. Ces fausses vérités l'ennuyaient. Les animaux sont parfois aussi vicieux que les hommes, il eut envie de le faire remarquer à Noman, preuves à l'appui, mais celui-ci ne lui laissa pas le temps d'ouvrir la bouche.

— Vous noterez que je n'emploie ici aucun vigile, aucune police privée et que personne n'est armé, attaqua-t-il. On aurait donc tort de me traiter de fasciste. Vous pourrez perquisitionner où vous le souhaitez, vous ne réussirez pas à mettre la main sur un seul fusil. J'ai opté pour la défense passive. La résidence est une tortue ; si on la menace, elle se cache dans sa carapace. Tous les accès se ferment et aucun élément extérieur ne peut plus y pénétrer. Quand elle sera habitée, seuls pourront y entrer ceux qui seront munis d'une carte magnétique spéciale. Le sas d'accueil restera obstinément clos pour tous les autres. Les intrus, les curieux. Les indésirables.

— Vous ne craignez pas que les gens deviennent rapidement claustrophobes ?

— Non. C'est à Los Angeles que je devenais fou. La vie de citadin me rendait physiquement malade. L'insécurité conditionnait chacun de mes gestes. Tous mes comportements étaient régis par l'obsession du danger. L'acte le plus simple pouvait mettre ma vie en péril : descendre acheter une bouteille de vin, un paquet de cigarettes. Mettre le pied dans la rue, c'était accepter de côtoyer la mort. À tout moment je risquais de me retrouver en face d'un fou drogué jusqu'aux yeux, armé d'un fusil et prêt à assassiner tous les clients d'un supermarché pour voler une recette s'élevant à trois cents dollars. Comment vivre dans une ville où la musique que l'on entend le plus fréquemment est celle des sirènes des voitures de police et des ambulances ? J'espère sincèrement que le prochain grand tremblement de terre fera s'ébouler toute la côte Ouest dans la mer. Un grand coup de scalpel venu des abîmes, une bonne crevasse, et hop ! San Francisco, Los Angeles qui basculent dans les flots. D'un seul coup nous serions débarrassés de toute cette pourriture. Amputés de ces chancres qui prolifèrent. Pourquoi se masquer la vérité ? La Californie n'est plus la Californie. Les grands studios de cinéma qui ont fait sa renommée appartiennent désormais aux Japonais, sur Sunset, une voiture sur deux sort d'une usine asiatique. Silicon Valley se laisse piller avec le sourire par les petits hommes jaunes. Nous avons perdu l'esprit pionnier, nous ne sommes plus capables de défendre notre territoire comme le faisaient les premiers colons. Les Japonais sont en train de nous berner comme nous avons jadis berné les Indiens en leur achetant l'île de Manhattan pour quelques dollars. Ils emportent notre technologie et nous payent avec une verroterie qui s'appelle magnétoscopes, compact-discs… des jouets pour les enfants. C'est comme ça qu'ils nous voient, du reste : des enfants bradant leur pays pour pouvoir s'amuser avec de nouveaux gadgets qui font du bruit et des images.

Il s'arrêta pour se verser un verre d'eau. Caine remarqua que ses mains tremblaient.

— L'homme, reprit-il, *l'homo americanus*, c'était celui qui transformait sa cabane en camp retranché et qui dormait son fusil à la main. Celui qui défendait son champ contre les Indiens voleurs de bétail qui venaient lui disputer le produit de sa terre. Des Indiens qui ne savaient que tuer et se seraient sentis déshonorés de labourer et de semer… des Peaux-Rouges qui ne savaient vivre qu'en prédateurs, en s'appropriant le labeur d'autrui ! Et aujourd'hui on voudrait nous donner mauvaise conscience, nous faire honte avec Custer ? Désolé, je ne mange pas de ce pain-là ! La vie citadine nous a amollis. Nous sommes devenus des assistés. Des assistés à qui on interdit de se défendre, mais que la police s'avoue incapable de protéger réellement.

Il haletait et deux taches violettes étaient apparues sur ses pommettes. Caine demeurait immobile, les lèvres closes, s'attendant à le voir s'effondrer d'une seconde à l'autre, victime d'une crise d'apoplexie ou d'un infarctus. Le steak avait un goût de sang dans sa bouche.

— Je ne plaisante pas quand je parle du tremblement de terre, souffla l'architecte. J'ai consulté les études prévisionnelles du *Caltech Earthquake Center* de Pasadena. Il est tout à fait vraisemblable que le prochain séisme disloquera la côte, émiettant toutes les villes du littoral. Après la grande secousse, il ne restera plus rien de Los Angeles et de San Francisco. Leurs ruines reposeront au fond de la mer, pour toujours. Ce sera comme une superbe amputation. D'après mes calculs, le tracé de la nouvelle côte commencera au seuil du désert Mohave. C'est pour cela que très bientôt nous nous alimenterons en eau et en gaz au Nevada. De cette manière la catastrophe ne nous privera pas de nos sources d'énergie.

Caine se contenta de hocher la tête. Cet homme était-il bon pour l'asile de Pescadero ou bien était-ce au contraire un génie visionnaire écrivant le futur avec un demi-siècle d'avance ? Il hésitait encore à trancher.

— Je veux qu'une nouvelle race d'homme s'élabore ici, martela Noman. Une race d'êtres humains qui n'aura pas besoin de s'injecter des poisons dans les veines pour supporter la vie.

Caine fut tenté de lui demander s'il comptait inclure les Latinos, les Noirs et les Japonais dans cet Éden, mais il préféra se mordre la langue. Il n'était pas à un débat télévisé, et cette conversation lui permettait avant tout de sonder l'architecte. Avait-il tenu les mêmes propos à Patti ? Sans doute, on devinait aisément à la tournure de ses phrases qu'elles avaient été polies et répétées comme un discours d'inauguration. Peut-être était-ce là le texte du speech qu'il comptait prononcer lors de la cérémonie d'ouverture de l'Oasis ?

— Si la catastrophe se produit dans trois ou quatre ans, dit Noman d'un ton fiévreux, la résidence jouera le rôle d'une Arche de Noé, elle abritera les seuls Californiens qui auront mérité de survivre. Ceux que j'aurai sélectionnés, les autres... la mer les aura avalés.

Il paraissait extrêmement satisfait de cet état de chose.

— Voyez-vous, Caine, murmura-t-il les yeux perdus dans le vague, quand ma femme, Polly, a été assassinée, la police m'a ouvertement accusé de l'avoir tuée... ou plutôt d'avoir organisé son viol et son meurtre. Froidement. Elle avait vingt-cinq ans, elle était merveilleuse. Une poupée, innocente. Comment aurais-je pu ? C'est à ce moment que j'ai compris que pour penser cela il fallait qu'ils soient eux-mêmes totalement corrompus. J'ai compris que Los Angeles pourrit irrémédiablement tous ceux qui y vivent. C'est comme... une irradiation, vous comprenez ? À force de vivre avec les monstres, on devient leur semblable. Durant les deux mois qui ont suivi la mort de Polly j'ai bien failli devenir fou. Les flics me harcelaient pour me faire craquer. Ma culpabilité aurait arrangé bien des gens, à commencer par mes concurrents. Or il se trouvait que le fils d'un haut fonctionnaire de police de notre bonne ville était justement architecte !

Il eut un rire sec qui faisait mal.

— Pendant deux mois, reprit-il, j'ai lutté contre l'envie qui me taraudait d'aller acheter un fusil, de monter sur les toits, et de liquider la faune que j'avais vu y pulluler. Il y avait de quoi faire une sacrée hécatombe ! Pédés tapinant à l'abri des cheminées, voyous, épaves en tous genres… J'aurais pu m'installer sur ma terrasse avec une caisse de munitions. J'avais prévu d'acheter un viseur à infrarouge, pour pouvoir tirer à travers le smog. J'ai vraiment failli céder à la tentation. La douleur me rendait fou. C'est alors que j'ai imaginé l'Oasis. Une cité préservée de la vermine. La cité des justes. Mama Dolorosa a l'habitude de…

— Excusez-moi, intervint Caine. Qui est Mama Dolorosa ?

À l'énoncé du nom, il avait vu le jeune serveur vêtu de toile blanche esquisser une grimace involontaire et se courber un peu plus en avant.

— C'est vrai, marmonna Noman mécontent d'avoir été interrompu, vous ne la connaissez pas. C'est la femme responsable des jeunes gens que vous avez vus travailler dans la galerie marchande.

— Ah ! oui… fit perfidement Caine. La secte.

Noman eut un geste d'humeur vite rattrapé.

— Mama Dolorosa prétend que la côte californienne s'effondrera sous le poids de ses péchés, dit-il sans sourire. Comme une seconde Atlantide, et l'enfer engloutira Los Angeles. Ici, nous sommes à l'abri des tentations, des jouets technologiques fabriqués par les Japonais. Le désert nous purifiera. Cette résidence, c'est presque un monastère, une sorte d'abri antiatomique contre le vice. Elle n'abritera ni putains ni drogués, et chacun y vivra dans une sécurité absolue, ignorant la peur et l'angoisse. Je vous le répète, il faut retrouver le réflexe du pionnier de l'Ouest qui avait encore les tripes de défendre son territoire l'arme à la main, sans se poser de problèmes de conscience. Les libéraux et les intellectuels ont pourri ce pays. Ils nous ont insufflé une mentalité de moutons. Nous attendons en bêlant qu'on vienne nous égorger, et notre seul souhait est que cela ne fasse pas trop mal.

Caine refusa une seconde part de tarte aux pommes. Le délire autarcique de Noman le mettait mal à l'aise. Comme il prenait congé, arguant de la fatigue du voyage, l'architecte eut un sourire carnassier.

— Je sens que vous me prenez pour un fou, dit-il en raccompagnant le romancier jusqu'à l'ascenseur. Mais vous vous trompez. Vous savez comme moi que la Californie est érigée sur la grande ceinture de feu du Pacifique. Un réseau de volcans et d'abîmes insondables qui ne cesse de s'agrandir. Les flammes et le gouffre… cela rappelle foutrement l'Enfer vous ne trouvez pas ? Et si l'entrée du royaume de Satan se trouvait ici, à Los Angeles, la cité des anges ? Quelle ironie, n'est-ce pas ?

Ils se séparèrent sur ces paroles bizarres, et Caine regagna l'appartement témoin. Il n'avait pas envie de dormir. L'étrange conversation qu'il avait eue avec Noman avait excité sa méfiance et son désir d'en savoir plus. L'architecte avait véritablement le profil d'un psychopathe, mais beaucoup d'hommes d'affaires étaient dans le même cas, ce qui ne les empêchait pas de diriger des entreprises à l'échelle planétaire. Caine s'immobilisa au milieu du corridor. Il fallait qu'il en sache davantage sur cette Mama Dolorosa que Noman semblait tenir en si haute estime. Il s'expliquait mieux à présent comment la secte avait pu récupérer Ernst Noman.

Cédant à une impulsion, il décida de revenir sur ses pas et de se lancer, seul, à la découverte de la cité du désert. Tant pis si Noman l'observait au moyen d'une caméra ou d'un circuit fermé de télévision. Si l'architecte lui faisait quelque remontrance, il pourrait toujours prétendre avoir éprouvé le désir de s'imprégner de l'atmosphère solennelle de la résidence inhabitée. Cette explication en valait bien une autre, non ?

Durant presque deux heures, il arpenta la cité, empruntant tous les ascenseurs, s'arrêtant à chaque étage. L'uniformité des appartements lui donnait l'impression de faire du surplace. Il ne cessait de bouger, et pourtant c'était comme s'il était tout le temps resté au même endroit. Le couloir, les portes ouvertes, et chaque fois le même paysage de désert apprivoisé, les mêmes meubles déguisés en cailloux, les rochers dont les flancs s'entrebâillaient sur une simple injonction, dévoilant des placards spacieux. Il atteignit enfin le rez-de-chaussée, avec ses rotondes, ses agoras, ses jardins intérieurs. Noman lui avait expliqué que les dômes, les ponts de verre, les tunnels cristallins étaient tous fabriqués dans une matière capable de résister aux pires ouragans. Leur fragilité n'était qu'apparente. Caine avançait dans la galerie marchande déserte. Les ténèbres se dissipaient devant lui au fur et à mesure que les cellules photoélectriques détectaient son approche. Dans son dos, l'obscurité se réinstallait aussitôt, économisant l'énergie nécessaire à l'illumination du tunnel de marbre blanc. À l'extérieur la nuit était à présent complète et la température frigorifique. Comment Patti allait-elle résister à cette nouvelle épreuve ? Caine s'approcha de la paroi vitrée et appuya son front sur la surface de polycarbonate, essayant de distinguer le paysage du désert, mais on ne voyait rien qu'une muraille uniformément noire.

C'est à cet instant précis qu'il entendit chanter. Une sorte de cantique qui venait de loin et dont l'écho se déformait sous la voûte de la galerie. C'était comme un psaume lancinant et hypnotique qui lui fit passer un frisson dans le dos. Cela venait de dessous ses pieds. Des garages sans doute. Il fallait qu'il trouve le moyen d'y descendre sans passer par les ascenseurs qui risquaient de signaler fâcheusement son arrivée en le déposant juste sous le nez des comploteurs rassemblés. Il devait bien exister une voie d'accès secondaire ?

Il finit par trouver ce qu'il cherchait : un escalier de secours moulé dans le béton, et s'enfonçant sous terre, là où l'on avait creusé le parking. Il prit conscience qu'il faisait froid dans cette partie de la résidence, ne bénéficiant pas du souffle régulateur de la climatisation, et très vite il se mit à grelotter. Le chant s'amplifiait. Au moment où il débouchait au niveau de l'aire de stationnement, il les vit. Soixante, peut-être même quatre-vingts. Ils se tenaient en rang, comme des soldats qu'on passe en revue. Les garçons d'un côté, les filles de l'autre. Ils étaient nus dans l'atmosphère glaciale de la caverne de ciment, leur tenue de *peone* soigneusement pliée sur le sol, devant leurs pieds joints. C'étaient les ouvriers silencieux qu'il avait vus travailler tout le jour sans échanger un regard ou une même plaisanterie. Ils chantaient, raides, les bras le long du corps. Une grande femme drapée dans une robe blanche allait et venait dans les rangs. Elle avait à peu près soixante ans, et ses cheveux gris étaient tirés sur sa nuque en chignon vertical. Son visage ridé, sévère, avait quelque chose de… militaire. « Mama Dolorosa », pensa Caine en s'aplatissant contre la muraille pour ne pas être vu. Grande silhouette décharnée, elle marchait d'un pas vif, et son expression était celle d'une nonne habitée par un perpétuel courroux. Caine comprit qu'il allait assister à quelque chose de désagréable. Il venait de tomber au beau milieu d'une cérémonie religieuse, sans y avoir été invité. Une voix intérieure lui souffla de tourner les talons sans demander son reste, mais il lui résista. Mama Dolorosa avait interrompu sa déambulation pour prendre la parole, l'écho du parking déformait sa voix, lui donnant une sonorité inquiétante. Elle parla une minute dans le jargon obscur propre aux sectes et que Caine avait souvent entendu dans la bouche des prêcheurs publics.

— Il faut vous fortifier contre la douleur, comprit-il, car c'est la souffrance qui attire la souffrance. Si vous geignez vous aurez encore plus mal, et ainsi et ainsi jusqu'à la fin des temps. Mais si vous éduquez vos nerfs de manière à ne pas éprouver la souffrance, vous cesserez d'être des victimes, et alors le démon se détournera de vous car il n'aura plus aucun plaisir à vous tourmenter. C'est pour cela que vous devez apprivoiser la douleur, jour après jour. Habituez vos nerfs à sa présence, laissez-la habiter en vous sans y prêter attention. C'est de cette manière que vous cesserez d'être des moutons. Ne bêlez plus, et les tourmenteurs passeront au large. Ne bêlez plus et vous deviendrez plus forts que le mal lui-même.

Elle leva la main, agitant dans sa paume une petite boîte qui fit entendre un cliquetis métallique.

— La fin de la souffrance passe par la souffrance, clama-t-elle. Il vous appartient de vous fortifier.

Caine reconnut soudain dans l'un des jeunes gens immobiles le garçon qui l'avait servi deux heures plus tôt, lorsqu'il avait dîné avec Noman. Le « surfer » se tenait voûté, les mâchoires crispées, et des gouttes de sueur roulaient sur son front. Il était nu, comme tous ses congénères, et le romancier vit qu'il avait le prépuce transpercé au moyen d'une grosse épingle de nourrice qu'on avait ensuite laissée là, à demeure, tel un bijou barbare. Caine sentit ses cheveux se hérisser sur sa tête. Plissant les yeux, il examina fébrilement les corps des autres participants. Presque tous portaient le même cilice. Quelques-uns avaient également les tétons traversés par des épingles de moindre importance, tels des punks ou des adeptes des rites SM. Il en allait de même pour les jeunes filles. Mama Dolorosa se déplaçait de l'un à l'autre, chuchotant à l'oreille des participants. Les garçons hochaient la tête en signe de consentement, la vieille femme ouvrait alors la petite boîte qu'elle tenait à la main, s'emparait d'une nouvelle épingle de nourrice dont elle libérait la pointe d'une simple pression, puis saisissait le téton de sa victime entre le pouce et l'index, exerçant une vive traction pour distendre la petite boule de chair où elle allait piquer l'aiguille. Le malheureux frémissait mais ne criait pas. Mama Dolorosa refermait alors avec soin l'épingle, embrassait sa victime sur les deux joues, et recommençait un peu plus loin. Caine, dont les ongles griffaient le béton, finit par comprendre qu'elle demandait aux jeunes gens à quel endroit ils désiraient être piqués. Les plus courageux désignaient leur prépuce, et Mama Dolorosa leur souriait pour les récompenser de tant de sagesse.

— Bien, c'est bien, disait la vieille femme à la fin de chaque opération. Je ne t'ai pas entendu bêler. Bientôt tu n'auras plus rien d'un mouton.

D'où il se tenait, et à cause du pilier de ciment qui lui masquait la vue, Caine ne put suivre ce qui se passait du côté des jeunes filles, mais il entendit l'une d'elles pousser un cri perçant avant de fondre en sanglots. Il se ratatina dans l'ombre. Que devait-il faire ? Intervenir ? Non, c'était absurde, les jeunes gens seraient les premiers à le lyncher s'il tentait de s'en prendre à la vieille folle. Bon sang ! Et c'était avec ces dingues que Noman s'était acoquiné ?

Il réalisa que ses genoux tremblaient et qu'il serrait instinctivement les cuisses chaque fois que Mama Dolorosa s'approchait d'un nouveau postulant. Le spectacle était proprement effrayant, et le paysage du parking immense, nu, ajoutait à l'aspect barbare de la cérémonie. C'était sans doute là que la secte passait ses nuits, dans le froid et l'inconfort, dormant à même le sol pour s'endurcir en vue d'une mystérieuse rédemption. Caine décida de battre en retraite avant que quelqu'un ne signale sa présence. Il comprenait maintenant pourquoi le jeune serveur lui avait passé les plats en serrant les mâchoires et en suant à grosses gouttes.

Il escalada les marches en essayant de faire le moins de bruit possible. Quand il eut regagné le rez-de-chaussée, il s'en voulut de s'être montré aussi impressionnable ; mais, l'espace d'une seconde, il s'était cru transporté en pleine messe noire, et une peur irrationnelle s'était emparée de lui. Les sectes démentes pullulaient en Californie, et elles lui avaient toujours inspiré une frayeur viscérale. Les annales du LAPD étaient pleines de leurs exploits sanglants, et il ne s'écoulait pas un semestre sans qu'on découvre les agissements de nouveaux adeptes de Manson menant le sabbat au fond de quelque patelin, à l'insu des autorités locales.

De retour dans la galerie il se retint de courir pour ne pas faire résonner sous la voûte l'écho de sa fuite. Il aurait donné n'importe quoi pour sauter dans sa voiture et rentrer à Venice. En passant devant les téléphones publics installés au centre d'une petite rotonde, il fut tenté d'appeler Bumper pour lui raconter ce qu'il venait de voir. Il fallait qu'il parle à quelqu'un, tout de suite.

Il décrocha le combiné, commença à former le numéro de l'éditeur, puis se ravisa. La ligne était peut-être sur écoute et il était encore trop tôt pour jeter le masque. Ayant un peu repris son calme il monta dans l'ascenseur et indiqua à quel étage il voulait être déposé. Quand il entra dans l'appartement témoin, une charmante voix féminine tomba du plafond pour lui annoncer que *quelqu'un* avait déposé *quelque chose* à son intention.

« … quelque chose que vous avez oublié en bas », précisa le fantôme.

Caine fit le tour de la pièce, ne vit rien.

C'était dans la chambre, sur le lit. Trois épingles de nourrice rouges et un peu rouillées qu'on avait piquées dans l'oreiller.

4

Il dormit très mal cette nuit-là car il fit le même rêve à plusieurs reprises : il se réveillait subitement, alerté par la sensation d'une présence hostile au pied de son lit. Quand il ouvrait les yeux, c'était pour découvrir Mama Dolorosa debout dans l'ombre, les doigts serrés sur son affreuse petite boîte. Il essayait alors de se relever, de s'enfuir, mais quatre jeunes gens en costume de *peone* se jetaient sur lui, le saisissant par les poignets et les chevilles pour l'écarteler. Il se débattait, en vain, la poigne des anciens surfers le maintenait cloué au matelas aussi sûrement que s'il avait été garrotté au moyen de lanières de cuir. Mama Dolorosa se penchait alors sur lui, fixant un point précis entre ses jambes ouvertes. Il se réveillait toujours au moment où elle lui saisissait délicatement le prépuce entre le pouce et l'index.

Chaque fois, le cœur fou, il mettait une éternité à se rendormir, inquiet à l'idée que la porte de l'appartement n'était munie d'aucune serrure. Comme elle s'enfonçait dans le mur en coulissant, il n'avait même pas la ressource d'en bloquer l'ouverture en coinçant une chaise sous la poignée. D'ailleurs il n'y avait pas de poignée. Pour la première fois depuis son arrivée à la résidence il se sentait véritablement en danger, et cette menace avait le visage de la vieille femme maigre au chignon gris qu'il avait entrevue sur le parking. Quand il souleva les paupières, au matin, il était recroquevillé en chien de fusil, les deux mains pressées en coquille sur le bas-ventre. Il avait à peine posé les pieds sur la moquette que la voix du plafond lui annonça une visite. Désirait-il qu'on fasse entrer son visiteur ? Caine passa un peignoir et donna l'ordre d'ouvrir le battant aux robots invisibles qui habitaient à l'intérieur des murs. Une mince silhouette vêtue d'un costume de *peone* se tenait dans le couloir. Caine mit une seconde à comprendre qu'il s'agissait d'une jeune fille aux longs cheveux noirs et à la peau bistre. Elle avait adopté une posture d'humble servante, les yeux tournés vers le sol, évitant de croiser le regard du maître qu'elle était venue servir.

— Je viens de la part de monsieur Noman, dit-elle d'une voix que le mutisme prolongé pratiqué par la secte avait rendue rauque. Je dois vous guider dans le désert. Je suis indienne. Je connais très bien le Mohave. J'ai préparé tout l'équipement ; il vaut mieux partir maintenant car la chaleur est moins forte. À midi nous nous abriterons dans une crevasse.

Caine acquiesça, un peu surpris, car il s'était préparé à marcher en compagnie d'une brute taciturne à la peau de vieux lézard qui ne daignerait répondre qu'une fois sur quatre à ses questions, comme il en va très souvent dans les zones où l'on ne peut accéder qu'au moyen d'un *wilderness-permit*. Il s'habilla en hâte, prit le chapeau décoloré qui l'accompagnait dans tous ses voyages.

— Mettez des bottes de cuir, conseilla la jeune fille. À cause des serpents. C'est plus prudent. Et rentrez vos jambes de pantalon à l'intérieur des tiges, pour éviter qu'ils ne s'y faufilent.

C'était rassurant. Il obéit et la suivit docilement. Au rez-de-chaussée, au centre du grand hall, on avait posé un sac à dos bien rempli et deux grosses gourdes métalliques recouvertes de peau. La jeune fille s'en saisit sans attendre et marcha vers les battants vitrés qui s'ouvrirent devant elle dans un bruit d'air pulsé. Elle était grande pour une Indienne et sa peau brune tranchait agréablement sur l'étoffe blanche des vêtements. Elle avait un joli visage rond aux pommettes très marquées, presque asiatiques, et ses yeux étaient bridés comme tous ceux des Indiens dont la race est restée pure.

— Ils m'appellent la squaw, dit-elle quand Caine lui demanda son nom. Vous pouvez faire comme eux, ça m'est égal.

Comme le romancier insistait, elle avoua avec une certaine réticence se nommer Anka-Tika.

— Je ne vous dirai pas ce que ça signifie, ajouta-t-elle précipitamment. Dans ma tribu on ne doit jamais livrer aux Blancs le secret de son nom, cela pourrait leur donner du pouvoir sur vous.

— Je ne vous demanderai rien, promit Caine. Je ne suis pas un touriste en mal de pittoresque, je cherche une amie qui s'est égarée dans le désert.

— Je sais, murmura Anka-Tika. Monsieur Noman me l'a expliqué.

Puis, comme si elle s'en voulait de s'être montrée hostile, elle ajouta en détournant les yeux :

— Anka-Tika, c'est un nom d'enfance. Je ne devrais plus le porter depuis longtemps. Dans ma tribu on change de nom chaque fois qu'on franchit une nouvelle étape sur le trajet de la maturité. Mais je me suis mal conduite, on dit que je n'ai pas plus de cervelle qu'une petite fille, c'est pour ça que je dois conserver le nom qu'on m'a donné à ma naissance. En l'entendant, ceux de ma race savent tout de suite que je ne suis pas très maligne.

Elle ne dit plus rien jusqu'au bas des grandes marches de marbre blanc. Ayant descendu l'escalier d'honneur, ils commencèrent à marcher vers la ligne d'horizon, en silence, dans l'affreuse chaleur du désert. Dès qu'ils avaient franchi le seuil de la résidence, Caine avait eu l'impression de plonger la tête la première dans les vapeurs incandescentes d'un incendie invisible. Le soleil s'était posé sur ses mains comme une brûlure, lui racornissant la peau. L'Indienne allait devant, le paquetage sur l'épaule. Il lui avait demandé de répartir la charge mais elle avait secoué négativement la tête.

— Non, avait-elle chuchoté avec un sourire d'excuse. Ce sera très dur et vous n'êtes plus tout jeune. Il faut avoir l'habitude de la chaleur. Tous les mois on ramasse des randonneurs de trente ans qui se croyaient en pleine forme et qui ont succombé à une crise cardiaque en atteignant le sommet d'une crête.

Il n'insista pas. Elle avait raison, c'était très dur, plus dur qu'il ne l'avait imaginé. Le sable et la pierre chauffés à blanc lui brûlaient la plante des pieds à travers la semelle des bottes. Au bout d'une demi-heure il avait l'impression de marcher dans de la braise rouge. Il remarqua qu'aucun hélicoptère ne patrouillait dans le ciel, et que les flics avaient déjà renoncé à l'idée de retrouver Patti Grizzle vivante. Cette constatation le mit de mauvaise humeur. Il expliqua à Anka-Tika qu'il souhaitait patrouiller en prenant pour point de départ la voiture à demi enfouie de la journaliste. L'Indienne hocha la tête et lui spécifia qu'il ne devrait pas hésiter à réclamer une halte chaque fois qu'il se sentirait fatigué. Cette sollicitude agaça quelque peu le romancier. Cette gamine le prenait-elle pour un impotent ? Foutredieu ! Il n'avait tout de même que quarante-deux ans ! Ils marchèrent en silence près d'une heure. Chaque fois qu'ils faisaient une pause, la jeune fille lui expliquait la signification de ce qui l'entourait : les pierres millénaires cuites par le soleil, et qui explosaient la nuit venue, se fendant comme des poteries fragiles ; les crevasses sur le sol, qui signalaient la présence d'un gouffre caché serpentant sous la surface ; les charnières rocheuses où la pierre s'était repliée sur elle-même sous l'action des tremblements de terre. Caine était fasciné par ces blocs énormes que la puissance des séismes avait malaxés comme de la guimauve.

— C'est la Terre des Morts, murmura l'Indienne en lui passant la gourde. Dans ma tribu on dit que les vivants n'ont rien à faire ici. Qu'ils dérangent les esprits. Pour vous, les Blancs, ce serait un peu comme si vous entrepreniez de faire des excursions dans un cimetière et de pique-niquer sur les tombes. C'est une idée qui vous ferait horreur, n'est-ce pas ?

Lorsque Caine lui demanda des précisions sur sa tribu, elle resta évasive, et il crut comprendre qu'elle n'appartenait pas à un clan répertorié par les ethnologues.

— Des errants, fit-elle en revissant le bouchon de la gourde. Des hommes et des femmes exclus par leur clan d'origine, ou coupés de leur communauté natale, et qui se sont regroupés pour former un nouveau groupe. Nous n'avons pas de traditions ancestrales… ou plutôt nous en avons trop. Tout un mélange emprunté à droite et à gauche. En fait nous sommes une tribu fantôme sans terre ni totem. Le bureau des Affaires indiennes ne nous reconnaît pas d'existence légale, pour lui nous sommes tout au plus une bande de vagabonds.

— Où êtes-vous installés ?

Elle désigna une colline dont la silhouette tremblait dans les vibrations de l'air surchauffé, quelque part vers le sud.

— Par là, dit-elle. Mais nous ne sommes que des squatters. Il faudrait que beaucoup d'entre nous meurent ici pour que la terre nous appartienne enfin.

Elle haussa les épaules et se remit en marche. Caine la suivit, aspirant l'air brûlant à petites bouffées. Il essayait de se représenter ces Indiens déboussolés, luttant pour s'inventer de nouvelles racines. Une poignée d'hommes à cheveux longs, affublés de vieilles casquettes de base-ball et de T-shirts rapiécés qui se déplaçaient dans des camionnettes cabossées en rêvant de wigwams, de broncos sauvages et de peintures de guerre. Ils avaient renoncé au whisky et s'efforçaient de croire de toutes leurs forces aux légendes que racontait l'ancêtre tordu de rhumatismes qu'ils avaient sorti d'un asile pour indigents. Sans doute se sentaient-ils davantage à leur place au milieu des lézards et des coyotes qu'avec les Blancs. Au cours des dernières années, Caine avait pu observer quelques-uns de ces clans sans nom ni dieu qui erraient au long des routes, cherchant un endroit où l'administration cesserait enfin de les accabler de tracasseries. Ils avaient tous l'air constitués de naufragés à la dérive remuant les jambes pour écarter les requins en train de se rapprocher.

— Monsieur Noman se trompe, dit tout à coup Anka-Tika en désignant une nouvelle crevasse sur le sol. Le tremblement de terre viendra jusqu'ici, et il engloutira la cité comme le reste. Le désert ne sera pas épargné.

— Vous aimez bien Noman ? interrogea Caine.

— C'est un pauvre homme, dit la jeune femme. Il a eu la tête bouleversée par un grand malheur, depuis il vit dans ses rêves. Il fait de grands discours, il parle beaucoup, mais ce n'est pas vraiment lui qui dirige la cité, c'est Mama Dolorosa.

Caine dressa l'oreille. Et si elle avait raison ? Si Ernst Noman, l'architecte génial, n'était en réalité qu'une marionnette dans les mains de la secte ? Le bâtisseur flottait à mille pieds au-dessus de la réalité, il avait pu se décharger progressivement des tâches quotidiennes sur la vieille femme au chignon gris, et celle-ci avait peu à peu pris le pouvoir.

— Il y a longtemps que vous faites partie de ce… groupe ? interrogea-t-il.

— L'Église de la Nouvelle Force ? Deux ans. Je ne pouvais plus retourner dans ma tribu, et puis, en quelque sorte, Mama Dolorosa m'a sauvé la vie. Je lui dois reconnaissance.

— Elle vous a sauvée ? répéta le romancier. Qu'a-t-elle sauvé, votre corps ou votre âme ?

— L'âme, je ne sais pas, fit la jeune fille. Mais le corps sûrement. J'ai mené une mauvaise vie. Mon père m'a vendue à douze ans à un marchand de hot dogs ambulant. Deux semaines après mes premières règles. Avant il ne pouvait pas, ç'aurait été immoral.

— Vendue ?

— Échangée plutôt, contre deux caisses de bière. De la *Pride's One*, sans alcool, parce que c'était contre ses principes de s'enivrer. Sa tribu avait été christianisée par les missionnaires, et il restait fidèle à certains principes. Il aurait considéré comme un péché de me troquer contre du whisky. Ce jour-là il m'a expliqué la différence. J'ai obéi. Je croyais qu'on vendait toutes les filles, partout dans le monde. Que c'était comme ça depuis toujours, parce que les filles sont une source d'ennuis. Elles n'ont pas autant de muscles que les hommes, elles saignent, et elles ne savent que donner naissance à des bouches inutiles. En fait, j'étais assez fière de valoir deux caisses de bonne bière. Je ne pensais pas que mon père obtiendrait autant parce que je n'avais pas beaucoup de poitrine à l'époque.

— Vous n'aviez pas peur de partir avec un inconnu ?

— Non, ou plutôt si. J'avais peur de ne pas être assez habile au lit, de faire honte à mon père. Je me répétais que je ne devrais pas jouer les mijaurées, crier ou pleurer. Je voulais prouver que je valais bien deux caisses de *Pride's One*. Je suis restée un an avec le marchand de hot dogs, il m'a échangée le jour de mes treize ans. Parce que sa camionnette était tombée en panne et qu'il n'avait pas de quoi régler la réparation. Le garagiste a accepté de me recevoir en guise de paiement. Encore une fois j'ai été contente, parce que le montant de la facture dépassait le prix des deux caisses de bière. J'avais l'impression de prendre de la valeur. C'était un peu normal en un sens, j'avais davantage de seins que l'année précédente et j'en savais pas mal sur le travail du lit. Entre-temps j'avais appris que les Blancs aiment beaucoup les jeunes squaws parce qu'elles n'ont pas de poils au ventre, et qu'elles sont très étroites.

Caine écoutait, atterré. Un moment il avait cru que la jeune fille avait choisi de lui raconter sa vie sur le mode de l'ironie acerbe, il réalisait maintenant qu'il n'en était rien. Elle n'avait manifestement aucun recul critique par rapport à ce qui lui était arrivé.

— Vous n'aviez pas envie de vous échapper ? fit-il.

— Non, protesta-t-elle, ç'aurait été déshonorer mon père, faire de lui un voleur. Un peu comme s'il avait mis en circulation de la fausse monnaie. Et puis j'étais contente de prendre de la valeur. J'imaginais qu'un jour je rentrerais chez moi et que je lui dirais : Tu sais, père, la dernière fois qu'on m'a échangée c'était contre deux Cadillacs Sedan de Ville. C'était un rêve un peu fou. Je savais bien que jamais je ne vaudrais autant.

Elle continua. Elle avait vécu ainsi, passant d'un maître à un autre jusqu'à l'âge de dix-huit ans. Elle faisait beaucoup d'efforts pour accroître sa valeur marchande. Elle essayait d'être bonne cuisinière et bonne amoureuse.

— J'avais conscience d'avoir pas mal de chance, dit-elle. J'aurais pu finir prostituée comme certaines filles de ma tribu. Mais je savais que je perdrais de ma valeur dès que j'aurais dépassé vingt ans, car les Indiennes grossissent en vieillissant. Les Blancs ne les aiment que lorsqu'elles sont très jeunes.

On l'avait troquée contre une Chevrolet d'occasion rouge au moteur trafiqué, puis contre une Harley-Davidson récupérée dans un accident. Elle aimait savoir que sa chair fragile pouvait acheter ces monstres d'acier dont les rugissements lui avaient toujours fait un peu peur. Elle en restait même légèrement incrédule, comme si elle n'en revenait pas d'avoir acquis tant de valeur en si peu de temps.

— Je faisais de mon mieux, dit-elle en ratissant nerveusement le sable chaud entre ses doigts. J'essayais de devenir plus belle et plus habile, et surtout je ne me plaignais jamais. J'ai eu de la chance. Jamais aucun des Blancs avec qui je suis allée n'a essayé de me mettre sur le trottoir. Non, c'étaient des hommes bons, ils ne me battaient presque pas... sauf quand j'avais mes règles et qu'ils avaient envie d'aller au lit, mais ça c'est normal.

Puis tout s'était gâté. Un jour, son homme – un vieux représentant en matériel de pêche – lui avait rendu sa liberté.

— Il m'a dit qu'il était très malade et qu'il allait rentrer à l'hôpital pour y mourir, murmura Anka-Tika. Il voulait rester seul. Il m'a donné la moitié de l'argent qu'il avait de côté et il m'a dit de partir. Je ne comprenais pas, et ça m'a fait peur. Je ne savais pas ce qu'il fallait que je fasse. Jamais je ne m'étais retrouvée seule. Je l'ai supplié de ne pas m'abandonner, de me troquer à quelqu'un contre quelque chose, mais il m'a dit qu'il allait mourir et qu'il n'avait plus besoin de rien. Et puis aussi qu'il avait honte de m'avoir eue de cette manière. C'était un péché dont on lui demanderait de rendre compte là-haut. Il a dû me frapper pour que je descende de la voiture. J'ai couru derrière lui pendant qu'il s'éloignait. J'étais terrifiée.

— Pourquoi n'êtes-vous pas rentrée dans votre famille ? demanda Caine.

La jeune fille secoua négativement la tête.

— Ce n'était pas possible, il aurait fallu que je leur explique que j'avais été répudiée. Mon père aurait pensé que je n'avais plus aucune valeur marchande. J'ai marché au hasard. Je me sentais comme une vieille vache dont personne ne veut plus boire le lait parce qu'il a mauvais goût.

— Quel âge aviez-vous ?

— Dix-neuf ans, presque vingt. J'étais à Los Angeles. J'étais bête ; quand on m'a parlé d'Hollywood, j'ai eu envie de me rendre dans ce bois sacré pour y demander conseil aux esprits. Je croyais que c'était une terre magique, une colline où l'on invoquait les dieux.

Elle avait traîné d'une chambre d'hôtel à une autre, le temps que s'épuise son pactole. Elle avait failli être la proie d'un producteur de *snuff-movies*, ces films clandestins pour amateurs très spéciaux où l'on assiste à des meurtres véritables et des mutilations réelles la plupart du temps réalisés sur des victimes encore vivantes. C'est Mama Dolorosa qui l'avait retenue au bord du gouffre. La secte l'avait sauvée du pire, elle y avait trouvé le moyen de mettre fin à l'horrible liberté qu'on lui avait infligée. Caine ne savait que dire. Il se serait senti à peu près aussi désarmé en face d'une extraterrestre.

— Mama Dolorosa est très puissante, dit encore Anka-Tika en baissant la voix. Les garçons lui obéissent comme des soldats. Ils lui sont très dévoués. Elle les a sauvés de la drogue et de la prostitution. Beaucoup faisaient des films porno ou baisaient avec des animaux pour amuser les vieux Blancs pleins d'argent. Dolorosa les a ramenés dans le droit chemin. Maintenant ils veulent rester chastes. Ils ont compris que le sexe est une horreur et que le sida a été inventé par Dieu pour détourner les hommes de la copulation. C'est le signe que la race humaine doit s'éteindre pour laisser la place à une autre, plus évoluée. Il faudrait que tout le monde comprenne ce message et cesse de procréer.

— Mais ce truc des épingles… balbutia Caine, c'est horrible.

— Les épingles ? dit la jeune fille. Non, c'est une méthode pour s'endurcir, pour s'habituer à cesser de pleurnicher. Mama Dolorosa raconte que ce sont les bêlements du mouton qui attirent les loups. Si l'on cesse de se plaindre on devient plus fort, et du même coup les prédateurs vous évitent.

— Et vous y croyez ? s'enquit le romancier.

— Bien sûr, assura l'Indienne. Mais je sais bien que je suis encore trop douillette. Je ne serai véritablement forte que lorsque je cesserai d'éprouver le besoin de pleurer sur mon sort. Et pourtant je fais tout ce qu'il faut, regardez.

Elle souleva sa chemise de coton blanc, dénudant ses seins lourds. Caine eut un mouvement de recul. Deux épingles de nourrice étaient passées en travers des mamelons, tels ces bijoux barbares que les anciens Romains imposaient à leurs esclaves.

— Vous… ne souffrez pas ? bégaya-t-il en essayant de masquer sa répulsion.

— Si, bien sûr, dit l'Indienne. Surtout quand je marche et que mes seins se balancent, mais je commence à m'y habituer. Un jour ça ne me fera plus mal du tout. Ce jour-là je ne serai plus une brebis.

— Je croyais que les prêcheurs aimaient les brebis, hasarda Caine.

— Pas Mama Dolorosa, lança Anka-Tika. Elle dit que les brebis sont juste bonnes à être égorgées. Elle dit aussi que si nous avons eu des malheurs, c'est uniquement de notre faute, parce que nous nous comportions en victimes, et que les mauvaises vibrations que nous émettions attiraient le mal comme le paratonnerre attire la foudre.

Elle rabattit précautionneusement sa chemise en évitant d'effleurer ses mamelons boursouflés. Caine serra les mâchoires.

— Venez, ordonna Anka-Tika en se redressant. Il faut marcher avant que le soleil ne grimpe trop haut dans le ciel.

Ils reprirent leur exploration sans trouver aucune trace de Patti. Parfois un serpent à sonnettes, tapi sous une pierre, agitait furieusement ses grelots sur leur passage, et ils faisaient un détour. Caine était certain d'avoir déjà maigri de trois kilos depuis le début de la promenade. Un certain découragement s'installait en lui. Patti pouvait se trouver n'importe où, enfouie sous un tumulus, recroquevillée au fond d'une crevasse ou d'une caverne. Comme il s'essuyait une fois de plus le visage, Anka-Tika lui glissa une pastille de sel dans la bouche.

— Vous transpirez trop, observa-t-elle. Vous allez vous déshydrater.

Il la remercia. Elle baissa les yeux, parut gênée, et dit rapidement, en avalant les mots :

— Vous êtes gentil pour un Blanc. Et pourtant Mama Dolorosa ne vous aime pas. Elle nous a mis en garde contre vous. Elle dit que vous écrivez des choses sales pour de l'argent. Que vos romans excitent les hommes et les poussent à la fornication.

— C'est elle qui a piqué trois épingles dans mon oreiller ? interrogea Caine soudain tendu. Est-ce que c'est une menace ?

L'Indienne se détourna.

— Elle a un œil derrière la tête, chuchota-t-elle d'une voix si basse que le romancier eut du mal à entendre ses paroles. Elle vous a vu, hier soir, quand vous étiez en train d'épier la cérémonie. C'est un sacrilège, mais vous ne pouviez pas savoir, bien sûr. Faites attention, ne la mécontentez pas.

— Pourquoi ? fit Caine. Parce que sinon je risquerais de disparaître moi aussi dans une tempête de sable, comme mon amie ?

La jeune fille se retourna à demi pour lui jeter un regard effrayé, comme si elle redoutait que les mots prononcés aient pu être emportés par le vent jusqu'à la résidence.

— Je ne sais pas ce que vous voulez dire, protesta-t-elle.

— Mais si, insista Caine. Il y a eu beaucoup de disparitions analogues, n'est-ce pas ? Plusieurs de vos… frères notamment. Noman me l'a dit.

— Mama n'a rien à voir là-dedans, siffla l'Indienne. Vous êtes fou. Elle nous protège. Si certains se sont enfuis, c'est parce qu'ils ne voulaient pas être sauvés. Il se dégageait de leur corps une odeur de peur, et le malheur s'est jeté sur eux. C'est pour cela qu'il faut bien faire tous ces exercices.

— Des exercices avec des épingles de nourrice ? Combien faut-il en porter pour être reçu à l'examen ? Six, dix ?

— Il n'y a pas de nombre limite, fit Anka-Tika avec irritation. Je n'en porte que deux, mais j'ai conscience d'être faible. Certaines de mes sœurs en supportent une douzaine. Bientôt elles quitteront la compagnie pour aller enseigner dans d'autres villes. Je sais que je ne serai jamais comme elles. Je suis trop douillette. Je n'ai pas assez souffert, j'ai été trop gâtée par la vie. Il me faudra de la patience.

Caine allait répliquer vertement quand la jeune fille se figea, les yeux fixés sur le sol. Elle s'agenouilla sans tarder et fouilla dans le sable pour dégager quelque chose que le romancier prit d'abord pour un morceau de papier journal. C'était un *comic-book* dont le soleil avait effacé les couleurs. On discernait à peine les contours des dessins à l'intérieur des cases. En se penchant, il vit qu'il s'agissait d'un fascicule d'Heroic-Fantasy racontant les aventures d'un barbare aux muscles puissants qui maniait une épée à deux tranchants presque aussi haute que lui. Anka-Tika avait blêmi et présentait tous les signes d'une frayeur intense. Elle se redressa d'un coup de reins, saisit Caine par le poignet et l'entraîna dans la faille d'un escarpement rocheux. Là, elle lui commanda de s'accroupir au milieu des cailloux branlants. Irrité et inquiet, Caine la somma de s'expliquer.

— Ces journaux, haleta-t-elle en agitant la bande dessinée qu'elle tenait toujours à la main, ce sont les survivalistes qui les lisent.

— Les survivalistes ? grogna Caine. Allons, ce n'est qu'un illustré perdu par un randonneur et emporté par le vent.

— Non, s'entêta l'Indienne. Ce sont les survivalistes. Ils se cachent dans les collines ou dans les crevasses. Depuis la construction de la résidence, ils ne cessent de nous harceler. Ils racontent que nous avons envahi leur territoire.

Caine n'osa la contredire car elle paraissait réellement effrayée. Comme tous les Angelenos, il avait entendu parler des survivalistes, ces fous organisés en petits groupes et qui s'entraînaient à survivre dans le désert en prévision d'un conflit nucléaire ou d'une guerre interraciale qu'ils pensaient imminente. Généralement ces commandos n'existaient que l'espace d'un week-end et regroupaient quelques fondus de la self-defense qui s'amusaient à crapahuter dans le sable, bardés de cartouchières, et fusillaient les lézards au fusil d'assaut en leur criant : « Crève ! Sale communiste ! » Le lundi, ils redevenaient agent immobilier, quincaillier ou peintre en bâtiment.

— Non, haleta Anka-Tika. Ceux-là sont très dangereux. Mama dit que ce sont d'anciens motards que le crack a rendus fous. Des déviants des *Hell's Angels*. Ils ont des armes très puissantes. Parfois ils s'approchent de la résidence et tirent sur les fenêtres. Une nuit ils ont jeté des cocktails Molotov sur la porte d'entrée. Depuis qu'ils ont compris qu'il n'y avait pas de vigiles, ils s'enhardissent.

Caine l'écoutait en essayant de reprendre son souffle, la course dans les cailloux l'avait épuisé.

— Je crois... ajouta l'Indienne. Je crois que c'est là qu'est votre amie.

— Quoi ? grogna le romancier. Patti ?

— Oui. À plusieurs reprises, ils ont essayé d'enlever des filles. Ils veulent faire comme les barbares. Piller et violer. C'est pour ça que Mama nous interdit de sortir de la résidence. Ils rôdent aux alentours, attendant le bon moment pour tenter un raid. Mama a dû plusieurs fois déclencher le processus qui verrouille la cité. Quand on presse ce bouton, personne ne peut plus entrer à l'intérieur des bâtiments. On appelle ça la « plongée profonde », parce que la résidence devient aussi étanche qu'un sous-marin. Mais on a dû interrompre la procédure à cause de l'arrivée des flics… et de la vôtre.

— Noman est au courant ?

— Monsieur Noman vit dans ses rêves. C'est Mama Dolorosa qui veille réellement à la sécurité de l'Oasis. Elle dit que nous ne pourrons sortir qu'une fois que nous aurons dépassé le stade des treize épingles. À ce moment-là nous serons devenus si puissants que nous serons invisibles aux yeux des prédateurs.

Caine en avait assez de ce charabia pseudo-religieux. L'hypothèse des survivalistes éclairait le problème d'un jour nouveau.

— Vous devez me croire, insista l'Indienne. Ils sont très cruels. On ne les voit pas. Ils se cachent à l'intérieur des crevasses ouvertes par les tremblements de terre. C'est pour ça que les hélicoptères de la police n'ont jamais réussi à les localiser. Monsieur Noman a porté plainte à plusieurs reprises, mais les flics ont répondu que cette histoire de groupe paramilitaire invisible n'était qu'une légende. Et pourtant ils sont là. Au début ils campaient loin, dans les collines, là-bas, mais depuis quelque temps ils se rapprochent. Ils sont peut-être tout près maintenant. Si ça se trouve, ils nous observent en ce moment même.

Caine grimaça, il n'ignorait pas que les dingues de la survie trimbalaient avec eux un arsenal des plus sophistiqués. On en avait arrêté qui cachaient des bazookas dans le coffre de leur voiture. S'ils vivaient isolés depuis plusieurs mois, voire plusieurs années, la résidence avait pu devenir pour eux une sorte de défi permanent. Une citadelle à investir. Un terrain de manœuvres pourvu d'une cible réelle. *Et puis il y avait les filles*… Est-ce que Patti était entre leurs mains ? Ils avaient pu attaquer sa voiture à la sortie de la résidence, l'emmener de force.

— Venez, supplia Anka-Tika en le tirant par le bras. Il ne faut pas aller plus loin, c'est trop risqué.

— Vous n'êtes pas armée ? interrogea Caine.

— Bien sûr que non ! s'insurgea l'Indienne. Mama dit que nous ne devons compter que sur la seule force de notre esprit. Les balles et les coups ne servent à rien. Si nous sommes capturés, il faut nous raidir contre la douleur, la surmonter et afficher notre indifférence. Elle dit que cela suffira à faire cesser les tortures… mais je ne suis pas encore prête.

Sa frayeur devenait contagieuse. Caine jeta un regard au paysage qui l'entourait. La fournaise évoquait ces portions de déserts où l'armée américaine procédait jadis à des essais nucléaires souterrains. Tout semblait imprégné d'une menace radioactive indiscernable et pourtant terriblement réelle.

— O.K., dit-il. Rentrons.

De toute manière, il était à bout de forces.

5

De retour à la résidence, il voulut se rendre auprès de Noman pour obtenir de plus amples renseignements sur les fanatiques de la survie, mais il prononça le mot « Éden » en vain. Le code permettant d'accéder aux étages privés avait été changé ; la voix sourdant des murs l'en avertit dès qu'il eut pris pied dans la cabine. On lui conseilla de solliciter une entrevue et d'attendre la réponse qui lui serait faite. Caine enrageait de ne pas savoir si la voix qu'il entendait appartenait à une vraie femme, si elle provenait d'un enregistrement, ou si c'était tout simplement celle de Noman lui-même, déguisée par la magie des synthétiseurs. Il jugeait ces artifices détestables. « Ne quittez pas la cabine, annonça l'hôtesse invisible au bout d'une minute. Monsieur Noman va vous recevoir. » Caine nota que, cette fois, on ne lui avait pas communiqué le code d'accès aux étages supérieurs. Le jugeait-on déjà indésirable ?

Quand la porte coulissante s'ouvrit, au sommet de la tour, il découvrit l'architecte assis face à l'immense baie vitrée, face au désert. Il était complètement nu, assis en tailleur dans son grand fauteuil de peau d'autruche, ses parties génitales exposées avec indifférence. Les poils de sa poitrine creuse et de son pubis étaient du même gris métallisé que ses cheveux. Sa maigreur rappelait celle de certains chefs religieux hindous. Il n'eut pas un mouvement pour accueillir son visiteur et ses yeux ne quittèrent pas la ligne d'horizon. Leurs pupilles paraissaient anormalement dilatées. Caine eut l'impression fugitive de se trouver en face d'un drogué amorti par les tranquillisants. Dès qu'il aborda le sujet des survivalistes, Noman s'ébroua puis se mit à bâiller.

— Laissez tomber, murmura-t-il d'une voix lointaine, assourdie. C'est une légende fabriquée par les guides pour exciter les touristes. On n'a jamais rien pu trouver de concret. J'en ai parlé avec la police, ils n'y croient pas. C'est Anka-Tika qui vous en a parlé? Ne l'écoutez pas. C'est une bonne pisteuse, mais elle n'est pas particulièrement musclée du cerveau. Elle a tendance à croire à un tas de fariboles plus ou moins magiques, comme tous les Indiens : le cheval fantôme, le lézard qui parle, le vautour qui prédit l'avenir.

— Pourtant, on m'a dit que vous n'hésitiez pas à verrouiller la résidence par mesure de sécurité, lança Caine.

— Cela fait partie des essais, soupira Noman qui semblait osciller au bord du sommeil. Il est tout à fait normal que je teste les systèmes de défense des bâtiments avant leur mise en service.

— La « plongée profonde » ? C'est comme ça que vous l'appelez ?

— Oui. Lorsque la résidence entre en phase de protection, elle devient aussi étanche qu'un sous-marin atomique. Ne vous laissez pas abuser par les surfaces vitrées qui sont très nombreuses et apparemment fragiles, ce ne sont pas des points faibles, et on essaierait vainement de les forcer. J'ai imaginé ce dispositif en prévision de la panique qui ne manquera pas de se produire lors du grand tremblement de terre. Il est hors de question que nous nous laissions submerger par la populace de Los Angeles.

— Vous lèverez le pont-levis, c'est ça ? fit négligemment Caine. Pas de devoir d'hospitalité ou d'assistance ? Vous savez qu'en Europe, au Moyen Âge, les châtelains ouvraient leurs forteresses aux pauvres gens quand ceux-ci étaient menacés ?

— Je ne suis pas un seigneur féodal, murmura Noman. Je m'imagine plutôt comme le capitaine d'une arche aux passagers soigneusement sélectionnés. En cas de cataclysme, je veillerai avant tout à préserver la pureté de mon fret.

— Est-ce que vous voyez un inconvénient à ce que j'appelle la police du désert pour évoquer cette histoire de survivalistes ? s'enquit le romancier, désireux d'abréger cette conversation qui menaçait de tourner au conflit.

Noman haussa les épaules et désigna le téléphone trônant sur son bureau. Tous ses gestes étaient empreints d'une étrange langueur, même les mots filtraient de ses lèvres au ralenti, comme si son esprit ne tournait plus à la bonne vitesse.

« Et si Mama Dolorosa le droguait pour le plonger dans le coton ? » songea tout à coup Caine pendant qu'il formait le numéro des rangers. N'était-ce pas là pour elle le bon moyen de s'affranchir de la tutelle de l'architecte ? Il fixa le profil de Noman. L'homme aux cheveux gris avait fermé les yeux et son menton descendait vers sa poitrine au rythme de son assoupissement.

Dès qu'il eut les rangers au bout du fil, l'entretien tourna court. Lorsqu'il se décida à évoquer la piste des survivalistes, un capitaine mal embouché lui éclata de rire au nez.

— De la foutaise pour touristes, grogna le flic. Ce sont les randonneurs qui inventent ces conneries pour se donner des frissons. Si vous continuez à prêter l'oreille à tout ce qu'on raconte, vous allez bientôt entendre parler du cheval fantôme et du cavalier squelette. Il y a aussi les cactus qui marchent, et le grand lézard qui parle. Si vous le rencontrez, inutile de le placer en état d'arrestation, aucun juge n'accepterait son témoignage.

Caine raccrocha. Noman dormait, ratatiné dans son fauteuil, les paumes ouvertes à la manière des yogis en méditation. Il respirait à peine, et les pulsations de son cœur, sur sa veine jugulaire, paraissaient ralenties à l'extrême.

Caine fit un pas dans sa direction, inquiet à l'idée que l'architecte était peut-être en train de succomber à une crise cardiaque. Comme il levait la main pour le secouer, une voix retentit dans son dos. Elle était sèche, désagréable, et ne ressemblait en rien aux roucoulements d'hôtesse de l'air qui sortaient habituellement des murs. Il pivota sur lui-même.

— Laissez-le, répéta Mama Dolorosa, il se repose. Il a besoin de sortir de son corps pour oublier son chagrin. Il est très déprimé ces temps-ci. La tempête a ravivé en lui le souvenir de sa femme Polly.

— Vous voulez dire qu'il dort ? hasarda Caine en fixant la vieille femme au visage flétri.

— Non, lâcha-t-elle, il est en projection astrale. Son corps est ici mais son âme court à travers le désert. Je lui ai appris à se projeter dans l'esprit des animaux. Ainsi il peut habiter pour un moment la chair d'un aigle ou celle d'un coyote. Cela le libère des contraintes que l'âge a installées en lui. Il galope dans les sables, il bat des ailes dans l'air brûlant, attendant le moment de s'abattre sur un serpent pour le décapiter d'un coup de bec.

Ainsi dressée, sa maigre silhouette drapée dans sa tunique de prêtresse, elle n'était pas sans évoquer quelque nonne secrètement travaillée par l'hystérie. Ses yeux brillaient d'une méchanceté froide, calculatrice, tandis que sa bouche ridée mimait un sourire bienveillant.

— Vous ne m'aimez pas, dit doucement Caine.

— Non, fit Mama Dolorosa sans que son sourire rétrécisse d'un millimètre. Vous écrivez des histoires à dormir debout qui échauffent les pulsions malsaines des adolescents. Vous êtes plein d'une curiosité suspecte pour les aspects les plus sordides de l'existence. Votre amie Patti Grizzle était comme vous.

— *Était ?* Vous pensez donc qu'elle est morte ?

— Oui, et je m'en réjouis. C'était une sale fille, droguée, irrécupérable. Obsédée par le sexe. Elle mouillait dès qu'un garçon s'approchait d'elle. Il me suffisait de renifler pour sentir à travers ses vêtements l'odeur de son vagin en train de s'humidifier. Elle tournait autour de mes garçons pour les débaucher. Elle a même essayé d'entraîner monsieur Noman dans son lit.

— Est-ce qu'on peut se faire violer pendant qu'on est en projection astrale ? ricana Caine. N'est-ce pas imprudent de laisser traîner son corps dans un fauteuil, comme un vieux vêtement ?

— Vous êtes un imbécile, murmura Dolorosa qui souriait toujours. Un enfant attardé qui passe sa vie à inventer des histoires imaginaires pour d'autres enfants attardés qui perdent leur temps à les lire au lieu de mettre de l'ordre dans leur existence.

— Où est Patti ? demanda sèchement Caine. Vous savez qu'on pourrait vous suspecter de l'avoir fait disparaître ?

— Je m'en moque, rétorqua la vieille femme. Le tribunal qui me jugera n'est pas de ce monde. C'était une détraquée, elle a perdu la tête, elle s'est égarée dans la tempête. Elle doit pourrir en ce moment au fond d'une crevasse. Ce n'est pas grave, elle était déjà à demi corrompue de son vivant. Il est possible aussi que les survivalistes l'aient emportée. Dans ce cas elle est devenue leur putain, je pense que ce rôle ne doit pas lui déplaire.

— Noman prétend que les survivalistes n'existent pas.

— Il ne sait pas tout ce qui se passe autour de lui. C'est un vieil enfant fragile. Nous le protégeons. Il a bien assez souffert. Il est inutile que vous raviviez de mauvais souvenirs en lui. Oubliez Patti Grizzle, ou alors allez la rejoindre chez les diables qui vivent au fond des crevasses du désert. On dit qu'ils ne dédaignent pas de s'accoupler entre eux, c'est peut-être ce que vous cherchez après tout ?

Caine préféra s'engouffrer dans l'ascenseur avant de perdre son sang-froid. Il ne pouvait pas décemment frapper cette femme au visage, et pourtant il aurait éprouvé une réelle satisfaction à faire voler en éclats ces fausses dents trop parfaites qui brillaient comme de la porcelaine.

La cabine le rejeta au rez-de-chaussée, et, en dépit de sa fatigue, il erra un long moment dans la galerie marchande. Noman n'avait pas menti. La résidence comportait très peu d'ouvertures réelles. Les espaces vitrés étaient trompeurs. Leur transparence vous donnait l'illusion d'un libre accès au-dehors, alors qu'en réalité leurs parois étaient parfaitement étanches. Pas un grain de sable ne pouvait s'introduire à l'intérieur des appartements ou des corridors, pas un lézard, pas un scorpion. La résidence vous installait au cœur d'un mirage de liberté. C'était en fait un vivarium jalousement clos. Même les fenêtres étaient fixes, scellées comme les hublots d'un sous-marin. Caine enrageait de se sentir impuissant. Il était à présent manifeste que Dolorosa exerçait un puissant ascendant sur Ernst Noman. Peut-être le droguait-elle sous couvert de relaxation ? Cette hypothèse n'était pas à écarter.

Pendant qu'il marchait dans la galerie, il aperçut Anka-Tika qui travaillait à quatre pattes avec ses sœurs à la pose d'une moquette dans une boutique en cours d'installation. Il passa près d'elle sans qu'elle ose un seul coup d'œil dans sa direction. Il ne chercha pas à lui parler. D'ailleurs personne parmi les enfants de Mama Dolorosa ne semblait décidé à s'apercevoir de l'existence de l'écrivain. Il aurait pu leur écraser les mains sous ses semelles sans qu'ils acceptent pour autant de lever les yeux vers lui. Mécontent, ne sachant plus que faire, il regagna son appartement et entreprit d'éplucher les papiers abandonnés par Patti. Ce n'étaient que les brouillons d'un panégyrique consacré à Noman. Peut-être un écran de fumée destiné à accréditer la fable de la pseudo-biographie qu'elle était censée rédiger ? L'écriture de la jeune femme se déformait au fil des pages, devenant presque illisible, comme si elle avait peu à peu perdu la tête. Plusieurs feuillets avaient été arrachés à la hâte. Caine essaya de voir s'il pouvait en déchiffrer les traces en creux, sur les pages suivantes, mais il n'obtint rien de lisible. Patti avait utilisé un feutre, dont la pointe trop molle ne marquait pas le papier. Il resta un long moment immobile, les yeux fixés sur les mots déformés que la jeune femme avait jetés sur le cahier. On eût dit une écriture de fou. Mais il n'ignorait pas qu'il est facile de faire perdre la tête à quelqu'un en l'amenant à prendre du LSD à son insu. *Et si*... Et si Mama Dolorosa s'était arrangée pour droguer Patti Grizzle en secret ? Il avait suffi d'une goutte d'acide lysergique sur un sucre, ou même sur la porcelaine d'une tasse à café. Une simple goutte qu'on laisse sécher, et qui devient parfaitement invisible. Patti, en plein délire, avait succombé à ses démons intérieurs, elle avait fui la résidence sans s'occuper de la tempête.

Mais il ne pouvait *rien* prouver. S'il retournait voir la police on lui rirait une fois de plus au nez et on lui parlerait des survivalistes, du cheval fantôme ou encore du lézard bavard.

Le soir venu, l'un des enfants de Mama Dolorosa lui apporta un plateau de nourriture et se retira sans un mot. Le repas n'avait rien d'exceptionnel : du *chili con carne*, des galettes de maïs fraîches, des citrons confits et un pichet de lait glacé. Probablement l'ordinaire de la secte. Noman avait donc décidé de ne pas l'inviter à dîner. Était-ce une façon de lui faire comprendre qu'il devenait carrément importun ? « Ou bien il est toujours en projection astrale, songea Caine, et son esprit ne se rend pas compte que son corps meurt de faim ! » Mais la boutade ne l'amusa guère. L'atmosphère de complot qui régnait à la résidence commençait à lui taper sur les nerfs.

Le lendemain, il passa toute la matinée à observer le comportement de la secte. Il avait commencé par sonder le désert à l'aide des jumelles qui se trouvaient dans son sac, puis son regard avait dévié pour se reporter sur les allées et venues des enfants de Mama Dolorosa.

En fait, Anka-Tika lui manquait, et il espérait capturer son visage dans le champ des lentilles grossissantes. Il constata que les jeunes gens sortaient de la cité pour aller se laver dans le désert à la manière indienne, c'est-à-dire en frictionnant leur corps nu avec du sable. Caine serrait les dents chaque fois qu'il voyait leurs mains effleurer les épingles plantées dans leur chair aux endroits les plus sensibles. Ils enterraient également leurs excréments, déversant le contenu de latrines portatives rudimentaires dans des trous qu'ils rebouchaient ensuite soigneusement. Caine réalisa qu'ils s'appliquaient à vivre dans le plus grand dénuement au milieu d'installations luxueuses qui représentaient ce qu'on faisait probablement de mieux en matière de confort high-tech. Leurs ablutions achevées, les garçons regagnaient très vite l'enceinte de la résidence, comme s'ils redoutaient de s'attarder à l'extérieur.

Caine s'attacha à leurs pas, faisant semblant de photographier l'architecture de la galerie marchande à l'aide d'un appareil dépourvu de pellicule. Par l'escalier de secours il se glissa dans le garage désert. Sur le béton du parking divisé en cases numérotées, il découvrit une sorte de campement militaire des plus frustes. Chaque case était occupée par un sac de couchage soigneusement roulé et par quelques ustensiles de toilette bien alignés : peigne, rasoir, coupe-ongles.

Nulle part il ne trouva trace de matelas pneumatiques. Les gosses dormaient à même le ciment, sans chauffage, alors que la température nocturne du désert faisait claquer les dents des plus aguerris. Çà et là, on avait installé des guérites faisant office de latrines. Des paravents de toile blanche, disposés à l'écart, délimitaient le territoire personnel de Mama Dolorosa. Caine hésita à s'y engager. La vieille femme lui faisait peur. Il devinait que ce corps desséché abritait des ressources de haine inépuisables. Ne voulant pas s'avouer vaincu, il jeta un bref coup d'œil entre les paravents. Il n'aperçut qu'un lit de fer sur lequel on avait jeté une couverture militaire, portant, inscrites au pochoir, les lettres USMC. Une table de chevet d'hôpital complétait l'ameublement de cette cellule spartiate. Caine se détourna et s'enfuit à grands pas.

De retour au rez-de-chaussée, il s'assit dans une cafétéria déserte et, ouvrant son carnet noir devant lui, fit semblant de prendre des notes. Les jeunes gens ne s'arrêtèrent de travailler qu'à treize heures pour avaler un sandwich de pain de seigle contenant un morceau de poulet froid tartiné de mayonnaise en tube. Une jeune fille allait de l'un à l'autre, remorquant un panier à bout de bras, et mettait dans la main de ses frères et sœurs ce maigre repas enveloppé dans de la cellophane. Caine reçut lui aussi un sandwich qu'il dévora, car il mourait de faim. Pour étancher sa soif, il dut faire comme les autres et aller boire au distributeur d'eau installé dans la galerie. Noman paraissait avoir complètement oublié son existence, et, sans le secours de la secte, Caine aurait été réduit à se serrer la ceinture… ou à rentrer à Los Angeles. Froissant l'emballage du casse-croûte entre ses doigts, il se fit la réflexion qu'il vivait dans un état de quasi-mendicité au milieu du complexe d'habitation le plus moderne qui ait jamais été construit. Mama

Dolorosa devait beaucoup s'amuser de la dépendance dans laquelle l'avait plongé la désaffection de l'architecte.

Un peu plus tard, alors qu'il faisait la sieste, allongé sur l'un des bancs de la cafétéria, il entendit l'écho d'un monologue, à l'autre bout de la galerie. C'était une jeune fille qui parlait. Elle s'accusait d'avoir été violée et demandait qu'on lui pardonne cette faute. Elle fut remplacée par un garçon qui s'excusa d'avoir été battu par deux surfers nazis qui lui avaient cassé les bras et les jambes avant de l'abandonner sur la plage de Redondo Beach.

— Je sais que c'était ma faute, conclut-il. Mon odeur de mouton les a agacés. J'étais si faible que c'était pour eux comme une provocation. On ne peut pas leur en vouloir vraiment. C'est ma trop grande faiblesse qui les a provoqués, ils ne sont pas responsables... L'unique responsable, c'est moi. Avec mon odeur de poule mouillée.

Caine, qui s'était approché furtivement, finit par comprendre qu'il s'agissait d'une séance d'autocritique présidée par Mama Dolorosa. La vieille femme hochait la tête avec bonté chaque fois que l'un de ses protégés avouait sa faute.

— J'habitais dans une ferme, dit encore une toute jeune fille. À la mort de Maman, mon père m'a obligée à la remplacer dans son lit. Et puis il a autorisé mes frères à faire pareil, à chaque fin de semaine, pour les récompenser d'avoir bien travaillé. Je sais maintenant que j'ai eu tort de les haïr. J'étais trop bête, on ne pouvait pas me respecter. Quand on est faible on attire le mal. On éveille chez les autres le désir de vous faire souffrir. Je suis seule coupable du péché d'inceste.

Mon père et mes frères sont innocents. Ils n'ont fait que me punir pour mon bien, et cette punition m'a permis d'atteindre le seuil de la conscience.

— Bien, c'est bien, observa Mama Dolorosa en levant ses mains desséchées.

Caine recula à l'ombre des feuillages du jardin intérieur. Il se rappelait soudain ce que lui avait dit Anka-Tika : « Elle a un œil derrière la tête. »

Ces confessions lui avaient donné la nausée, aussi décida-t-il de reprendre ses observations. Les jumelles rivées aux yeux, il prit place sur la passerelle supérieure du grand dôme, et ausculta le désert tout autour de la résidence.

En début d'après-midi, alors que le soleil décolorait le ciel, il crut entrevoir un groupe de silhouettes se déplaçant au sommet d'une crête rocheuse. Ce fut bref, fugitif, comme si les hommes, sentant son regard, s'étaient aussitôt jetés à terre. Il eut beau fixer l'excroissance de pierre grise vingt minutes durant, les fantômes ne commirent pas l'erreur de se laisser repérer une seconde fois. Pourtant Caine gardait l'illusion d'avoir surpris deux hommes haillonneux, aux cheveux longs et crasseux, bardés de cartouchières et progressant sur les coudes, les mains rivées sur la crosse d'un fusil d'assaut. Avait-il inventé cette image ? Comme il se retournait, il faillit se heurter à Mama Dolorosa qui se tenait juste derrière lui. Depuis combien de temps était-elle là ? Il ne l'avait pas entendue s'approcher, à aucun moment il n'avait même deviné sa présence silencieuse. Il en fut effrayé.

— Je les ai vus moi aussi, dit-elle avant qu'il ait ouvert la bouche. Je n'ai pas besoin de jumelles pour détecter la présence du mal.

— Alors vous ne niez pas leur existence ? souffla Caine.

— Pas du tout, répondit calmement Dolorosa. L'ai-je jamais fait ? Je savais qu'ils viendraient. C'est l'odeur de faiblesse dégagée par certains de mes enfants qui les attire. C'est normal. Je vais mettre la cité en défense. Bloquer tous les accès jusqu'à nouvel ordre.

— Non, protesta Caine. Je dois sortir, je dois suivre ces hommes, c'est le seul moyen dont je dispose pour retrouver Patti. S'ils l'ont enlevée, elle est quelque part là-bas, à leur campement.

— Tiens, ricana la vieille femme. Vous ne m'accusez plus de l'avoir assassinée ?

— Il faut que je sorte, insista Caine.

— D'accord, dit Dolorosa. Mais je suis forcée de vous faire accompagner par Anka-Tika. Monsieur Noman n'a pas confiance dans vos talents de pisteur, et il ne tient pas à vous perdre. Faites très attention, cette enfant n'est pas encore immunisée contre le mal. Elle est faible, son odeur pourrait rabattre les prédateurs dans votre direction.

Caine faillit crier : « Assez de foutaises ! », mais jugea plus diplomatique de dire simplement « merci ».

— Tenez, dit la vieille en tirant d'une poche de sa tunique un rectangle plastifié semblable à une banale carte de crédit. Portez-la tout le temps sur vous. On dirait une *American Express*, mais c'est une clé magnétique déverrouillant les différents accès de la résidence, ce système est déjà en service dans les hôtels de luxe. Nous en portons tous une chaque fois que la cité est en « plongée profonde ». Si vous la perdez, vous ne pourrez plus rentrer. Chaque carte a son propre code. L'ordinateur de contrôle lit ce code et déverrouille le sas qui se trouve en haut des marches du grand escalier d'honneur. Il ne laisse entrer qu'une personne à la fois. Si vous n'êtes pas revenu ce soir avant le coucher du soleil, je considérerai que cette carte est tombée entre des mains ennemies, et j'effacerai votre code de la mémoire de l'ordinateur pour désactiver la clé.

Caine écarquilla les yeux. Était-il en train de s'égarer dans un épisode de *Star Trek* ? Mama Dolorosa avait déjà tourné les talons.

Un quart d'heure plus tard, Anka-Tika se présentait avec son paquetage.

— C'est dangereux, murmura-t-elle. Tu sais ce qu'ils nous feront s'ils nous attrapent ?

— Tu n'es pas forcée de venir, dit Caine. Je me débrouillerai tout seul.

— Non, fit l'Indienne. Tu te perdras. Les Blancs se perdent toujours. Et puis je dois y aller pour m'éprouver. Je porte une épingle de plus aujourd'hui, je suis plus forte. Ils sentiront moins mon odeur.

Quand ils franchirent le seuil du hall, Caine entendit les portes de verre se refermer en sifflant. Il imagina qu'en cette seconde même, au sommet de la plus haute tour, Mama Dolorosa enfonçait le bouton de commande plaçant la résidence en état de défense. Il eut un geste instinctif pour palper les contours de la carte magnétique dans la poche de sa veste de cuir. Il n'aimait pas l'idée qu'il suffisait désormais de pianoter sur une console pour changer en une seconde *toutes* les serrures d'un complexe d'habitation. Il se savait incapable de crocheter un tel dispositif.

Dès qu'ils furent au bas des marches, il entraîna Anka-Tika vers sa voiture. Il n'avait aucune envie d'affronter le désert à pied. Si on les poursuivait, mieux valait être motorisé. Il dut s'envelopper la main dans un mouchoir avant de toucher la portière tant le métal était brûlant. L'intérieur de la Simarane se révéla à peu près aussi accueillant qu'un four allumé. Quand il s'assit, il crut que la peau de ses fesses allait rester collée au cuir du siège. Anka-Tika l'imita, mais sans grimacer. Caine poussa la climatisation à fond et démarra, roulant dans la direction de la crête où il avait cru voir se profiler les ombres des maraudeurs. Il pensait au couteau de survie que Bumper avait glissé dans la boîte à gants. Une de ces armes effrayantes que le cinéma avait rendues populaires. Peut-être serait-il avisé de s'en munir avant d'entreprendre l'exploration du monticule ?

Par malheur le vent se déchaîna soudain, soulevant une tornade de poussière qui crépita sur le pare-brise, leur masquant la piste. Caine jura, les rafales allaient effacer toutes les traces, et il passerait une fois de plus pour un illuminé ou un alarmiste. Il ne s'était pas trompé : quand il atteignit en haletant le sommet du tertre, il ne put relever aucune preuve du passage des guerriers clandestins.

— Moi, je te crois, dit doucement Anka-Tika en rejetant d'un brusque coup de tête les mèches noires que le vent lui rabattait sur le visage. Je sais qu'ils étaient là. C'est pour ça que Mama nous a laissés sortir. Parce qu'elle pensait qu'ils nous attaqueraient.

— Tu veux dire qu'elle était persuadée que nous ne reviendrions pas ?

— Elle l'espérait. Elle ne t'aime pas. Quant à moi, elle pense que je me complais dans ma faiblesse et que je ne fais pas assez de progrès.

— Tu le savais et tu es venue tout de même ?

— Oui. Pour toi. Tu t'obstines à vouloir sauver une morte. C'est touchant. Je croyais les Blancs plus durs.

Elle lui saisit la main et la serra avec une énergie désespérée.

— Viens, dit-elle. Allons voir les gens de ma tribu, ils sauront peut-être quelque chose au sujet de ton amie. Je sais que tu ne retrouveras pas la paix tant que tu ne l'auras pas vue couchée dans sa tombe. Alors il faut en finir.

Caine regarda autour de lui. Le vent de poussière masquait le paysage et c'est à peine s'il distinguait encore les contours de la voiture au bas de la colline. Le poignard qu'il avait glissé dans sa ceinture lui meurtrissait les reins. Qu'est-ce qu'il fichait là, à quarante-deux ans, alors qu'il devait livrer le manuscrit de son prochain roman avant la fin du mois ? Est-ce que ce genre de situation l'excitait vraiment, ou bien s'agissait-il d'une sorte de suicide déguisé ? Une manière d'abréger le temps qui lui était imparti ? Un jour il faudrait qu'il y réfléchisse vraiment.

— D'accord, capitula-t-il. Allons-y. De toute manière il vaut mieux ne pas rester exposés trop longtemps.

Depuis un moment il avait l'impression détestable qu'une lunette de visée était en train de le prendre pour cible. Ils dévalèrent la pente et se précipitèrent dans la voiture. Le vent de poussière avait considérablement diminué la luminosité, installant une atmosphère de crépuscule en plein jour. Des coyotes hululèrent quelque part dans le lointain. Caine démarra, obéissant aux indications de la jeune femme. Il fut rassuré de découvrir qu'elle savait parfaitement se servir d'une boussole car le paysage autour d'eux avait déjà été en grande partie avalé par les tourbillons de poudre jaunâtre que les bourrasques arrachaient au flanc des collines. Il conduisait, penché en avant, le nez sur le pare-brise, les mains crispées sur le volant, sursautant chaque fois qu'un buisson déraciné par les rafales venait griffer la carrosserie de ses branches sèches.

— C'est ma tribu d'adoption, dit Anka-Tika. J'ai vécu un an avec eux lorsque j'ai échoué à Los Angeles. Mais je n'étais pas bien, ce sont des hommes violents. Certains ont fait de la prison, d'autres se cachent parce qu'ils sont recherchés dans un autre État. Ils me faisaient peur. Et puis je n'ai jamais été la femme d'un Indien. Avec mes maris blancs j'ai pris trop de mauvaises habitudes, je ne suis pas assez respectueuse de l'homme aux yeux d'un Peau-Rouge, je fais trop de bourdes. Les guerriers – c'est comme ça qu'ils s'appellent entre eux – me considéraient comme une putain. Ils disaient que ma peau avait perdu sa couleur, que je n'étais plus rouge mais rose. Ils m'avaient donné un nom qui signifiait « celle qui a pâli ». Wanak-Ané, le sachem, les a obligés à renoncer au whisky, à la drogue, et ils ont du mal à s'y faire. Quelques-uns pensent qu'il faut faire la guerre aux Blancs, lancer des raids sur la vallée de San Fernando, dévaliser les maisons. Wanak-Ané a refusé, mais il est très vieux. Il a eu un coup de sang au début de l'année, et il en est resté à moitié paralysé. Depuis, il dit des choses étranges. Les femmes pensent que les esprits du désert parlent par sa bouche, les hommes disent qu'il a simplement perdu la boule.

— Est-ce qu'ils accepteront de nous recevoir ?

— Je ne sais pas. Depuis que j'ai rejoint l'Église de la Nouvelle Force, ils considèrent que je les ai trahis, que je me suis vendue à d'autres dieux. Ils me reçoivent parce que j'apporte de la nourriture, des outils, des couvertures... des choses que je vole dans les réserves de la résidence.

Elle se tut, regrettant déjà d'en avoir trop dit. Elle était inquiète, effrayée par les gifles du vent qui fouettaient les vitres latérales et faisaient ricocher des cailloux sur les portières. Caine hésitait à allumer ses phares, réticent à l'idée de signaler sa position. Une lumière couleur de soufre filtrait du brouillard. C'était le moment idéal pour une embuscade éclair. Ils roulèrent en droite ligne pendant une trentaine de minutes, puis Anka-Tika lui demanda de s'arrêter au pied d'un bloc de rocher sur lequel on avait peint un symbole incompréhensible à l'aide d'un pinceau trempé dans du goudron.

— C'est là, dit-elle. Je vais leur parler. Tu viendras ensuite.

Elle sortit, disparut dans la brume de poussière et cria quelque chose que Caine ne comprit pas. Une voix d'homme étouffée par la distance lui répondit. L'échange dura une bonne minute, puis la jeune fille réapparut, le visage tendu, la bouche crispée. Caine descendit. Anka-Tika lui prit la main, pour le guider. Ils escaladèrent le flanc d'un coteau abrupt. Dès qu'ils furent à proximité du campement, Anka-Tika lui lâcha la main et s'éloigna de lui. Alors, seulement, Caine aperçut les Indiens.

Ils s'étaient installés au sommet d'une colline, comme pour surveiller l'approche d'un éventuel assaillant. Les véhicules de la communauté avaient été disposés en cercle, de manière à former une espèce de rempart de carrosseries derrière lequel on pourrait – si le besoin s'en faisait sentir – se retrancher et soutenir un siège. Il y avait une certaine ironie dans cette disposition puisque, dans le passé, c'était celle que les pionniers faisaient prendre à leurs chariots pour se protéger des attaques indiennes. Les voitures étaient, pour la plupart, en piteux état. Des ferrailles achetées pour quelques centaines de dollars dans une casse, et retapées à l'aide de pièces de récupération. Des antiquités, qui consommaient trop, et dont les Blancs avaient fini par se détourner. Les quatre portières étaient le plus souvent de couleur différente, même chose pour les ailes. Au centre de ce cercle se dressaient des wigwams érigés selon la grande tradition indienne, mais qui – en raison de l'absence de cuir de bison – se trouvaient constitués d'un affreux patchwork de toile à bâche et de sacs d'engrais cousus bord à bord par de gros points de ficelle. Toute la misère de la tribu s'affichait sur ces tipis bricolés avec les moyens du bord. Un totem complétait le campement, simple poteau électrique abattu par une tempête et récupéré le long d'une route. Quelqu'un avait essayé de sculpter cette poutre décolorée, trop sèche, mais l'artiste maladroit n'avait su qu'ébaucher un visage approximatif, dont les yeux n'étaient pas à la même hauteur.

Deux hommes trapus, coiffés de casquettes de baseball d'où s'échappaient des nattes grises, montaient la garde à l'arrière d'un pick-up Chevrolet à la suspension agonisante. Assis sur des caisses d'oranges retournées, ils tenaient dans leurs mains des carabines Winchester qui avaient sans doute appartenu à leurs grands-pères.

— Ne dis rien, murmura Anka-Tika en exerçant une pression sur le bras de Caine. Ils ne veulent plus parler la langue des Blancs. Ne t'adresse pas directement à eux et ne les regarde pas dans les yeux. Ce serait une provocation. Si tu veux poser une question, dis-la-moi à l'oreille. Le reste du temps, garde les yeux tournés vers le sol. Ils ont honte de leur misère ; s'ils ont l'impression que tu viens en touriste, les choses risquent de mal tourner.

Dès qu'ils eurent franchi le cercle des voitures, Caine perçut l'hostilité du groupe. Les hommes, les femmes, les enfants assis à l'entrée des wigwams semblaient fichés en terre comme de grosses pierres inamovibles. Leurs traits maussades étaient comme pétrifiés eux aussi. La plupart portaient des loques superposées : des vestes, des blousons, des chemises de bûcheron, le tout enfilé en « pelures d'oignon », à la mode des clochards. Ces épaisseurs leur donnaient une silhouette pataude et massive d'ours gras. La volonté de retour à la tradition ne se détectait qu'au travers des bijoux, colliers et pendentifs de perles colorées que les femmes portaient avec ostentation. Sans doute était-ce là des reliques familiales qu'on se transmettait de génération en génération depuis la nuit des temps. Quelques hommes d'âge mûr avaient piqué des plumes dans leurs cheveux grisonnants.

Anka-Tika commença à parlementer. Caine ne comprenait rien à ce qui se disait, mais au ton employé par l'interlocuteur de la jeune femme, il sentit que les Indiens n'avaient aucune envie de collaborer. Il n'était pas très à l'aise. Les regards de la tribu pesaient sur ses épaules comme ces sacs à dos remplis de cailloux qu'on fait porter aux jeunes Marines lors des marches d'entraînement. Point n'était besoin d'être extralucide pour deviner que ces hommes avaient eu maille à partir avec la justice. C'étaient pour beaucoup d'entre eux des voyous vieillissants, sans attaches. Au cours de leur vie, ils avaient tâté du ramassage des ordures, ils avaient écaillé des tonnes de poissons à demi pourris pour le compte d'une fabrique d'aliments pour chats, ils avaient charrié des caisses à s'en briser le dos, lavé les vitres des buildings en équilibre au bord d'un abîme de soixante étages. Ils avaient fini par fuir les villes, amers, méchants, néo-guerriers de pacotille s'inventant une dignité tribale dont ils ne savaient rien. Ils s'étaient réveillés à quarante-cinq ans, ayant tout oublié ou presque des coutumes de leurs ancêtres. Alors ils s'étaient mis à copier les Sioux du cinéma, à bégayer les bribes d'un dialecte en grande partie effacé de leur mémoire. Ils étaient redevenus indiens pour ne pas s'avouer clochards, ils avaient fondé une tribu, taillé un dieu dans un poteau télégraphique récupéré au bord d'une piste.

Anka-Tika tira sur la manche de Caine pour l'obliger à la suivre. On les fit asseoir en face d'un vieillard engoncé dans un anorak rapiécé, et dont la moitié gauche du visage avait été paralysée par une hémiplégie. Les muscles de sa pommette, rétractés, donnaient l'impression que des câbles tendus imposaient à cette partie de sa figure une grimace permanente.

— C'est le sachem, murmura Anka-Tika. Il veut bien répondre à tes questions si tu achètes ses réponses, dix dollars chaque.

Caine accepta. Le grand chef grelottait dans ses hardes d'explorateur polaire et sa main gauche agitée d'un spasme continu dessinait dans le sable des figures qui n'avaient probablement aucun sens.

— Demande-lui, pour Patti, murmura simplement Caine en approchant sa bouche de la tempe de l'Indienne.

Ce simple contact le troubla car il fut submergé par l'odeur saine et chaude de la jeune femme, et le contact soyeux de ses cheveux. Il eut tout à coup envie d'enfouir son visage dans cette chevelure et de chercher le creux de la nuque avec ses lèvres. Il dut faire un effort pour se ressaisir et se rappeler où il était. Anka-Tika parlait en agitant les mains. Ses gestes n'avaient rien de commun avec ceux qu'esquissent les Blancs pour ponctuer leurs phrases.

— Il dit qu'ils ne savent rien pour la femme dont tu t'inquiètes, murmura-t-elle enfin. Ils vont partir bientôt, se mettre en marche vers le Nevada ; le chef dit que cet endroit est mauvais pour eux. Le totem n'y a pas pris racine et aucun dieu ne les protège vraiment.

— Pourquoi sont-ils organisés comme s'ils se préparaient à soutenir un siège ? demanda Caine. Les camions en cercle, les sentinelles... est-ce qu'ils craignent une attaque des survivalistes ?

Anka-Tika traduisit. Le vieillard toussa, bava, et répondit d'une voix qui tenait plus du râle que du langage articulé.

— Oui, dit la jeune fille. Il dit que des « choses » viennent du désert à travers la brume. Des esprits portés par les tempêtes de sable. Ces choses, ces êtres emmènent certaines personnes. Il dit qu'il y a eu trois disparitions ces derniers temps.

— Des femmes ?

— Oui, mais pas seulement. Des hommes aussi. Il dit que ce n'est que justice, parce que ces gens étaient violents, qu'ils buvaient et prêchaient la guerre. Il pense que les esprits du vent les ont emmenés avec eux pour les punir. Il ne regrette pas leur disparition. Il dit que ta femme, Patti, était sûrement mauvaise, elle aussi, et que c'est pour ça que les esprits l'ont emportée.

— Il croit ce qu'il raconte ou il se paie notre tête ?

— Il délire, souffla Anka-Tika. L'homme avec qui j'ai parlé tout à l'heure pense que les survivalistes sont venus prendre les femmes pour l'amour et les hommes pour s'entraîner à tuer. Il dit que les maraudeurs blancs les utilisent comme cibles vivantes, et qu'ils pratiquent sur eux toutes sortes de techniques d'interrogatoire.

— Est-ce qu'ils les ont vus ?

— Oui, ils ont essayé de se battre avec eux, mais les Blancs sont très bien armés. Des grenades, des fusils automatiques, une mitrailleuse montée sur une moto. La tribu a perdu deux hommes dans cet affrontement.

— Pourquoi ne préviennent-ils pas les rangers ? interrogea Caine qui s'impatientait.

— Ne dis pas de bêtises, répliqua la jeune fille. Ce sont des Indiens, ils n'ont aucune confiance dans les Blancs. Et puis certains d'entre eux font l'objet d'un avis de recherche.

Caine leva les mains en guise d'excuse. Le vieux s'était mis à monologuer en traçant des gribouillis dans le sable du bout de son index racorni. On eût dit qu'il dessinait les plans d'une cité aux dédales labyrinthiques.

— Ils vont s'en aller, traduisit Anka-Tika. Ils chercheront un autre endroit pour planter le totem. Les femmes ont peur, elles ne veulent pas que les Blancs leur mettent des bâtards dans le ventre. Elles pensent que les survivalistes se nourrissent de la chair de leurs victimes, et que c'est pour cette raison qu'on ne retrouve jamais aucun cadavre.

— Est-ce que c'est possible ? fit Caine.

— Ce n'est pas à écarter, murmura la jeune fille. Le principe de la survie, c'est d'apprendre à s'alimenter avec ce qu'on a sous la main, sans faire le difficile. Ces types sont fous à lier. Et il y a beaucoup plus à manger sur un homme que sur un lézard. Et puis c'est une viande plus tendre, meilleure au goût.

Caine avait de plus en plus l'impression de s'enfoncer en plein cauchemar. Il essaya d'obtenir des précisions géographiques quant à la situation éventuelle du camp des guerriers du troisième millénaire, mais le sachem ne savait rien de précis. Selon Anka-Tika, ils vivaient dans les crevasses ouvertes par les séismes. Ces lézardes fissurant la roche formaient de véritables cavernes où l'on pouvait camper à l'abri du soleil et des vents de sable. Une fois installé entre les parois de ces tranchées naturelles, aucun hélicoptère n'était capable de repérer votre présence. Le sachem eut un geste de la main pour signifier qu'il ne voulait plus parler et indiqua le prix de sa prestation. Caine paya sans discuter. Quand il se redressa, la lumière avait encore diminué et la plaine de sable baignait dans un halo crépusculaire dont l'orange s'assombrissait de minute en minute.

— Le chef dit que la tempête va venir, et avec elle les esprits qui emportent les méchants, bredouilla Anka-Tika. Il dit que c'est la faute des hommes qui boivent du whisky et des femmes qui se vendent aux touristes.

Le clan s'était regroupé au milieu des tentes, les squaws serrant leurs enfants contre elles. Les hommes s'étaient embusqués derrière le rempart des camionnettes bosselées, le fusil à la main. Caine aurait voulu différer son départ, attendre la fin de la bourrasque, mais le chef refusa.

— Il pense que les Blancs attirent le mal, expliqua Anka-Tika. Il veut que nous partions tout de suite. Je crois qu'il espère que les survivalistes nous captureront sur la piste, et qu'ils épargneront du même coup la tribu.

« Le vieux salaud ! pensa Caine. Il me déleste de mes dollars et il nous envoie à la boucherie ! »

— Dis à ces hommes que je suis prêt à leur acheter un fusil et des cartouches, lança-t-il en tirant deux billets de cent dollars de sa poche.

La jeune fille traduisit, mais personne ne se donna la peine de répondre. On commença à les pousser sans ménagement de l'autre côté du cercle de carrosseries, avec l'intention évidente de leur faire dévaler la pente.

— Ça va ! Ça va, on part ! lança Caine en levant les mains en signe de capitulation. Au dernier moment, quelqu'un lui arracha les deux coupures de cent qu'il avait conservées entre les doigts, et le repoussa violemment en arrière. Il trébucha, faillit s'étaler. Anka-Tika sur ses talons, il entreprit de descendre au milieu des cailloux sans perdre l'équilibre. Ils avaient à peine parcouru une trentaine de mètres que le vent de poussière leur masquait déjà le sommet de la colline. Ils se précipitèrent dans la voiture, heureux de retrouver ce refuge illusoire qui ne les protégerait guère en cas d'attaque. Caine démarra sans attendre tandis que l'Indienne étudiait tour à tour la carte et la boussole. La visibilité n'excédait pas vingt mètres au niveau du sol, mais avec un viseur à infrarouge on pouvait aisément suivre la signature laissée par la chaleur du moteur. Un tireur embusqué n'aurait donc aucun mal à les prendre pour cible et à faire mouche dans le brouillard, surtout s'il employait un lance-grenades. Caine roulait le pied au plancher, paralysé par l'angoisse, alors même qu'il risquait d'emboutir un rocher au détour de la piste au tracé désagréablement flou. Le cocon de poussière grouillait tout autour de lui d'une menace qu'il ne pouvait localiser. Il lui était impossible de prévoir sous quelle forme le danger allait se manifester. Les survivalistes avaient peut-être posé une mine sur la route, dans l'espoir d'immobiliser la voiture et de capturer les passagers. Ou bien ils allaient surgir du smog au volant d'un half-track chenillé qui n'aurait aucun mal à bloquer la Simarane contre un rocher… ou encore…

— Mon odeur va les attirer, sanglota la jeune fille. L'odeur de ma faiblesse. Ils vont la sentir. Il faut que je me raidisse, que je devienne plus forte.

Elle fouilla fébrilement dans son sac de cuir, en tira un chapelet d'épingles de nourrice, et releva sa chemise de coton pour dénuder son ventre.

— Je vais en mettre une autre, balbutia-t-elle. Oui, une de plus, ça nous protégera !

Déjà, elle avait pincé un repli de peau au-dessus de son nombril et en approchait la pointe de l'aiguille.

— Arrête ça ! hurla Caine. Arrête immédiatement ces trucs de dingue !

Mais Anka-Tika avait enfoncé la petite tige d'acier acérée, traversé le pli cutané, et refermé l'épingle. Elle se courba en avant et laissa échapper un gémissement sourd. L'épingle se balançait juste au-dessus de son nombril. Caine fit une embardée, évita de justesse un bloc de pierre qui aurait pulvérisé la transmission, et revint sur la route.

La main de la jeune fille se posa sur la sienne.

— Ça va aller, murmura Anka-Tika. Ne t'inquiète pas. Je n'ai presque pas eu mal. Ça veut dire que je deviens plus forte.

Elle essuya les larmes qui perlaient au coin de ses yeux et ajouta avec une certaine fierté :

— J'ai atteint le cap des quatre épingles, Mama Dolorosa ne pourra plus prétendre que je suis une poule mouillée.

Caine ne savait que dire. Anka-Tika l'émouvait et lui inspirait en même temps une étrange répulsion. Il aurait voulu la ramener à la réalité mais il était incapable de déterminer quelle langue il convenait de lui parler.

Ils roulèrent pendant quarante-cinq minutes, s'attendant chaque seconde à découvrir un obstacle en travers de la route ; toutefois rien ne se produisit et c'est avec une légère incrédulité qu'ils virent se dessiner la silhouette de la résidence au milieu des volutes de poussière jaune.

— Tu vois, triompha la jeune fille. J'avais raison pour l'épingle. Ils n'ont pas senti mon odeur. Nous sommes passés au travers.

Caine freina au bas du grand escalier et chercha la carte magnétique dans sa poche. Ils ne seraient pas en sécurité tant que les portes du sas d'accès ne se seraient pas refermées sur eux. Le vent forcissait, et la jeune fille, aveuglée par ses cheveux, butait sur les marches. Caine l'attira contre lui, la soutenant. Son inquiétude ne se dissipa qu'une fois la carte introduite dans le lecteur.

— Une seule personne à la fois, lui souffla Anka-Tika. Les cellules photoélectriques comptent le nombre de jambes passant dans leur champ. S'il y en a plus de deux, la seconde porte ne s'ouvre pas.

Il dut se résoudre à la laisser derrière lui tandis qu'elle fouillait dans son sac à la recherche de sa propre clé magnétique. Caine se retourna vers elle dès qu'il eut pris pied dans le hall. Elle était là, de l'autre côté de la paroi vitrée, et il tremblait à l'idée qu'un homme puisse tout à coup surgir du brouillard, s'avancer derrière elle et la frapper entre les omoplates sans qu'elle l'entende venir. Enfin elle entra. La première porte coulissa, puis la seconde, avec trois secondes de décalage pour laisser à la première le temps de se refermer hermétiquement. C'était le système du sas employé dans les banques pour emprisonner les voleurs au centre d'une cage de verre anti-balles. Quand ils furent l'un en face de l'autre, au centre du hall désert, Anka-Tika se jeta contre Caine, nouant ses bras autour de sa poitrine. Elle tremblait, mais Caine tremblait lui aussi. Au cours des quarante-cinq minutes qui venaient de s'écouler, ils n'avaient pas cessé une seconde de se préparer à mourir.

Toujours enlacés, ils titubèrent vers l'ascenseur. Ce fut Anka-Tika qui prit le visage du romancier entre ses mains et l'attira contre le sien. Sa bouche était brûlante. Arrivés à l'étage de l'appartement témoin, ils marchèrent jusqu'au lit sans cesser de s'embrasser. Ils n'en revenaient pas d'être encore vivants, d'avoir traversé la tempête de poussière sans que la mort ait eu le temps de les rattraper. Ils roulèrent sur le lit. Anka-Tika arracha ses vêtements avec violence, mais Caine, à cause des épingles fichées dans ses seins, son ventre et à l'intérieur de sa cuisse gauche, ne put la prendre qu'avec une extrême douceur.

— N'aie pas peur, haletait la jeune fille contre sa tempe. La douleur me rendra plus forte.

Mais il n'avait aucune envie de lui faire mal. Il ne regarda que son visage, pour ne pas voir les épingles. Il bougeait doucement, essayant de ne pas toucher aux parties tuméfiées. Alors elle se déchaîna, comme s'il lui déplaisait d'être traitée comme une poupée. Elle noua ses jambes sur les reins de Caine et se cambra avec fureur. Ils jouirent très vite. Quand le romancier roula sur le côté, il vit que du sang coulait des épingles malmenées. Malgré cela, Anka-Tika souriait. La bouche tremblante, elle murmura :

— Achète-moi, je t'en prie. Va voir Mama Dolorosa et demande-lui combien je coûte. Tu ne le regretteras pas. Emmène-moi avec toi. Je ne veux plus rester ici. J'ai peur... Ils vont me punir pour ce que je viens de faire avec toi. L'amour les dégoûte. Mama détestait ton amie Patti parce qu'elle avait couché avec l'un des frères novices. Elle a forcé le garçon à porter quatre épingles au bout du sexe. Si je reste, elle me forcera à faire la même chose.

— Je t'emmènerai, lui promit Caine. Je n'ai pas à te racheter, *tu es libre de partir*, personne ne peut te retenir ici.

Elle se mit à pleurer, silencieusement, le visage dans l'oreiller. Il lui caressa les cheveux, jusqu'à ce qu'elle s'endorme.

Qu'allait-il faire d'elle ? L'emmener chez lui ? Il y avait en elle quelque chose d'étrange qui ressemblait à une bizarre malédiction. Et comment la guérir des idées aberrantes que la secte lui avait mises dans la tête ? Comme elle dormait, les jambes légèrement écartées, il vit à l'intérieur de sa cuisse l'épingle piquée dans la chair fragile. L'œdème faisait une tache bleue, presque noire. Il frissonna. Certaines familles, lorsqu'elles parvenaient à récupérer de force un adolescent tombé aux mains d'une secte, avaient recours à un « déprogrammateur » qui faisait subir à la victime un lavage de cerveau à rebours. Caine avait assisté un jour à l'une de ces séances ponctuées d'injures, de hurlements, de larmes, de vomissements et de versets bibliques vociférés avec rage ; il en était ressorti effrayé, et gêné de constater que le remède ressemblait beaucoup trop au mal.

Pour fuir le problème, il fut tenté de s'abandonner au sommeil, lui aussi, mais il avait les nerfs trop tendus. Le plaisir ne l'avait pas délivré de la peur. Il se redressa et passa dans la salle de bains pour prendre une douche. Il avait envie d'un verre mais une secrète défiance lui déconseillait de toucher aux bouteilles stockées dans le bar. Nu, le corps humide, il passa dans la grande salle et se laissa tomber sur le canapé. Devant lui, sur la table basse, s'étalaient le cahier et les stylos oubliés par Patti. Pendant que les gouttes d'eau séchaient sur sa peau, il feuilleta une fois de plus les brouillons laissés par la journaliste, déchiffrant l'écriture heurtée que la grosse pointe des marqueurs avait fini par rendre énorme. Chaque page suffisait à peine à contenir une douzaine de lignes. Alors qu'il reposait le cahier, intrigué par les pages arrachées de la fin, son regard accrocha le stylo-plume sur la table. Le stylo-plume isolé au milieu des crayons-feutres. Tout seul. Il se rappela brusquement que Patti avait toujours détesté se servir d'une plume d'acier et qu'elle s'était souvent moquée du *Bright Flood Shadow* qu'il utilisait lui-même pour la rédaction de ses carnets noirs. Une sonnerie d'alarme se fit entendre quelque part à l'intérieur de son crâne. D'un mouvement rapide il s'empara du stylo, le décapuchonna. Y avait-il quelque chose à l'intérieur ? Non. C'était un vieil engin qu'on devait remplir soi-même au moyen d'une pompe de caoutchouc, qu'on pressait entre le pouce et l'index. Pourquoi Patti avait-elle emporté cette antiquité, elle qui ne jurait que par le crayon-feutre ? Il marqua un temps d'arrêt, renifla. *La plume sentait le jus de citron.* Il l'approcha de son visage.

Il ne s'était pas trompé, le réservoir en était rempli.

« L'encre sympathique la plus facile à se procurer, pensa-t-il immédiatement. Avec la pisse et le lait, bien sûr. » Il se leva d'un bond. L'excitation lui nouait les nerfs au point de lui faire trembler les doigts. En deux enjambées il alla récupérer le gros Zippo nickelé qui ne quittait jamais la poche de sa veste, bien qu'il ne fût point fumeur. D'un coup de pouce il rabattit le capot et fit jaillir la flamme charbonneuse dont il avait toujours aimé l'odeur d'essence. Posant le briquet sur la table, il passa une à une au-dessus de la source de chaleur toutes les pages du cahier. Un dessin ne tarda pas à apparaître, au bas du dernier feuillet. Un hexagone brunâtre marqué d'une croix dans un angle. Rien de plus. Pas un mot, pas une explication. Il éteignit le briquet. Qu'est-ce que cela représentait ? Un plan. Mais le plan de quoi ? Il resta un long moment pensif. Un hexagone. Était-ce un plan de la cité ? Du rez-de-chaussée ? Du parking ?

Il lui fallut presque un quart d'heure pour comprendre que le dessin ne faisait que reproduire le périmètre de la salle au milieu de laquelle il était présentement assis. La croix indiquait un angle de la paroi Est. Il se leva, marcha jusqu'à l'endroit désigné. Aucun meuble, pas de tableau. Le sol alors ? Il s'agenouilla, gratta des ongles pour soulever la moquette. Les morceaux de papier arrachés au cahier étaient là, pliés en quatre. À première vue ils étaient vierges, mais Caine savait déjà que la flamme du Zippo ferait apparaître leur contenu. Deux minutes plus tard l'écriture chaotique de Patti Grizzle se dessinait à la surface du papier.

Caine, espèce de vieux dingue, disait-elle. *Si tu as trouvé ce message c'est que tu es moins idiot que je ne croyais, et que je suis morte. J'ai laissé traîner le stylo-plume en espérant qu'il attirerait ton attention. J'ai écrit ce message dans le désert, à l'abri d'une éventuelle caméra, et de retour à l'appartement je l'ai caché à tâtons, en pleine nuit, en espérant que le plafond n'a pas été équipé au moyen de ces saloperies de boosters qui captent tout, même dans le noir. En fait je ne peux rien affirmer à ce sujet, je ne sais toujours pas si les murs de la résidence ont des yeux et des oreilles. Je vais m'enfuir en profitant de la tempête qui s'annonce. Je ne peux pas me servir du téléphone, j'ai peur qu'il soit branché sur un système d'écoute indétectable. Je n'ai pas le temps de te raconter ma vie, et pas assez de jus de citron non plus.*

Mama Dolorosa veut ma peau, elle sait que j'ai découvert la vérité sur son compte, elle va tout faire pour me liquider, c'est pour ça que je dois filer.

Nos renseignements n'étaient pas bons. La secte n'est pas riche, contrairement à ce qu'on a essayé de me faire croire. Elle n'a pas un sou mais elle a exigé de figurer sur le testament de Noman en tant que légataire universel. Tu as bien lu ! Si Noman meurt, la résidence appartiendra à l'Église de la Force Nouvelle, c'est à cette condition qu'elle a accepté de prêter gratuitement ses ouvriers. Je répète : la secte n'a pas versé un dollar, pas même un nickel. Elle a simplement fourni une main-d'œuvre abondante et non rétribuée pendant toute la durée des travaux en échange d'une clause testamentaire. Aujourd'hui je suis sûre et certaine que Mama Dolorosa a été envoyée ici pour liquider Noman. Elle le drogue sous couvert d'un traitement antistress. Je pense qu'elle va d'ici peu organiser un « accident » qui permettra à la secte de prendre possession de son héritage. La résidence deviendra alors le sanctuaire où ces dingues attendront tranquillement la fin du monde.

J'ai essayé de prévenir Noman, mais il ne m'a pas crue. Cette femme l'a complètement envoûté, il lui mange dans la main. Je vais essayer de rejoindre Los Angeles. Bumper saura sûrement quoi faire. Si tu prends le relais fais gaffe à ta bite. Baisers. Patti.

Caine relut trois fois le message. Il ignorait si une caméra de surveillance avait filmé ses gestes. Si c'était le cas, ses jours à l'intérieur de la résidence étaient comptés.

6

Quand il revint dans la chambre, Anka-Tika avait disparu. Il avait été tellement absorbé par ses travaux de décryptage qu'il ne l'avait même pas entendue se rhabiller et quitter l'appartement.

Il se devait d'agir sans tarder. Il prit une douche, changea de chemise, et se rendit dans l'ascenseur pour réclamer un rendez-vous avec Noman. Cette fois ce fut l'architecte lui-même qui lui répondit. Trois minutes plus tard, Caine posait le pied au dernier étage de la tour. Noman était assis derrière son bureau, torse nu, il paraissait parfaitement conscient et même légèrement surexcité comme quelqu'un qui vient d'avaler un double café très fort… ou une gélule d'amphétamine. Caine se demanda si Mama Dolorosa – ayant surpris la découverte du message caché par Patti, au moyen du circuit intérieur de surveillance – n'avait pas usé d'un quelconque artifice chimique pour tirer rapidement l'architecte de la torpeur dans laquelle il paraissait plongé ces jours derniers. En voyant s'approcher le romancier, Noman sourit de manière ironique.

— Vous ressemblez au héros de vos bouquins, gouailla-t-il ; vous savez, à la fin de l'avant-dernier chapitre, quand il dit à l'assassin : « Cette fois vous êtes coincé », et que le criminel devient blême.

Il ricanait, mais Caine ne se laissa pas démonter. Tirant de sa poche les feuillets où s'étalait l'écriture brunâtre de Patti, il les lança sur le bureau. Noman les déplia d'une main paresseuse et les parcourut les sourcils levés, sans paraître le moins du monde impressionné. Quand il eut achevé sa lecture, il soupira.

— Monsieur Caine, dit-il, Patti m'a déjà raconté tout ça de vive voix. Et plutôt trois fois qu'une. Elle était assise là où vous êtes assis en ce moment même. Je l'ai écoutée en essayant de garder mon calme. Elle était complètement speedée. Elle ne tenait plus en place et elle parlait si vite que j'avais par moments du mal à comprendre ce qu'elle disait. Vous savez comme moi qu'elle se droguait. Elle avalait des doses impressionnantes de pilules de toutes les couleurs. Les descentes de speed entraînent toujours des réactions parano-dépressives, vrai ou faux ?

— Vrai, admit Caine à regret.

— Quand elle était en « descente », elle essayait d'atténuer sa déprime au Valium, mais ça ne marchait pas toujours. Une fois je l'ai trouvée recroquevillée au fond d'un ascenseur ; elle sanglotait, la figure enfouie dans les mains. Elle ne m'a même pas reconnu. C'était une jolie fille, mais c'était également une détraquée. Elle imaginait des choses absurdes, elle inventait des complots. Par moments elle ne faisait plus la différence entre la réalité et ce qu'elle imaginait.

— La secte figure-t-elle oui ou non sur votre testament ? coupa Caine.

— Absolument pas, rétorqua Noman. C'est une légende inventée de toutes pièces par les journalistes.

En rétribution de l'aide qu'ils m'ont accordée pour la construction de la cité je leur ai simplement cédé un certain nombre de parts. Ce nombre de parts ne fait pas d'eux des actionnaires majoritaires, ma mort ne leur servirait donc à rien. De plus je n'ai rédigé à ce jour aucun testament. N'ayant ni femme ni enfant, je me moque bien de ce qui arrivera à mes possessions lorsque j'aurai quitté cette terre.

Caine ne savait plus que dire. Le complot imaginé par Patti s'émiettait sous ses yeux comme du papier buvard mouillé.

Noman grimaça. Son expression était celle d'un patron se préparant à signifier son congé à un employé maladroit.

— Caine, attaqua-t-il, depuis le début j'ai l'impression que votre maison d'édition cherche à me manipuler. Patti se moquait bien de mon œuvre, elle ne désirait qu'une chose : fouiller dans mes poubelles. Elle avait débarqué ici avec une idée des plus aberrantes derrière la tête, elle était persuadée que la résidence était une sorte de temple du voyeurisme pour riches pervers. J'ai perdu beaucoup de temps à lui démontrer le contraire. Je vais vous répéter ce que je lui ai dit : « Les gens du FBI ont passé mes systèmes au crible. Ils n'ont rien trouvé qui puisse être assimilé à une entrave à la vie privée. » Je crois que votre présence en ces lieux n'a aucune raison de se prolonger. Vous n'écrirez jamais cette biographie, d'ailleurs vous n'en seriez pas capable. La disparition de Patti Grizzle est un problème que la police s'efforce de résoudre. À aucun moment on ne m'a soupçonné de l'avoir supprimée. Pourquoi l'aurais-je fait, du reste ? Quant à Mama Dolorosa, je n'ai qu'à me féliciter de sa présence, elle m'a permis de retrouver une sérénité qui m'avait abandonné.

— Cela ne vous gêne pas de cautionner ces séances d'automutilation ? intervint Caine. Ces petits jeux d'épingles, par exemple ?

— L'usage du cilice et de la pénitence n'a pas été inventé par Mama Dolorosa, trancha Noman. Les catholiques en étaient jadis friands, m'a-t-on dit. Certaines nonnes se fouettaient jusqu'au sang ou se faisaient crucifier pour expier leurs péchés. On chronométrait le temps que mettaient les clous à leur déchirer les paumes. Celles qui restaient accrochées sur la croix le plus longtemps étaient considérées comme des saintes. Il ne m'appartient pas d'intervenir dans les rites religieux d'une communauté à partir du moment où ces rites découlent d'un consensus. Je vous ferai simplement remarquer que Dolorosa a sauvé de la déchéance de nombreux drogués, des prostituées, et aussi cette petite Indienne qui vous a servi de guide. Savez-vous que, sans l'intervention de cette femme en qui vous voyez le diable, Anka-Tika aurait fini dans un *snuff-movie*, et qu'une crapule quelconque aurait filmé sa mise à mort en gros plan pour la satisfaction de quelques pervers friqués ?

Caine ne trouva rien à répliquer. On venait de lui faire comprendre qu'il devait déguerpir, la situation n'avait rien d'agréable.

— Dites à votre éditeur de m'oublier, conclut Noman. Il s'est trompé de cible, c'est lui le voyeur et l'espion, pas moi. Quant à vous, vous pouvez rester ce soir encore car la nuit va bientôt tomber et je ne veux pas vous faire traverser le désert dans de mauvaises conditions. J'apprécierais par contre que vous leviez le camp à l'aube. Je vais donner des ordres pour qu'on révise votre voiture et qu'on vous fasse le plein.

D'un geste il signifia que l'entretien était terminé et que Caine pouvait se retirer. Le romancier sortit sans un mot, vaincu et honteux. Pendant que la cabine le ramenait au rez-de-chaussée, il s'avoua qu'il ne savait plus où il en était. Les accusations de Patti n'étaient manifestement que du vent. Le speed lui avait-il fait perdre la boule ?

Dans la galerie marchande les jeunes gens travaillaient en silence. Il chercha Anka-Tika du regard sans parvenir à la trouver. Maugréant, et pour se donner une contenance, il décida de retourner au dôme et d'observer le désert à la jumelle. Le vent ne soufflait plus, les tourbillons de poussière étaient retombés. Il sentait le poids des regards ironiques s'accumulant dans son dos. Tout le monde savait sans doute déjà que Noman l'avait fichu à la porte comme un malpropre.

Pendant qu'il observait les dunes, un jeune homme sortit de la résidence, portant des seaux remplis d'une eau savonneuse sur laquelle flottaient des éponges. Caine reconnut sans mal le « surfer » suant de douleur qui l'avait servi au cours du premier et unique dîner auquel l'avait convié Noman. Le garçon s'approcha de la Simarane poussiércuse et entreprit de la laver soigneusement, comme s'il officiait dans une station-service. Caine put voir que rien n'avait été oublié, ni la peau de chamois ni le polish. Il serra les dents, ces soins de dernière minute avaient quelque chose d'humiliant et d'ironique. Dehors le gosse s'activait, débarrassant le véhicule de sa croûte de poussière, nettoyant le pare-brise. Caine eut envie de lui crier de laisser tomber mais l'épaisseur du dôme n'aurait pas laissé passer sa voix.

L'assaut ne dura que quelques secondes. Il fut si surpris qu'il n'eut pas même le réflexe d'esquisser un geste.

Les deux motos jaillirent d'entre les dunes, grises de poussière, roulant à tombeau ouvert, conduites par deux hommes vêtus de cuir et dont les cheveux longs flottaient dans le vent. C'étaient des engins puissants, surbaissés. Des choppers trafiqués qui filaient au ras de la plaine comme de curieux insectes véloces. Tout de suite, Caine vit les armes jetées en travers du réservoir. Des fusils d'assaut. Et les cartouchières dont les motards étaient bardés. Les grenades également, accrochées par l'anneau aux mousquetons des vestes de combat. Il pensa confusément : « Les survivalistes ! » Déjà les machines avaient décrit un cercle autour de sa voiture, encerclant le jeune homme de leurs rugissements. Un lasso fut jeté sur le malheureux, et la boucle de chanvre, en se resserrant, lui plaqua les bras contre le corps. Sans s'attarder davantage, les motos firent demi-tour, traînant derrière elles le garçon qui n'avait pas eu le temps de se dégager. La poussière soulevée par le corps raclant la piste masqua la fuite des agresseurs. À cause de la parfaite isolation phonique des vitres blindées, la scène s'était déroulée pour Caine dans un silence presque complet, dans une atmosphère de rêve. Le romancier s'écarta de la rambarde pour donner l'alarme. Comme il allait ouvrir la bouche, il aperçut Mama Dolorosa, un étage au-dessous. Dressée au milieu de la passerelle, elle avait suivi toute la scène.

— Vous avez vu ? lui cria Caine. Il faut prévenir la police, aller à son secours !

Elle haussa les sourcils, jetant à son interlocuteur un regard d'incompréhension.

— Pourquoi ? dit-elle. Andy est maintenant assez aguerri pour résister à tous les tourments qu'on pourrait lui infliger. Je ne me fais pas de souci pour lui. Le moment venu, il saura se rendre invisible.

— Vieille folle ! cracha Caine. Vous n'allez pas lever le petit doigt ? Ces dingues vont le mettre en pièces.

— Vous êtes un imbécile, rétorqua Dolorosa. Andy a la foi, c'est un vrai croyant. Cette épreuve lui a été envoyée par Dieu. Il en triomphera et en sortira fortifié. Je pense qu'en ce moment même il est heureux de ce qui lui arrive.

Caine comprit qu'il n'en tirerait rien. Elle allait rester plantée sur sa stupide passerelle, un sourire confiant plaqué sur le visage au lieu de battre le rappel de ses troupes et de se lancer à la poursuite des motards. Il devait se débrouiller tout seul. Après tout c'était un peu sa faute si le gamin s'était fait capturer, n'était-il pas en train de laver *sa* voiture ? Il dévala l'escalier de fer dans un grand vacarme, bouscula Mama Dolorosa et traversa le hall au pas de course. Le vent était tombé, avec un peu de chance il pourrait suivre les traces laissées par les motards. Il préviendrait la police lui-même, au moyen de son radiotéléphone. Il sortit de la résidence en trombe, sauta dans la Simarane dont les portières étaient restées béantes et démarra en soulevant un nuage de poussière. Son premier réflexe fut de décrocher le combiné du poste incorporé au tableau de bord, puis, comme il approchait le micro de ses lèvres, il se ravisa. À quoi bon prévenir les rangers qui, une fois de plus, se moqueraient de lui ? Ne valait-il pas mieux attendre d'avoir découvert la cache des ravisseurs pour réclamer du secours ? Il décida de s'en tenir à cette solution et se concentra sur les sillons parallèles que les fuyards avaient imprimés dans le sable de la piste. Il s'enfonça ainsi entre les dunes puis déboucha sur un vaste plateau aride bordé de crêtes déchiquetées. L'horizon était vide, sans même un nuage de poussière. Les motos avaient disparu. Il se rappela ce que lui avait dit Anka-Tika : « Les survivalistes avaient coutume de s'abriter au sein des crevasses ouvertes par les tremblements de terre comme des soldats tapis dans une tranchée. » Leur brusque évanouissement n'avait donc rien d'inexplicable. Il devait continuer à suivre les marques de roues sans se laisser décontenancer.

Il roulait au pas, afin de réduire le plus possible le bruit du moteur. La nuit n'allait plus tarder à tomber, à présent, et il ne disposait que de très peu de temps pour découvrir la cachette des motards. Dès que l'obscurité s'installerait il serait contraint d'allumer ses phares, signalant sa présence à des dizaines de *miles* à la ronde. Le vent n'avait pas encore eu le temps d'effacer les traces laissées par le corps du malheureux que les choppers avaient traîné dans le sable, et c'était là la seule indication sur laquelle il pouvait compter. Brusquement, les sillons parallèles se rapprochèrent pour converger vers la brèche d'une immense crevasse serpentant entre les crêtes rocheuses. Caine arrêta la voiture. Il respirait difficilement, à la manière d'un asthmatique, et le bruit de ses poumons emplissait le véhicule d'un curieux sifflement. « Je crève de trouille… » constata-t-il en ouvrant la boîte à gants pour se saisir de la *Maglite* grand modèle qui s'y trouvait. Le contact de la lampe torche métallique, dont l'aspect rappelait celui d'une matraque, le rassura quelque peu. Il s'en voulait de n'avoir pas d'arme à feu, mais il se consola en songeant que les survivalistes, habitués aux fusils d'assaut et autres bazookas, n'auraient probablement pas été outre mesure impressionnés par la vue d'un minable revolver brandi d'une poigne tremblante. Il ouvrit la portière et inspira fortement. La chaleur était tombée et déjà on devinait la montée du froid glacial de la nuit. La torche en main, il s'avança vers le bord de la crevasse. Aux marques imprimées dans le sable, il vit que les guerriers du troisième millénaire avaient mis pied à terre et poussé leurs machines dans la lézarde béante. Il s'agenouilla au bord du gouffre, hésitant à s'y engager. C'était une tranchée obscure et déchiquetée, une blessure de la plaine profonde d'une dizaine de mètres, mais dont la largeur n'excédait pas celle des épaules d'un homme. Caine songea que toutes ces pierres entassées pouvaient cacher des nichées de crotales et son appréhension ne fit que croître. Les mâchoires crispées, il s'engagea dans le trou. C'était un peu comme s'il s'était introduit dans la gueule grimaçante de ces monstres endormis qui peuplent les légendes indiennes. Il faisait noir à l'intérieur de la faille car les parois abruptes ne permettaient guère à la lumière mourante du dehors de s'y infiltrer. Il y régnait également une odeur étrange, un remugle de terre éventrée et de poussière brûlante à laquelle se mêlait la puanteur des excréments laissés par les lézards et les coyotes du voisinage. Au fur et à mesure qu'il descendait, Caine sentait l'humidité l'envelopper. On avait beau se trouver en plein désert, dès qu'on s'aventurait au-dessous de la surface aride on découvrait des traces d'eau résultant de la condensation due aux énormes écarts de température entre le jour et la nuit. Tout en bas, la tranchée s'élargissait pour prendre l'aspect d'un étroit canyon d'environ deux mètres de large. Malgré cela, la sensation d'oppression restait intense. Caine avançait en essayant de ne pas faire rouler les cailloux dont le sol inégal était couvert. Anka-Tika n'avait pas menti : la crevasse constituait un formidable abri naturel au fond duquel on échappait aux tempêtes de sable et à la morsure du soleil. Il s'arrêta pour reprendre son souffle. Son cœur battait à tout rompre dans sa poitrine. Il n'avait aucune idée de ce qu'il allait faire. Devant lui, la faille se déroulait comme un couloir aux bifurcations fantaisistes. Un virage à droite, puis un virage à gauche, puis de nouveau un virage à droite. Un couloir en zigzag que les spasmes telluriques avaient ouvert au cœur même du plateau désertique.

Il perçut les vociférations au détour d'un escarpement rocheux. Instinctivement, il se plaqua contre la paroi, les doigts crispés sur le manche de la torche électrique. L'humidité traversa sa veste de cuir, le faisant frissonner. Une lumière dansante jetait son halo sur les roches provenant sans aucun doute d'une lampe tempête éclairant un bivouac. Il fit encore quelques pas. Les motos couvertes de poussière se trouvaient là, couchées dans les cailloux, à dix mètres en dessous de la surface, protégées de la curiosité des patrouilles héliportées. Caine s'empressa de vérifier si on n'avait pas, par hasard, laissé une arme quelconque suspendue à l'un des porte-bagages, mais les motards n'étaient pas si bêtes. Toujours collé à la paroi suintante, il se pencha, risquant un œil en direction du campement. Ils étaient là. Les deux guerriers vêtus de guenilles de cuir râpé et le garçon, Andy, grelottant dans ses loques ensanglantées. C'était un campement rudimentaire : quelques caisses de bois défoncées, des sacs de couchage, des outres d'eau. De la viande boucanée pendait, accrochée à une saillie. Du lézard ou de la chair de coyote. Les survivalistes étaient sales et maigres, le moindre de leurs gestes avivait l'abominable relent de sueur et de pisse qui imprégnait les hardes dont ils étaient couverts. Leurs cheveux paraissaient collés sur la peau de leur crâne comme des mèches de cuir gras. L'un portait une barbe broussailleuse dont plusieurs cicatrices au menton contrariaient la pousse, l'autre affichait une coiffure en queue-de-cheval qui lui fouettait les omoplates. La poussière du désert plaquait sur leur visage un curieux masque de farine jaune qui les faisait ressembler à deux acteurs de théâtre nô. Ils avaient conservé toutes leurs armes sur eux, deux revolvers dans des étuis d'épaule, un fusil d'assaut en bandoulière et des grenades accrochées ici et là aux mousquetons des baudriers. Agenouillé dans les cailloux, le garçon qu'ils avaient capturé au lasso était à peu près nu. Le frottement du sable lui avait enlevé de grandes plaques d'épiderme, et, à certains endroits, son corps semblait passé au papier de verre. On l'avait débarrassé de ses liens mais il ne cherchait ni à s'enfuir ni à se défendre. Il demeurait prostré, les mains jointes, comme s'il priait, et ses lèvres bougeaient sans qu'un son s'en échappe.

— Conduis-toi en homme, rugit le motard barbu en lui expédiant un coup de pied. Essaye de nous casser la gueule, quoi ! Réagis !

Mais le jeune homme encaissa le coup de botte sans se rebeller. Il avait fermé les yeux et continuait à marmonner son étrange prière, comme si tout ce qui lui arrivait n'avait aucune importance.

— Bordel ! gronda le barbu, ça me rend fou quand ils commencent à jouer les martyrs, j'ai envie de les mettre en morceaux.

Laissant libre cours à sa rage, il arracha les derniers lambeaux de vêtements qui recouvraient le corps d'Andy. Lorsqu'il découvrit les épingles plantées dans les parties intimes, il poussa un beuglement de fureur.

— Putain de cinglé ! vociféra-t-il. Regarde-moi ça ! Des épingles accrochées à la bite ! Une, deux, trois, *quatre !*

Ses yeux écarquillés par la stupeur allaient et venaient, détaillant le corps du prisonnier avec une expression de dégoût.

— Putain de détraqué ! gronda-t-il. Toi et tes copains, vous êtes rien qu'une bande de masos. Ça vous fait jouir de vous triturer la viande, c'est ça ? C'est la vieille bique qui vous les met, les épingles, hein ? Et vous vous laissez faire ? Ça me rend dingue. C'est à cause de tarés dans votre genre que la civilisation fout le camp.

Il haletait. Les mots lui manquant, il se mit à tourner autour du gamin, lui expédiant la pointe ferrée de sa botte dans les reins, le ventre, les côtes. Andy ne réagissait pas et contenait ses gémissements. Caine comprit qu'il essayait, par une plus grande concentration et un mépris total de la douleur, de devenir « invisible » à ses ennemis comme le lui avait enseigné Mama Dolorosa. Brusquement, l'homme à la queue-de-cheval perdit patience et le saisit par les cheveux, lui tirant la tête en arrière.

— Tu vas parler, lança-t-il d'un ton lourd de menace. Tu vas nous dire qui est le ninja… L'homme masqué qui vient avec la tempête… Tu sais bien de quoi je veux parler.

— Oui, renchérit le barbu. L'homme à la cagoule. Celui qui a des grosses lunettes de moto. C'est forcément de chez vous qu'il vient. Qu'est-ce qu'il a fait de nos copains ? Hein ? Tu vas parler, oui !

— Le ninja... répéta une fois de plus le motard à la queue-de-cheval. Celui qui vient avec le vent de sable...

Caine nota qu'il y avait une note de terreur superstitieuse dans sa voix. Les paroles du survivaliste lui remirent à la mémoire celles de Wanak-Ané, le sachem de la tribu des vagabonds. Lui aussi avait parlé d'un « esprit » porté par la tempête. Comme Andy refusait toujours d'ouvrir la bouche, les motards commencèrent à s'intéresser aux épingles fichées dans son corps. Caine en dénombra une demi-douzaine piquées dans le torse, sous les aisselles et au bout des mamelons. Les maraudeurs les saisirent entre le pouce et l'index et les remuèrent dans la chair. Au début le gamin se cambra, laissant échapper de longues plaintes, puis il se domina, et, se mordant les lèvres, parvint à supporter la douleur sans même proférer un gémissement. Les paupières obstinément closes, il pleurait, et ses larmes traçaient des sillons sombres dans la poussière fardant son visage. Cette incroyable maîtrise mit les deux motards au comble de la fureur. Alors, méthodiquement, ils entreprirent d'arracher les épingles, une à une, et sans les ouvrir, tirant jusqu'à ce que la peau cède. Caine se rejeta en arrière, luttant contre la nausée qui lui tordait l'estomac. Il se demanda s'il avait une chance de prendre les survivalistes par surprise. Peut-être qu'en bondissant hors de sa cachette et en les frappant à la tête avec la torche ? Ils prenaient tant de plaisir à torturer le garçon qu'ils n'auraient sans doute pas le temps de réagir.

Il ne voyait aucune autre solution.

— Putain de martyr à la manque ! rugit l'homme à la queue-de-cheval, tu vas parler à la fin ? Donne-nous le nom... L'homme qui vient avec la tempête, qui c'est ?... Le ninja... tu le connais forcément.

— Y dira rien ! cracha le barbu, dégoûté. Si ça se trouve ça le fait jouir. C'est rien qu'une saloperie de détraqué. Lui faire mal c'est lui rendre service !

Caine serra les doigts sur le corps de la torche métallique, la leva au-dessus de sa tête et bondit. Il n'eut pas le loisir de faire plus de trois pas. Un coup de crosse le cueillit au creux de l'estomac, le pliant en deux. Il tomba dans les cailloux, en vomissant de la bile.

— Je me demandais quand t'allais te décider à montrer le bout de ton nez, ricana le barbu en le regardant comme un insecte d'une espèce inconnue. Depuis le temps que t'es planqué dans l'ombre, tu croyais sans doute qu'on t'avait pas repéré ? Tu te gourais, mec, on est des vrais soldats. Même un lézard, on peut le repérer à l'odeur, et toi, tes fringues puent la lessive, le propre. C'est pas un parfum qu'on renifle beaucoup par ici.

Caine fut soulevé par le col et traîné dans un coin. Il avait si mal qu'il crut un instant que son foie avait éclaté sous le choc et il se prépara à mourir.

— C'est sûrement un flic, siffla l'homme à la queue-de-cheval, écrase-lui la tête, ça lui apprendra !

Déjà la crosse se relevait, visant le front de Caine. Le romancier tenta de reculer, mais ses épaules cognèrent contre la roche. Il en était sûr, dans une seconde les os de son crâne allaient exploser.

Et puis, subitement, alors que l'arme allait s'abattre, une intense stupeur se peignit sur les traits du barbu.

— Hey ! Hey ! s'exclama-t-il. Vous seriez pas Oswald Caine ? Le mec qui écrit les aventures du Culturiste fou ? Bordel ! Mais si ! J'reconnais votre tête, c'est la même que sur la photo au dos des bouquins, sauf que vous faites plus vieux en vrai.

Il avait rabaissé son arme. Une expression de plaisir enfantin s'était peinte sur sa gueule de brute.

— Hey ! répéta-t-il. J'ai lu toute la série, c'est super, je suis un de vos fans.

Le motard à la queue-de-cheval s'était rapproché, incrédule, les yeux écarquillés. Une étrange timidité s'était soudain emparée des deux tortionnaires qui se dandinaient d'un pied sur l'autre.

— Moi c'est *Blue One*, expliqua le barbu, et lui c'est *Yellow Two*. C'est des noms de guerre, on peut pas utiliser les vrais. On est le groupe 3 de l'Armée secrète de survie du désert Mohave. On s'entraîne en prévision de la guerre raciale qui va bientôt éclater.

De près ils paraissaient beaucoup moins jeunes. Caine supposa qu'ils avaient dépassé la trentaine. C'étaient des voyous vieillissants, comme on en trouve beaucoup en Californie. Douze ans d'âge mental dans un corps d'homme mûr. L'homme à la queue-de-cheval alla chercher des boîtes de bière enfouies dans la caillasse. Oubliant leur victime gémissante qui continuait à prier, ils s'installèrent dans les éboulis pour faire une pause, le M.16 en travers des cuisses, dégustant leur bière tiède avec des clappements de langue et des rots de satisfaction.

— Ça, c'est une putain de surprise ! rigola le barbu. J'vous ai jamais vu et pourtant j'ai l'impression de vous connaître depuis toujours. Ça fait dix ans que je lis vos bouquins. Bon dieu, ils m'ont suivi partout, en tôle, au pieu avec les nanas, même ici, dans le désert. Le Culturiste fou, c'est un sacré héros !

Caine essaya de faire bonne figure. La situation avait quelque chose d'irréel. Pendant qu'il discourait, le barbu jouait machinalement avec l'une des épingles de nourrice qu'il avait arrachée du corps de son prisonnier. Caine comprit qu'il était inutile d'espérer raisonner de pareilles brutes. Sans qu'il ait besoin de les interroger, ils lui parlèrent de la résidence qu'ils surnommaient « la forteresse ». C'était pour eux un défi permanent. Un poste ennemi avancé qu'ils rêvaient d'investir un jour. Ils avaient déjà essayé d'en plastiquer différents accès, en vain, la cité opposait à leurs pauvres tentatives son étanchéité quasi magique. Elle était devenue pour eux le symbole de leur échec. Ils ne retrouveraient la paix de l'âme qu'une fois qu'ils en auraient forcé les portes.

— On y foutra le feu, grommela le barbu. Ça nous fera un bon entraînement. Et puis on violera toutes les filles de cette foutue secte, comme les barbares dans les bouquins d'Heroic-Fantasy. Les vrais guerriers violent toujours les femmes, c'est pour lâcher la pression après le combat, sinon on a les veines du cerveau qui pètent et on devient idiot.

Il s'enflammait, des lueurs rouges dansèrent dans ses yeux, et Caine devina qu'il s'imaginait sous les traits d'un pillard casqué des temps anciens. Une sorte de Viking de légende, un seigneur de guerre triomphant.

— Faut qu'on s'entraîne si on veut pouvoir tenir tête aux bronzés, expliqua-t-il en mâchonnant sa moustache. Au début on s'est fait la main sur les Indiens. Ce sont de bons cobayes, ils se défendent comme des hommes et ils ont l'habitude de régler leurs affaires entre eux sans appeler les flics. On leur faisait une petite guerre d'escarmouches, comme ça, pour s'échauffer. De temps en temps, on leur piquait une fille, histoire d'entretenir leur colère et de les maintenir dans un état d'esprit combatif. On s'est bien marrés avec eux. Les rouges, ils aiment le sang. Ça reste avant tout des guerriers. Ils ont gardé la rage, c'est bien.

Il s'excitait en racontant. Lui et son copain, ils étaient le groupe 3 de l'Armée secrète de survie du désert Mohave, ils ne cessaient de répéter cette appellation fantaisiste avec un orgueil enfantin. Ils étaient de vrais durs, aussi bons que les commandos des Forces Spéciales, capables de s'adapter à n'importe quelle situation, de vivre au fond d'une crevasse, de boire du jus de cactus, de la pisse, ou de mâcher de la peau de lézard en guise de hamburger si le besoin s'en faisait sentir. Ils avaient le cuir plus résistant que celui qui recouvrait la selle de leurs motos, ils s'entraînaient à tout : à crever de soif, de faim, à grelotter de froid, à supporter les coups ou les brûlures de cigarettes. Fier de lui, le barbu releva son T-shirt puant pour faire admirer à Caine les cicatrices que les mégots incandescents avaient laissées sur son torse. Il ne fallait pas les prendre pour des dingues, non, c'étaient des professionnels parfaitement adaptés au terrain. Un jour ils investiraient la résidence, cette saloperie de cité qu'on avait bâtie sur leur territoire et dont les murs blancs les narguaient. Un jour ils trouveraient bien la faille dans la coquille, c'était inévitable, n'est-ce pas ? Ils attendaient de pouvoir se procurer du C 4, du Semtex, pour faire voler en éclats ce foutu dôme. Ensuite, une fois la brèche ouverte, ce serait facile de mettre le feu à l'intérieur. Ils disposaient d'un lance-flammes artisanal dont ils étaient assez fiers. Ils poseraient du plastic aux points sensibles de la structure, ils empoisonneraient l'eau des citernes. Une seule chose gâchait leur joie anticipée : la non-résistance probable de la secte. Là où ils auraient voulu rencontrer une résistance opiniâtre, ils ne trouveraient sans doute que des moutons bêlants, des martyrs prêts à supporter toutes les tortures, de foutus détraqués marmonnant des psaumes et accueillant la souffrance avec le sourire. C'était à vous faire perdre le sens de la mesure, des givrés pareils ! On se piquait au jeu, on se jurait de les faire crier, de les amener à supplier... alors, forcément, on se laissait aller aux excès.

Puis ils évoquèrent leur entraînement : le tir à cible réelle sur les Indiens qu'on lâchait à poil dans le désert en leur donnant une avance de trois minutes. C'était dingue ce que ces Peaux-Rouges étaient malins ! Certains allaient même jusqu'à s'enterrer dans le sable pour tromper leurs pisteurs. De vrais diables !

Ils parlaient en se coupant la parole, et parfois leurs discours se superposaient sans que l'un ou l'autre se décidât à se taire. Il en résultait une bouillie verbale que Caine ne parvenait pas toujours à décrypter. Il se décida enfin à poser une question.

— Tout à l'heure, fit-il, vous avez parlé d'un... ninja.

Son interrogation fit haleter les deux demeurés, et il réalisa qu'il venait de toucher un point sensible.

— C'est moi qui le surnomme comme ça, murmura le barbu. On sait pas qui c'est. Un type qui nous harcèle. Il nous attaque par surprise. On a perdu trois copains à cause de lui.

— Ouais, renchérit celui qui portait une queue-de-cheval. Le ninja... c'est parce qu'il est habillé d'une espèce de combinaison de commando avec une cagoule qui lui cache le visage, et puis il porte des lunettes de motard. Il sort de la tempête sans qu'on puisse l'entendre venir, comme une saloperie d'éclaireur indien. On n'est pas des débutants, mais chaque fois on s'est fait baiser.

— Affirmatif, grogna le barbu. Il a une espèce de pistolet à fléchettes, comme les vétérinaires. Ça tire des dards qui vous endorment un mec en moins de cinq secondes. Il s'attaque aux gars isolés, aux sentinelles.

— Il les tue ? interrogea Caine.

— Non, avoua le barbu en détournant les yeux. C'est ça qui est incompréhensible. *Il les emporte avec lui.* On entend gronder sa voiture, et puis il disparaît dans la tempête. On n'a jamais pu savoir où, à cause du vent qui efface les traces. J'vous l'ai dit, il vient avec le vent de sable et il repart avec lui. Personne sait qui c'est.

— À cause de lui, on n'est plus que deux, chuchota l'autre. Les deux survivants du groupe 3. On ne peut pas rester les bras croisés, c'est pour ça qu'on essaye de faire parler ces connards de bigots.

D'un geste, il désigna le gamin ensanglanté qui avait fini par s'affaisser sur les cailloux.

— Ça pourrait bien être la vieille qui les commande, ajouta-t-il. Souvent, les ninjas, c'est des femmes. J'ai vu ça dans les films de karaté, pas vous ?

— Mama Dolorosa ? souffla Caine. Elle est âgée.

— Connerie, riposta le barbu. C'est une vieille peau mais elle est en pleine forme. Et musclée, la garce ! On l'a vue faire des exercices à poil avec ses connards de fidèles. Une saloperie de Tai-chi, ou un truc comme ça.

— Dans les films de karaté, répéta l'autre. On croit souvent que c'est un mec, et quand on arrache sa cagoule on voit que c'est une nana. Ça pourrait bien être la vieille.

Caine se massa l'abdomen. Il n'osait plus bouger de peur de réveiller la douleur, mais son esprit s'emballait. Mama Dolorosa ? Avait-elle entrepris de purifier les environs ? De se débarrasser de la vermine qui grouillait aux alentours de la résidence ? Les motards qui avaient repris leur bavardage l'empêchaient de réfléchir.

— Avez-vous… commença-t-il. Avez-vous enlevé il y a quelques jours une fille aux cheveux noirs ? Elle s'appelle Patti. Patti Grizzle. Une journaliste, une amie à moi. Elle s'enfuyait de la résidence quand la tempête a éclaté.

— Une Blanche ? demandèrent-ils en chœur.

— Oui, confirma Caine. La trentaine, très jolie.

— Non, assura le barbu. On prend des femmes, c'est vrai, mais jamais de Blanches. C'est contre nos principes. Les pertes, faut les infliger à l'ennemi, pas vrai ? On a capturé des Indiennes, des randonneuses mexicaines ou japonaises, mais jamais de Blanches. On fait ça de temps en temps, pour évacuer la pression, mais on garde jamais les filles très longtemps.

— Vous les relâchez ? hasarda Caine sans trop y croire.

— Pour qu'elles aillent dire à tout le monde où on se cache ? rétorqua l'homme à la queue-de-cheval. Non. On les étrangle en les baisant une dernière fois, ça les fait vachement jouir. Elles ne se sentent même pas partir. Une sacrée petite mort.

Ils s'excusèrent de ne pouvoir bavarder plus longtemps, mais ils avaient du travail. Ils devaient faire parler ce crétin de bigot, il en allait de leur survie. Se détournant du romancier, ils recommencèrent à tourmenter le jeune homme en plantant les épingles de nourrice aux endroits les plus sensibles, mais leur victime demeura silencieuse, comme en état second. Peut-être la souffrance, trop forte, l'avait-elle plongé en état de choc ? La peur s'infiltrait en Caine, et plus le temps passait, moins il voyait comment échapper aux mains des motards. Allaient-ils le laisser libre de repartir ? Il n'y croyait guère. Bien sûr, ils l'admiraient d'une certaine manière et l'avaient accablé de questions ineptes sur le Culturiste fou, comme si ce héros imaginaire existait réellement, et qu'Oswald Caine était au courant de la moindre de ses petites manies, mais il ne fallait pas s'y tromper ; sous leur aspect grotesque se cachaient une détermination froide, une insensibilité pathologique. C'étaient deux enfants monstrueux, deux vieux petits garçons incapables de distinguer le bien et le mal, des sociopathes de la pire espèce qui torturaient un homme comme on arrache les pétales d'une marguerite.

Lorsque leur victime s'effondra sur le sol, le visage cyanosé, ils se redressèrent en maugréant et ouvrirent d'autres bières. Le barbu recommença à parler du ninja.

— Ça pourrait être un Indien, grommela-t-il. Il est silencieux comme un pisteur. Il connaît parfaitement le terrain. Il a su localiser plusieurs de nos points de chute, et il est sacrément fort pour lire les traces. Mais les Indiens ne procéderaient pas de cette façon-là, en solitaire, ils...

Caine n'écoutait plus. Son cœur venait de rater un battement, et, l'espace d'une seconde, il avait oublié jusqu'à la douleur qui lui sciait les côtes. Qu'est-ce que le motard venait de dire ? Silencieux comme un pisteur... sacrément fort pour lire les traces. Un Indien ou... une Indienne ? *Anka-Tika ?*

Il inspira trop violemment et crut que son flanc se déchirait. Anka-Tika ? Non, ce n'était pas possible ! Depuis le début il l'avait crue de son côté, décidée à fuir la secte et l'emprise de Mama Dolorosa… Et si tout cela n'avait été qu'une comédie destinée à lui donner le change ?

Anka-Tika, elle était habile et endurante. Elle aurait pu fort bien se déplacer dans la tempête sans courir le risque de se perdre. Il suffoqua, le visage baigné de sueur.

— Vos… vos camarades, balbutia-t-il. Ceux qui ont été enlevés, avez-vous une idée de ce qu'ils sont devenus ?

— Non, grogna le barbu. On n'a jamais retrouvé les corps. Ils sont prisonniers, quelque part… C'est pour ça qu'on doit faire parler ces salopards de bigots, pour savoir où se trouve le camp de prisonniers, alors seulement on pourra monter un commando pour tenter de les délivrer. On peut pas se laisser piquer des hommes alors que la guerre raciale est imminente, c'est pas possible.

Caine essuya d'un revers de manche la sueur qui dégoulinait sur son visage. Il ne comprenait plus rien à ce qui se tramait autour de la résidence. Anka-Tika avait accusé les survivalistes, mais ceux-ci étaient manifestement étrangers à la disparition de Patti. L'Indienne avait-elle reçu pour mission de l'aiguiller sur une fausse piste ? Et qui lui avait donné cet ordre : Mama Dolorosa ? Y avait-il dans cette tentative d'intoxication l'arrière-pensée de le jeter dans la gueule du loup ?

La bière avalée, les motards tourmentèrent encore un peu le jeune homme silencieux, mais le cœur n'y était plus. Ils avaient compris qu'une fois encore leurs efforts ne déboucheraient sur rien. C'était ça avec les fanatiques, plus on les suppliciait plus ils étaient fiers de mourir en martyrs ! Se retournant vers Caine, ils entreprirent de le questionner sur le Culturiste fou.

— Moi aussi j'en ai fait, du culturisme, se glorifia le barbu, mais pas à Venice, y a trop de pédés. Dans la cour de la prison, c'était le seul moyen de lâcher de la vapeur et de se fatiguer l'érection.

Caine répondait d'une voix qu'il espérait normale, mais il aimait de moins en moins le regard de loup que les deux brutes posaient sur lui.

— Faut que vous me fassiez une dédicace, déclara tout à coup le barbu. J'ai un de vos bouquins dans mon paquetage. Ça serait chouette.

— Ouais, renchérit l'autre. Un truc vachement personnel.

Ils s'excitaient, se lançant des coups d'œil. Caine détesta d'emblée cette louche complicité qui l'excluait et augurait le pire.

Le barbu se leva, fouilla dans un havresac et en tira un roman aux pages écornées. C'était un exemplaire du *Culturiste fou contre l'Assassin qui saignait du nez*.

— Allez-y, dit-il en tendant l'ouvrage à Caine. Mettez : *pour Ronald Grubb et Henry Drudge... les deux gars qui m'ont tué*.

Caine s'attendait à quelque chose de semblable mais il ne put retenir un frisson. Lentement, il chercha son stylo dans la poche de sa veste.

— *On est forcés*, plaida le barbu. On peut plus vous laisser partir, vous connaissez notre cachette.

— Ouais, dit l'autre. C'est dommage, parce qu'y aura plus d'aventures du Culturiste. Mais ça fait rien, on relira les anciennes.

Ils essayaient d'avoir l'air désolé mais leurs yeux brillaient d'excitation. Tuer un écrivain c'était plus amusant que de liquider un type ordinaire. C'était bousiller par la même occasion cette espèce de pouvoir magique dont il était seul détenteur. À cause d'eux, une série qui se vendait à des millions d'exemplaires allait cesser de paraître. Comme ça, clac ! Ils allaient fermer le robinet, eux, Ronald Grubb et Henry Drudge. Bon dieu ! C'était bandant au possible ! Ils allaient couper le cou de ce type, là, au fond de la crevasse, et toute la machine allait s'arrêter. C'était presque aussi bien que de tuer une vedette de cinéma.

— Mettez la date, l'heure, commanda le barbu. Et signez. Comme ça le bouquin vaudra une fortune. Putain de merde ! Aucun collectionneur n'en aura un comme ça.

— Faites pas de fautes en écrivant nos noms, hein ? recommanda l'homme à la queue-de-cheval, ce serait con.

— On vous aime bien, dit le barbu. On vous fera pas mal, vous pouvez nous faire confiance. On est des professionnels, on a suivi un stage d'anatomie, on sait comment faire pour foudroyer quelqu'un sans douleur.

— C'est un sacré honneur pour nous, chuinta l'autre. Vrai, sans déconner. C'est la première fois qu'on tue une vedette. Ça me fiche presque le trac... J'ai peur de vous louper.

Plaisantaient-ils, parlaient-ils sérieusement ? Caine n'en savait rien. Il écrivait le plus lentement possible, essayant de bâtir une stratégie de dernière minute. Leur jeter le livre au visage, bondir vers le fond du défilé... et après ? Ils s'abattraient sur lui avant qu'il ait pu faire trois mètres. Ils pouvaient ouvrir le feu sans crainte de donner l'alerte, le cribler de balles sans provoquer l'arrivée de la police. Dieu ! pensa-t-il dans un sursaut de terreur. *Je suis foutu !* Il sentait s'approcher ce stade de la terreur où l'envie de courir et de hurler se change en une paralysie totale du corps et de l'esprit. Dans une minute il serait aussi vulnérable qu'un malade anesthésié sur une table d'opération, incapable de lever le petit doigt.

— Ça va ! conclut le barbu, faut y aller maintenant.

Il plongea la main dans sa botte pour en retirer un poignard de combat dont la lame avait été passée au noir de fumée afin de ne pas scintiller.

— Montrez ! ordonna le second en tendant la main vers le livre. J'veux voir si y a pas de fautes dans mon nom.

Caine lui jeta le roman à la face. Le dos de l'ouvrage le frappa sur l'arête du nez, lui faisant fermer les yeux. Dans un même mouvement l'écrivain s'était arraché du sol pour filer, ventre à terre, vers le fond de la crevasse. Par malheur il se tordit la cheville dans les cailloux et s'abattit lourdement sur le ventre.

— C'est nul de s'enfuir ! cria le barbu, on vous aura de toute manière. Ça aurait pu se passer à l'amiable.

Caine tenta de se remettre sur ses pieds. Les aspérités des pierres lui déchirèrent les mains. Les deux motards se rapprochaient sans hâte excessive, certains de leur victoire. C'est au moment où le barbu posait la main sur l'épaule de Caine que la terre trembla…

C'était une forte secousse, et les parois de la crevasse grondèrent tandis que de la terre, du sable et des débris de roche en provenance de la surface tombaient sur les épaules des hommes qui s'étaient figés. Caine se souleva d'un coup de reins. C'était sa chance… son unique chance. Se cognant aux parois qui semblaient se rapprocher, il se rua vers le fond de la faille pour retrouver l'endroit par où il était entré. Le sol vibrait sous ses semelles. Tout autour de lui la roche se craquelait telle une céramique. Le sable cascadait de manière ininterrompue, comme si un fossoyeur debout au bord de la crevasse avait soudain entrepris de combler la cavité. Caine se hissa vers la surface à quatre pattes, persuadé que l'abîme allait s'ouvrir sous son ventre d'une seconde à l'autre. Le vacarme était effrayant et toute la plaine craquait. Il émergea enfin à l'air libre. Incapable de se tenir debout, il rampa vers la voiture. Pendant un instant, il crut que la lézarde allait le rattraper, l'avalant à jamais. Puis le calme revint. Sans transition, le silence se réinstalla. Caine roula sur le dos pour faire face à ses poursuivants. Dans la lumière grise tombant de la lune, il put alors constater que la crevasse s'était refermée, telle une immense plaie qui aurait cicatrisé en l'espace d'une dizaine de secondes. Et personne à part lui n'avait eu le temps d'en sortir.

7

Il tituba jusqu'à la voiture, ouvrit la portière et se laissa tomber sur la banquette. Ses jambes ne le portaient plus. Il ne put s'empêcher d'allumer les phares pour s'assurer que la crevasse s'était bien refermée. Elle ne bâillait plus. Sa grimace, jadis béante, se réduisait maintenant à une fine ligne brisée zigzaguant sur la roche. La terre avait avalé les deux motards et le garçon supplicié. Si Caine appelait les rangers maintenant, il avait encore moins de chance d'être écouté qu'une heure auparavant.

Il essaya de faire le point : Patti avait disparu ; les Indiens, comme les survivalistes, se plaignaient d'avoir subi les attaques d'un être masqué qui se déplaçait à la faveur des tempêtes. Cet étrange ravisseur enlevait les sentinelles isolées, mais également les hommes ou les femmes qui s'étaient mal conduits… Oui, c'était ce qu'avait dit le sachem de la tribu errante. *Les mauvaises femmes et les hommes méchants.* Bon sang ! Tout cela ne menait nulle part.

Il regarda le téléphone, se demandant s'il devait appeler Bumper. Non, inutile de crier au loup tant qu'il n'aurait aucune accusation solide à mettre en avant. À trop pleurnicher il risquait de perdre toute crédibilité, et de se retrouver seul au moment crucial. Et pour l'heure il n'avait aucune théorie satisfaisante à proposer. Le mystère demeurait entier. Il n'était plus question pour lui de partir à Los Angeles, la solution de l'énigme se trouvait bien à la résidence, il en était certain, c'était là qu'il devait fouiller. Il claqua la portière et démarra. Tout autour de lui le désert baignait dans la lumière bleutée tombant de la lune. Le sable paraissait blanc comme neige, et les éclats de micas scintillaient tels des cristaux de glace. Il s'orienta. Ses mains tremblaient toujours sur le volant, et il devait serrer les mâchoires pour empêcher ses dents de claquer sous l'effet du choc nerveux qu'il venait de subir.

Il était à peu près au milieu de la plaine quand l'indicateur de jauge se mit à clignoter sur le tableau de bord. Le réservoir était à sec. C'était normal ; lorsqu'il avait été kidnappé, Andy n'avait pas encore eu le temps de faire le plein. Caine jura. La perspective de tomber en panne en plein désert ne lui souriait guère. Le froid s'intensifiait de minute en minute, et de chaque côté de la piste on entendait craquer les rochers qui refroidissaient. Ces bruits secs n'avaient rien de rassurant. Dans un dernier hoquet la Simarane cala. Caine coupa le contact et descendit. Le vent glacé lui coupa la respiration. Avait-il une chance de rejoindre la résidence à pied ? Cela pouvait se faire en une heure de marche à condition de ne pas s'égarer et de ne pas devenir la proie d'une bande de coyotes affamés. Caine n'ignorait pas que ces sales bêtes n'hésitaient nullement à se risquer jusqu'aux abords de Los Angeles. Elles rôdaient dans les collines, la nuit, attaquant les chiens de luxe, les chats à pedigree qui avaient commis l'erreur de quitter les jardins de Beverly Hills.

Il demeura un moment immobile contre la portière, scrutant la nuit. Le vent de sable lui mordait les pommettes. Il vit les taches jaunes des phares s'allumer au loin, comme deux yeux s'ouvrant au ras de la plaine. Ils venaient dans sa direction, à faible allure. S'avançant au milieu de la route, il leva les bras pour signaler sa présence. Le véhicule inconnu n'accéléra pas pour autant. Il continuait à rouler au ralenti, les phares en code. Quand il ne fut plus qu'à une cinquantaine de mètres, Caine vit qu'il s'agissait d'une voiture grise et lourde, d'allure militaire, du genre de celles qui servaient à promener les officiers durant la Seconde Guerre mondiale. Des volets de fer munis de fentes pouvaient se rabattre sur le pare-brise pour le protéger d'éventuels projectiles, et toutes les vitres latérales paraissaient occultées par des plaques de blindage.

« Ce n'est pas normal », pensa-t-il assez stupidement. Ses paumes étaient devenues moites. Un instant, il fut tenté de prendre ses jambes à son cou et de détaler au milieu des rochers, mais une étrange fascination le tint rivé sur place. Le lourd véhicule s'arrêta à dix mètres de lui. Au grondement sourd du moteur on devinait aisément qu'une machine surpuissante se cachait sous le capot. La portière s'ouvrit du côté du conducteur… et l'homme sortit. Il était vêtu d'une combinaison de commando munie d'une cagoule, et de grosses lunettes de motard lui mangeaient la moitié du visage. « Le ninja », constata Caine. Une partie de son esprit lui commandait de prendre la fuite, l'autre de marcher vers l'être masqué et de lui arracher sa cagoule.

Était-ce Mama Dolorosa ou bien… Anka-Tika ?

Le ninja leva la main droite. Ses doigts se serraient sur la crosse d'une arme inidentifiable, au canon épais et très long. Dès lors Caine sut qu'il lui serait inutile de courir. Avant qu'il ait pu esquisser un geste pour se dissimuler derrière la portière ouverte de la Simarane, il éprouva une vive piqûre sur le côté de la gorge, à la hauteur de la jugulaire. C'était comme si une guêpe venait de lui planter son dard dans la chair. Il voulut lever le bras pour se débarrasser de l'insecte, mais ses nerfs ne répondirent pas. En titubant, il se dirigea vers le ninja, sachant qu'il ne lui restait plus désormais que quatre ou cinq secondes avant de perdre connaissance.

— Anka-Tika, murmura-t-il, c'est toi ? Pourquoi ? Je croyais…

La silhouette encagoulée ne bougeait pas. Elle avait rabaissé son arme et attendait patiemment la chute de sa victime. Caine avait de plus en plus de mal à marcher droit. La route se gondolait sous ses semelles et ses jambes se changeaient en deux serpentins de guimauve dépourvus de force musculaire. Il tomba sur les genoux au moment où il atteignait la voiture blindée. Dans un dernier réflexe, il lança la main en avant, arrachant la cagoule et les lunettes de son agresseur.

C'était Noman.

« J'aurais dû m'en douter », grommela-t-il en s'effondrant dans la poussière de la piste.

Quand il reprit conscience, il était nu, allongé sur une couchette recouverte d'un matelas dur, sans confort. Une lumière blanche traversait ses paupières, semblable à celle dispensée par les néons des hôpitaux. Il se garda de bouger, ne voulant pas signaler son réveil à un éventuel observateur. Les effets de l'anesthésique ne s'étaient pas encore complètement dissipés et il éprouvait une curieuse impression d'engourdissement sur tout un côté du corps, comme s'il avait succombé à une légère hémiplégie.

— Allons, dit la voix de Noman quelque part sur la gauche. Je sais que vous êtes réveillé. Ne faites pas l'enfant, ce sont des ruses de bande dessinée.

Caine souleva les paupières. Au premier coup d'œil, il comprit qu'il était dans une cellule. Une cellule blanche et propre sans aucune ouverture sur l'extérieur. Un cube parfaitement hermétique que fermait une grille aux barreaux inoxydables dont l'acier brillait sous les néons. Des barreaux énormes qui auraient pu résister aux coups de corne d'un rhinocéros en folie, et dont une main d'homme arrivait à peine à faire le tour. Nulle part on n'apercevait de serrure ou de loquet. La grille occupait toute la hauteur de la pièce et ses barreaux semblaient sortir du plafond pour s'enfoncer dans le sol. Noman se tenait de l'autre côté de cette herse apparemment inamovible. Il portait toujours son costume de camouflage, et Caine vit qu'en lui arrachant les lunettes il l'avait légèrement blessé à la pommette ; il en éprouva un contentement puéril.

— Alors c'était ça ? dit-il en désignant les parois de la geôle. Je suppose que c'est une prison.

L'architecte fit la moue.

— Personnellement, j'appellerais plutôt ça une « structure de prise de conscience et de réadaptation ».

Caine n'avait aucune envie de manier l'ironie. Il se sentait faible, vaguement nauséeux, et il avait peur. Si Noman était fou, il était inutile de lui jeter cette accusation au visage. Il fallait rester calme, obtenir le maximum de renseignements et réfléchir. Surtout ne pas le provoquer de manière impulsive ou faire appel à son bon sens. Les psychopathes n'ont que faire de la logique.

— Une prison privée, murmura Caine. C'est ça, n'est-ce pas ? Vous avez installé votre propre prison dans le sous-sol de la résidence.

— Oui, dit Ernst Noman. Je pense que vous voulez des explications ? Je vais vous les donner. Vous me semblez plus sensé que votre amie Patti Grizzle qui m'a grossièrement injurié et traité de cinglé. Allez-vous me traiter de cinglé, vous aussi ?

— Je ne crois pas, dit Caine en essayant de ne pas laisser transparaître son désarroi. Je suis très impressionné par cette réalisation, et d'après ce que je sais de votre œuvre, je suis persuadé que vous n'allez pas tarder à m'étonner encore davantage.

— J'ai horreur des gens qui vocifèrent, marmonna Noman. Surtout ceux qui ne veulent pas s'avouer battus. Patti s'imaginait conserver un atout dans sa manche. Je pense que vous étiez cet atout. Je voulais vous demander… Avez-vous soupçonné à un moment ou un autre l'existence de ce centre de détention ?

— Non, avoua Caine. J'étais parti sur une fausse piste.

Il n'alla pas plus loin car il comprit tout de suite que l'architecte ne l'écoutait déjà plus.

— Ce projet est né lorsque Polly a été assassinée, dit doucement Noman. Longtemps j'y ai pensé comme à une sorte de chimère, de marotte qu'on caresse à ses moments perdus. Je prenais des notes, je faisais des esquisses. Je rêvais… Au début c'était simplement un dérivatif, une compensation. Je ne pensais pas le réaliser un jour. Oui, c'était un passe-temps. Dès que j'avais un moment de libre, j'y réfléchissais. Et puis, peu à peu les plans se sont accumulés. Les problèmes techniques se sont résolus. La chimère est devenue un projet tout à fait réalisable, avec des croquis détaillés, des cotes, des listes de matériaux, des schémas de câblage, un programme informatique sans faille. J'étais allé au bout de mon rêve, sans même en avoir conscience. Un jour j'ai compris que j'avais inventé la Prison Nouvelle, que j'avais refondu jusqu'au concept de punition. J'avais un matériau formidable entre les mains, quelque chose que je n'avais pas le droit d'enfouir au fond d'un tiroir.

— Alors vous avez pensé à l'Oasis, compléta Caine. Vous avez imaginé de fondre les deux projets, l'un devenant le prétexte de l'autre.

Noman hocha affirmativement la tête.

— Après la mort de ma femme, dit-il d'une voix un peu lasse, j'ai compris que l'appareil de la Justice était inadéquat, obsolète. Il me fallait être réaliste, car, quoi ? Parlons vrai ! Si on avait attrapé ses assassins, que leur aurait-on fait, hein ? On ne les aurait pas exécutés, non ; les psychiatres, les assistantes sociales, tous les charlatans de l'humanitarisme crétinisant en auraient vite dissuadé le jury. On les aurait, tout au plus, enfermés pour quelques années dans une sorte d'hôtel muni de barreaux, mais pourvu d'une bibliothèque, d'un cinéma, d'une salle de sport, d'une piste de jogging. Un hôtel surnommé pénitencier, mais dont les murs effrayent davantage les honnêtes gens que les voyous. Vous savez que les prisons modernes ont de plus en plus tendance à devenir des centres de loisirs ? J'ai étudié la question. Les détenus ont désormais le droit d'installer la télévision dans leur cellule, de se livrer à différents hobbies, comme la peinture, le maquettisme. On leur distribue des préservatifs pour qu'ils puissent baiser entre eux sans danger. Ce serait tellement triste, n'est-ce pas, que ces crapules meurent du sida ! La prison s'est humanisée. Il ne faut pas traumatiser ces pauvres gars, nous sommes bien d'accord là-dessus ? C'est qu'ils n'ont pas eu de chance tous ces violeurs, ces tueurs, ces assassins qui torturent les retraités pour leur faire dire où ils cachent leurs économies. Leur père buvait, leur mère se prostituait. Alors bien sûr, on ne peut pas les tenir pour *réellement* responsables des excès qu'ils ont pu commettre. C'est la faute à la société, aux riches, aux honnêtes gens... *aux victimes peut-être ?* À ces insolentes victimes qui les ont provoqués sans, doute.

Son visage était devenu gris et ses traits s'étaient creusés. Il parlait en fixant Caine, mais ses yeux semblaient voir au travers du romancier.

— J'ai appris ça en écoutant les avocats. Après la mort de Polly je me suis mis à hanter les salles d'audience, à suivre les affaires criminelles. J'avais besoin de me persuader que la justice existait encore dans mon pays. À plusieurs reprises j'ai entendu cet argument : l'arrogance des victimes. Trop riches, trop jeunes, trop imprudentes. Quelque part on nous expliquait qu'elles l'avaient bien cherché ! Qu'elles n'avaient eu en définitive que ce qu'elles méritaient. Un petit peu comme ces jolies bêtes à fourrure, vous savez : l'hermine, le chinchilla. Elles sont trop jolies, alors on les tue, mais c'est de leur faute après tout, elles n'avaient qu'à puer comme les skunks, on les aurait laissées en paix. J'ai vu, dans un tribunal, une femme de quarante ans, qui avait été violée par trois voyous, se faire publiquement accuser de les avoir *provoqués*.

Caine se gardait d'ouvrir la bouche. Il savait reconnaître un fou au premier coup d'œil. Il avait vu sa femme sombrer semaine après semaine dans la psychose. Il était inutile d'argumenter, de protester, d'entamer une discussion. L'esprit de Noman fonctionnait comme une mécanique dont les rouages énormes broieraient tout ce qui tenterait de ralentir leur course.

— Vous savez que dans les grands centres pénitentiaires les prisonniers ont maintenant le droit de faire venir leur femme pour tirer un coup ? aboya l'architecte avec un ricanement douloureux. Oui, oui ! Je n'invente rien. On leur permet de s'isoler dans une pièce le temps de régler leur petite affaire. C'était trop inhumain de les condamner à l'abstinence prolongée, n'est-ce pas ? Ça ne se fait pas entre gens civilisés. Putains de libéraux ! Putains d'humanistes ! Quand on les écoute parler on se dit qu'ils arriveraient à faire pleurer un bloc de quartz. Dans certains centres, les prisonniers vont et viennent librement dans les couloirs, même la notion d'enfermement s'est affaiblie, vous comprenez ? La prison est peu à peu devenue une sorte d'hôtel, de caserne où l'on attend sa remise de peine en regardant la télévision, en jouant aux cartes, en faisant du sport, et en baisant sa bonne amie une fois par mois avec la bénédiction des gardiens. Sachant tout cela, je vous pose la question : est-ce encore une punition ? Hein ? Comment faire entrer dans le crâne de ces hommes qu'ils ont mal fait, qu'ils sont des criminels et qu'on doit les punir ? On a tout fait pour alléger leur inconfort, pour diminuer le « stress carcéral ». Aujourd'hui on les dorlote. Les matons sont devenus les larbins des prisonniers. Demain on imaginera des prisons mixtes où des couples vivront dans la même cellule, aux frais des contribuables ! Je ne peux pas admettre cela. Je ne peux pas supporter qu'on s'apitoie sur ces crapules, qu'on leur trouve des excuses. Je veux qu'ils souffrent, qu'ils expient.

Il s'arrêta, haletant. Des taches violettes marbraient ses joues.

— J'étais malade de honte et de rage, reprit Noman un ton plus bas. Alors j'ai commencé à me demander ce que je voudrais voir infliger aux hommes qui ont assassiné Polly. C'est comme ça que j'ai imaginé cette prison. Une prison modèle, un concept parfait. Je ne suis ni un tueur ni un bourreau. Je savais bien que je n'aurais pas été capable d'abattre de sang-froid les assassins de ma femme si j'avais pu leur mettre la main dessus. Et puis les tuer, c'était trop bref. C'était une punition imparfaite, infligée par quelqu'un d'autre. Ce que je voulais, c'est que ces crapules se punissent elles-mêmes. Vous saisissez ? C'est cela l'idée neuve. Le concept révolutionnaire : *le criminel condamné à se punir lui-même*. Personne n'y a pensé jusqu'à maintenant. De l'Antiquité jusqu'à nos jours, le criminel a toujours reçu sa punition des mains d'un exécuteur : un geôlier, un bourreau. Avec mon système ces intermédiaires n'existent plus. Le prisonnier devient son propre tourmenteur. S'il se fait du mal, il ne peut s'en prendre qu'à lui, et à lui seul. La main qui le châtie, c'est la sienne.

Caine fronça les sourcils. Il ne comprenait pas où Noman voulait en venir mais il avait peur d'en apprendre davantage. L'étincelle fiévreuse qui brillait dans les yeux de l'architecte ne prédisait rien de bon. Il savait par expérience qu'on a tout à redouter d'un homme supérieurement intelligent dès lors qu'il se met dans la tête de torturer ses semblables.

— Levez-vous ! lui ordonna Noman. Ne restez pas planté là comme une bûche, explorez votre nouvel environnement. J'attends vos questions.

Caine obéit. La cellule ne comportait qu'un bat-flanc muni d'un mince matelas de fibre. Aucune étagère, aucune table. Deux portes s'ouvraient dans le fond, sans doute les toilettes, peut-être une cabine de douche.

— Vous voyez ! siffla Noman. Pas de téléviseurs, pas d'étagères pour les livres, pas de table pour écrire. Ici, le prisonnier n'a rien pour se distraire. Il est là pour s'ennuyer. Pour mesurer minute après minute le poids de son enfermement. Et si cet ennui le conduit au désespoir, tant mieux, c'est justement le but recherché !

Caine poussa la première porte. Elle abritait des toilettes, un lavabo minuscule. Le second battant cachait un appareillage qu'il ne put identifier. C'était une sorte de cabine étroite munie d'un tabouret vissé dans le sol, et qui faisait face à une console munie de deux poignées métalliques. Un écran d'affichage se trouvait incorporé dans le mur au-dessus de ces commandes. Des chiffres rouges s'y étalaient. Cela évoquait vaguement les installations de jeux vidéo dont les adolescents sont si friands. Caine se pencha, étudiant le cadran. Il affichait une suite de chiffres sans signification : 4567.

— Je n'y comprends rien, fit-il sans se retourner. Qu'est-ce que c'est ? Un flipper nouvelle mode ?

Le ricanement de Noman lui crispa l'estomac. L'architecte avait l'air d'un gamin se réjouissant à l'avance d'une blague de très mauvais goût.

— Vous avez été jugé, dit-il en fixant le romancier dans les yeux. J'ai introduit dans un ordinateur programmé à cet effet les différentes infractions que vous avez pu commettre à l'intérieur de la résidence : curiosité déplacée, mensonges divers, insultes. Vous avez même débauché la jeune Indienne que je vous avais envoyée pour vous guider dans le désert. Elle l'a avoué en confession. Vous avez forniqué avec elle alors même que vous la saviez soumise à la règle de chasteté… bref, ces entorses ont été évaluées en fonction d'un barème établi. Le chiffre que vous pouvez lire représente la peine à laquelle vous avez été condamné.

— 4567 jours ? hoqueta Caine.

— Non, corrigea Noman. L'unité de base employée ici n'est pas temporelle. Elle ne peut pas être évaluée en jours, en minutes. En fait, c'est à vous, et à vous seul, de déterminer la durée de votre incarcération.

— Je n'y comprends rien, siffla Caine qui commençait à sentir la panique l'envahir.

— C'est pourtant facile, s'impatienta l'architecte. Et c'est là toute l'originalité du procédé. Ce chiffre, 4567, vous pourrez le ramener à zéro par un simple effort de volonté. Et lorsque le cadran sera revenu à zéro, cette grille s'ouvrira par la simple magie de l'électronique. Vous serez alors libre de vous en aller, votre peine purgée.

— Et comment ramène-t-on le cadran à zéro ? interrogea Caine en jetant un coup d'œil inquiet aux deux poignées métalliques qui sortaient de la console à la manière de ces palonniers qui permettent de modifier la course des avions.

— *En souffrant*, dit Noman d'une voix sourde. Chaque fois que vous vous assiérez dans cette cabine, vous saisirez les poignées à deux mains et vous les tirerez vers vous, comme si vous vouliez faire décoller un DC9. Un courant électrique vous traversera alors… Et cette sensation n'aura rien d'agréable, je vous le garantis. Votre souffrance sera évaluée par l'ordinateur qui lui attribuera une certaine cotation.

— Et ce chiffre sera déduit du montant total de ma peine, compléta Caine.

— Exact, dit Noman. Plus longtemps vous supporterez la douleur, plus la soustraction sera élevée, et plus votre temps d'incarcération sera bref.

— Je vois, balbutia le romancier. Ainsi je deviens mon propre geôlier et mon propre bourreau.

— Tout à fait. Vous avez parfaitement compris le principe. C'est votre capacité à supporter la souffrance qui vous rendra libre. Si vous êtes d'un naturel douillet, vous risquez fort de passer une éternité entre ces quatre murs. Si au contraire vous êtes coriace, votre détention sera brève.

Caine recula. Il n'avait aucune envie de se donner en spectacle. Il referma la porte, masquant l'étrange appareillage.

— C'est la chaise électrique à crédit, marmonna-t-il pour se donner une contenance.

— On peut voir ça de cette manière, admit Noman. Vous avez une dette à payer. À vous de voir comment vous préférez la rembourser : par petites mensualités, ou par gros virements. Ici, chacun peut gérer sa peine selon sa résistance physique et son courage. Vous comprenez maintenant pourquoi je parlais tout à l'heure de structure de prise de conscience et de réadaptation ?

— Vous estimez ce système rééducateur ? fit Caine sur le ton de la conversation.

— Bien sûr, confirma l'architecte. Un homme qui se punit lui-même ne peut plus rejeter la responsabilité de la souffrance qu'il endure sur autrui. Ici personne ne vous obligera à vous faire du mal. Si vous ne voulez pas souffrir, aucun gardien ne viendra vous forcer à entrer dans la cabine. C'est vous seul qui déciderez. Je ne suis pas un bourreau, je ne toucherai pas à un seul de vos cheveux. On vous laissera en paix, on vous nourrira sans jamais rien exiger de vous. Toutefois, n'espérez aucune remise de peine. Dans ma prison aucune condamnation ne peut être commuée ou diminuée. L'ordinateur s'y opposerait, je l'ai programmé pour cela. Une fois la sentence rendue, il faut aller jusqu'au bout. Je ne peux plus rien pour vous. L'ordinateur ne tiendrait aucun compte de mon ordre de levée d'écrou. Je l'ai voulu ainsi, pour ne pas être tenté de céder aux attendrissements qui saisissent parfois les volontés les plus fermes. Même si je venais à m'amollir, à pardonner, l'ordinateur ignorerait mes demandes de mise en liberté. Il régit tout. Comme vous le voyez : il n'y a pas de serrure mécanique. Cette grille ne coulissera qu'une fois votre peine expiée. On ne peut la forcer qu'à la dynamite, et la déflagration serait si puissante qu'elle vous mettrait en pièces. Je dis cela pour tuer dans l'œuf les rêves d'évasion que vous pourriez être tenté de caresser.

— Vous ne craignez pas que vos prisonniers, une fois libres, courent vous dénoncer à la police ? demanda Caine.

— Non, répondit Noman. Je suis persuadé que mon système est vraiment rééducateur. Les secousses électriques répétées fonctionnent à la manière des électrochocs utilisés en psychiatrie. Elles calment les patients atteints de démence, les grands agités, les violents. Pour eux, la détention deviendra en quelque sorte une cure médicale, et lorsqu'ils sortiront, calmes, apaisés, ils n'auront aucune envie de porter plainte contre moi.

Caine examina le visage de l'architecte. La fixité de son regard avait quelque chose d'effrayant. Cet homme était fou depuis la mort de sa femme et personne ne s'en était rendu compte.

— Combien de temps vais-je rester ici ? interrogea le romancier.

— Je ne sais pas, avoua Noman. Cela dépend de votre seuil de résistance à la douleur. Cette prison est en service depuis trop peu de temps pour que je puisse vous donner des statistiques. Jusqu'à présent personne n'a encore été libéré.

— Qui d'autre avez-vous enfermé ? lança Caine en se rapprochant des barreaux. Patti ?

— Oui, dit Noman. Votre amie trop fouineuse, trop imaginative et trop lubrique. L'ordinateur a évalué sa pénitence à 6788 unités de souffrance. Mais elle est extrêmement douillette, je crains qu'elle ne reste emprisonnée très longtemps. Elle semble n'avoir aucune volonté, peut-être pourriez-vous en parler avec elle et l'exhorter à faire preuve de plus d'endurance ?

— Qui d'autre ? insista Caine. Des Indiens ? Des survivalistes ?

— Oui. J'effectue des ponctions régulières, je veux débarrasser les environs de toute la vermine qui grouille dans les rochers. Les motards, les Peaux-Rouges alcooliques et repris de justice. Je ne leur fais pas de mal, je me contente de les capturer et de les mettre en tête à tête avec leurs dettes. Je connais leurs fautes, je les observe à leur insu du haut de la tour, je prends des notes que je soumets à l'ordinateur, et la sentence tombe. Je n'ai pas aimé devoir arrêter Patti Grizzle, mais soudain, un soir, j'ai eu le pressentiment qu'elle allait mal faire, et j'ai dû mettre un terme à ses agissements. Je ne savais pas exactement ce qu'elle avait découvert. Comme elle avait couché avec l'un des garçons de Mama Dolorosa, j'ai pensé qu'elle avait peut-être obtenu de lui des détails sur cette prison. Je ne pouvais donc pas la laisser partir car elle m'aurait trahi. Mon pressentiment était bon : je suis arrivé au moment même où elle se préparait à s'enfuir. J'ai souvent remarqué que la tempête éveillait une sorte de sixième sens en moi.

— Et comment tous vos prisonniers ont-ils pris la chose ?

— Au début ils ont fait beaucoup de tapage, puis ils ont compris que hurler ne servirait à rien. La clé de la cellule, ici, ce n'est pas le gardien qui la possède, mais le prisonnier lui-même. La clé, elle est d'ores et déjà entre vos mains, à vous de l'utiliser pour ouvrir la serrure. Cela peut prendre quelques jours, quelques mois, quelques années, selon votre courage.

— C'est un sacré jeu de con, grogna Caine. Vous en avez conscience tout de même ?

— Je trouve ce procédé très propre, très humain, rétorqua Noman. Il a le mérite de ne pas forcer les honnêtes gens à se salir et de laisser les crapules en tête à tête avec leurs dettes. C'est important, vous ne trouvez pas, cette notion de dette à acquitter ? C'est un mot qui revient souvent dans la bouche des avocats : *mon client a payé sa dette*. J'ai jugé assez amusant de matérialiser cette notion. Vous êtes là pour rembourser, monsieur Caine. Je souhaite que le séjour vous soit profitable et vous ôte l'envie de mettre votre nez dans les affaires des autres.

L'architecte fit un pas en arrière, s'écartant des barreaux inoxydables ; Caine découvrit alors la perspective d'un couloir où s'ouvraient d'autres cellules semblables à la sienne.

— Encore une chose, précisa Noman. Vous ne verrez jamais de gardiens. Personne ne descend ici. Moimême je n'y mets les pieds que lorsque j'amène un nouveau prisonnier. La nourriture vous sera délivrée par un distributeur automatique dont la trappe d'accès se cache derrière ce panneau métallique qui ressemble à un tiroir. Elle est uniformément constituée d'une pâte nourricière hyperprotéinée, analogue à celle que la NASA sert à ses cosmonautes. Son goût est toujours identique, c'est-à-dire insipide. Pour boisson, vous aurez de l'eau, rien d'autre. De cette manière l'heure des repas ne pourra en aucune manière devenir un élément de distraction ou une certaine forme de satisfaction physique. Vous mangerez pour ne pas mourir de faim, rien de plus.

Il recula, parut près de s'éloigner, puis sourit.

— Ne vous inquiétez pas, dit-il, votre peine est légère et vous êtes en bonne santé ; avec un peu de cran, vous serez dehors avant peu.

— Hé ! lança Caine. Ne partez pas. Vous avez construit ce cirque avec l'aide de la secte, n'est-ce pas ?

— C'est vrai, admit l'architecte. Mama Dolorosa approuve mon système à cent pour cent. Elle y voit la base d'une société nouvelle.

— Vous pensez que vos futurs locataires approuveront également ?

— Bien sûr. La résidence se devait d'avoir son propre système judiciaire. Vous n'avez pas encore compris que nous allons en quelque sorte faire sécession ? Devenir un minuscule État indépendant ? Lorsque le grand tremblement de terre aura avalé la côte californienne nous serons nos seuls maîtres. C'est juste une question de patience. Nous sommes prêts, j'ai déjà engrangé un an de vivres dans mes caves et mes citernes sont pleines.

Il leva la main pour esquisser un geste d'adieu.

— Je vous laisse, dit-il. Je doute que nous nous revoyons un jour, mais sachez que lorsque la grille s'ouvrira vous aurez payé vos dettes et que personne ne se mettra en travers de votre chemin. Vous serez libre de repartir à Los Angeles, mais je ne crois pas que vous le ferez.

— Pourquoi ?

— Parce que vous aurez réfléchi au cours de votre détention et que l'idée de remettre les pieds dans cette pourriture vous sera devenue odieuse. Je pense sincèrement que vous déciderez de rester avec nous et que vous rejoindrez les rangs de l'Église de la Nouvelle Force, avec Mama Dolorosa.

— C'est bien possible, fit Caine. Je ne suis pas trop vieux pour redémarrer de zéro.

Le visage de Noman s'éclaira d'une joie enfantine.

— Bien parlé ! s'exclama-t-il. Je suis réellement heureux de vous voir dans de telles dispositions. J'avais peur que vous vous obstiniez dans l'erreur, que vous choisissiez la contestation stérile. J'espère vous revoir bientôt, et je vous souhaite bonne chance.

Après un dernier geste de la main, il sortit du champ visuel de Caine. Le romancier entendit une porte hydraulique se refermer en chuintant, quelque part, puis le silence se réinstalla, seulement troublé par le léger bourdonnement de la climatisation. Caine s'ébroua. Il savait qu'il lui faudrait un certain laps de temps pour admettre la réalité de la situation. Il s'assit sur sa couchette. Bien qu'entièrement nu, il n'avait pas froid. La température était idéale et le local bien ventilé. Est-ce que la lumière s'éteignait la nuit ? Sans doute pas puisque Noman se décrétait l'adversaire résolu de toute forme de confort carcéral.

Il se contraignit à respirer lentement pour endiguer la panique qui montait en lui. Quelles chances avait-il qu'on le retrouve ici ? Aucune, assurément. La police avait-elle retrouvé Patti ? En ce moment même, les enfants de l'Église de la Nouvelle Force étaient probablement en train d'enterrer la Simarane au fond d'une crevasse. Cela ferait deux disparitions dans un intervalle terriblement court mais tous les membres de la secte, Mama Dolorosa la première, seraient là pour jurer sur la Bible avoir vu Caine prendre la route et s'enfoncer dans le désert. Qu'est-ce que les flics pourraient répliquer à cela ? On penserait qu'il était parti à la poursuite de Patti Grizzle, quelque part du côté du Mexique ou du Nevada. Noman pourrait même leur suggérer avoir entendu le romancier évoquer cette intention.

Caine entra dans les toilettes, fit couler l'eau dans le lavabo et s'aspergea le visage. Là où s'était fiché le dard anesthésiant son cou était douloureux et légèrement boursouflé. Il but car sa bouche était desséchée par la peur. Il se redressa et marcha jusqu'à la grille pour examiner les autres cellules. Il éprouva un coup au cœur en découvrant Patti Grizzle dans la geôle qui faisait face à la sienne, de l'autre côté du couloir. La jeune femme était étendue sur le bat-flanc, nue comme lui. Elle semblait dormir. Il l'appela. Elle mit un moment à réagir. Lorsqu'elle se redressa sur un coude, Caine vit qu'elle avait beaucoup maigri et que ses yeux étaient cernés.

— Merde, souffla-t-elle. Caine… Alors je suis foutue.

— Patti, haleta le romancier. Comment ça va ?

— Merde, répéta-t-elle, tu ne vois pas ? Je suis en manque. Ce salopard m'a piqué toutes mes pilules, j'ai l'impression que je vais crever. Tu t'es fait avoir ? Quel con !

Elle se laissa retomber en arrière, les jambes ballantes, sans se soucier d'exposer la touffe noire de son sexe. Caine l'appela encore, mais elle leva la main pour lui signifier de se taire. Sa paume présentait des marques de brûlure au troisième degré.

— Qu'est-ce qui t'est arrivé ? souffla le romancier.

— Attends d'essayer les poignées, murmura la jeune femme d'une voix exténuée. Bordel ! J'espérais que tu serais plus malin que moi ! Est-ce que tu as prévenu quelqu'un ? Bumper, les flics ?

— Non, avoua Caine. Je ne soupçonnais absolument pas l'existence de cette prison.

— Moi non plus, soupira Patti. Je me suis complètement trompée. J'ai plongé comme une débutante sur cette histoire de voyeurisme. J'étais persuadée que l'obsession de la sécurité avait dégénéré chez Noman au point de l'amener à truffer les appartements de micros et de caméras.

— Au lieu de ça il a construit la prison idéale, grogna Caine. D'après toi, est-ce qu'on a une chance de s'en sortir ?

Patti s'assit, ramena ses cuisses sur sa poitrine et se recroquevilla au bord de la couchette. Elle avait vraiment piteuse figure et Caine sentit sa gorge se nouer.

— Tu as essayé les poignées ? répéta-t-elle.

— Non, avoua-t-il. C'est… dur ?

— En ce qui me concerne j'ai renoncé, murmura Patti. Je n'ai pas l'étoffe d'une martyre. Je crois que c'est très dangereux. C'est comme un électrochoc. Ton cœur peut s'arrêter de battre si tu insistes trop, tu vois ? Et puis il y a les brûlures. Enfin, c'est à toi de voir… Vous les mecs, vous aimez jouer les héros.

Elle se rallongea. Son épuisement aviva l'angoisse de Caine. Le silence de la prison était de mauvais augure. Hommes et femmes se côtoyant, cette promiscuité aurait dû normalement engendrer un effroyable concert de propositions obscènes, d'injures et de rires gras, au lieu de cela un calme étrange régnait dans le corridor, comme si les prisonniers étaient d'ores et déjà trop mal en point ou trop abattus pour se laisser aller à un quelconque débordement. Caine essaya de passer la tête entre les barreaux, mais ils étaient trop rapprochés. D'où il se tenait, il ne pouvait vraiment distinguer que la cellule de Patti qui lui faisait face. Lorsqu'il plaquait son visage contre la grille, il parvenait à entrevoir la perspective du couloir, avec ses barreaux brillants, mais pas les autres détenus.

— Patti ? appela-t-il encore, mais la jeune femme lui fit signe de se taire.

— Laisse-la, fit une voix féminine à l'accent indien qui venait de quelque part sur la droite. Ça sert à rien de causer, garde tes forces pour la séance d'électrocution. T'es condamné à combien ?

— 4000 à peu près, dit Caine. C'est beaucoup ?

L'Indienne ricana.

— Ça peut être rapide, dit-elle. Ça dépend juste si t'envisages de te servir encore de tes mains en sortant d'ici.

8

Il s'aperçut soudain qu'il n'avait plus aucune idée de l'heure qu'il pouvait bien être. Un coup d'œil à son poignet nu lui révéla que Noman avait confisqué sa montre. Combien de temps était-il resté inconscient ? Deux heures, trois heures ? Beaucoup plus ?

Il fit une nouvelle fois le tour de la cellule pour tenter d'en détecter les points faibles, mais ne put rien découvrir. Aucun déclic ne se fit dans sa tête, aucune bouffée d'espérance ne gonfla sa poitrine. Tous les objets étaient inamovibles, incassables ou scellés. Le lavabo et la cuvette des W.-C. se révélèrent en métal inoxydable, la tuyauterie qui les alimentait n'était pas apparente. Les portes ne pouvaient être dégondées, la couchette arrachée du mur. On se demandait, du reste, à quoi ce saccage aurait bien pu servir. Caine eut beau explorer les murs et le plancher, il ne parvint pas à localiser les circuits électriques sans doute noyés dans l'épaisseur du béton.

Restait le « cabinet d'expiation »… C'est avec une certaine répugnance qu'il en poussa la porte, examinant une nouvelle fois cet espace exigu dont la forme générale rappelait celle des « isoloirs » que certaines bibliothèques mettent à la disposition des chercheurs désireux de travailler à l'écart. Caine observa l'écran, le toucha du bout des doigts. Les gros chiffres rouges semblaient le narguer… *4567*… Le tabouret faisait corps avec le sol, on ne pouvait le soulever. Le métal épais, sans vis ni boulons apparents, excluait d'emblée toute tentative d'effraction. Caine se sentit gagner par le découragement. Ses efforts étaient inutiles, Noman avait probablement tout prévu. Les organes fragiles du système étaient sans aucun doute hors de portée des prisonniers. Envisager un sabotage relevait de la pure chimère.

Il sortit de la cabine, peu désireux pour le moment d'affronter cette chaise électrique trop polie qui n'accepterait de le torturer que s'il lui en donnait la permission. On verrait cela plus tard, quand il aurait admis l'inexistence de toute autre solution de remplacement.

Restait le tiroir d'alimentation encastré dans la paroi. Il s'en approcha, posa la main sur la poignée centrale et tira. Un déclic se fit entendre à l'intérieur du mur, et quelque chose glissa le long d'un conduit en pente. C'était un bloc rectangulaire jaunâtre dont la consistance rappelait celle de la pâte de soja. Caine s'en empara, le flaira, puis se décida enfin à mordre dedans. Ce n'était ni bon ni mauvais, avec un vague parfum de poulet. Malgré son manque d'appétit, il se força à le manger jusqu'à la dernière miette pour ne pas s'affaiblir, puis il alla boire une rasade d'eau fraîche au robinet des toilettes. De la nourriture de cosmonaute, avait dit Noman. Bon sang ! Ça ne donnait pas envie de s'embarquer pour les étoiles !

Son repas achevé, il alla s'agenouiller au pied de la grille pour examiner les barreaux. Chacun d'eux était un cylindre chromé coulé dans un métal dense, et dont le point de fusion devait être extrêmement élevé. Ils sortaient d'un trou du plafond pour s'enfoncer dans le sol, et rien n'aurait pu les tordre si ce n'est l'explosion d'une charge de dynamite. Caine se releva, dégoûté. Après avoir vainement essayé de parler avec Patti, toujours prostrée, il s'allongea sur sa couchette et s'abîma dans la contemplation du plafond.

La température était idéale, mais l'absence d'horloge et d'extinction des feux devait rapidement vous faire perdre toute notion du temps. Même chose en ce qui concernait les repas, puisque chacun pouvait manger à sa guise, à l'heure qui lui plaisait. Tout était propre. Noman avait bâti une sorte d'enfer climatisé où l'on n'avait à craindre ni la vermine, ni la nuit, ni le froid, ni l'humidité. La cellule ne ressemblait en rien à une oubliette ou à un cul de basse-fosse… et pourtant c'était un lieu hors du monde où l'on pouvait rester enfermé pour le restant de ses jours si l'on se contentait d'attendre passivement.

« J'essaierai demain », décida-t-il en jetant un coup d'œil à la porte du cabinet d'expiation. Demain… Oui, il affronterait la machine.

Il s'était préparé à passer une nuit blanche mais il bascula dans le sommeil sans même en avoir conscience. Quand il rouvrit les yeux, rien n'avait changé, et il lui fut impossible de déterminer s'il avait dormi plusieurs heures ou seulement un moment. Patti était toujours recroquevillée sur sa couchette, de l'autre côté du couloir. Caine l'appela, mais elle se contenta de répondre par un grognement, et comme il insistait, elle gémit : « Fiche-moi la paix. » Elle lui en voulait manifestement de s'être fait prendre, et ne paraissait pas disposée à passer l'éponge.

Le romancier se détourna. Il avait les paumes moites, il songea avec amertume que cette légère humidité ne ferait que faciliter le passage du courant le moment venu. *Quelle était l'intensité du voltage ?* À partir de quelle puissance la décharge vous faisait-elle réellement souffrir ? Cinquante volts ? Soixante ? Il savait que certains animaux, tel le fameux poisson-torpille, sont capables de sécréter naturellement un courant de 220 volts et de foudroyer les nageurs qui commettent l'erreur de les toucher. On avait vu des plongeurs mourir d'un arrêt cardiaque pour être entrés en contact avec l'une de ces bestioles. *Les animaux ?* Pourquoi pensait-il à la gymnote ? Il n'était pas dans un zoo. C'était une machine qu'il allait affronter, pas une bête vivante. Est-ce que la peur était en train de lui faire battre la campagne ?

Il entra dans le cabinet de toilette, pissa, s'aspergea le visage à l'eau tiède. En examinant le lavabo, il découvrit, incorporé dans le mur, un distributeur de savon qu'il n'avait pas vu la veille ; mais nulle part il n'y avait de serviette-éponge. Il soupira. L'angoisse formait une grosse boule dans son estomac. Pourquoi attendre davantage ? « Allons, songea-t-il, rien de tel qu'une bonne petite électrocution matinale pour entamer la journée d'un bon pied ! »

Les mâchoires serrées, il pénétra dans la cabine d'expiation et posa ses fesses nues sur le tabouret. Lui faisant face, le cadran lumineux affichait toujours son fatidique 4567 en chiffres rouges. Caine frotta ses mains sur ses cuisses pour tenter de les assécher, après quoi il inspira fortement et saisit les poignées métalliques du curieux « manche à balai » dépassant de la console. Il avait l'impression de se trouver aux commandes d'un simulateur de vol.

« Juste un essai », pensa-t-il. Puis il ferma les yeux, se raidit, et tira le palonnier vers lui, comme s'il essayait de faire se cabrer un avion arrivant en bout de piste.

La secousse l'empoigna, terrible, et ce fut comme si une contraction monstrueuse dilatait son corps. Il eut l'illusion que ses veines, ses tendons, ses muscles allaient s'arracher de ses os. Une énergie terrifiante s'était glissée en lui, grésillant le long de ses terminaisons nerveuses. S'il insistait, tous ses liquides vitaux allaient se mettre à bouillir, ses organes allaient cuire à l'étouffée au creux de son ventre, sa cervelle blanchir entre les parois de son crâne... Il sentit très distinctement son scrotum se ratatiner entre ses jambes pour devenir aussi dur qu'une vieille noix.

Il lâcha les poignées et se rejeta en arrière, le visage parcouru de spasmes nerveux. Ses jambes bougeaient toutes seules, envoyant des coups de pied dans le vide. Le contact n'avait pas duré plus de trois secondes. Dans un réflexe de crainte instinctive, il se leva du siège pour s'éloigner le plus possible de la console. Son cœur cognait à toute vitesse contre ses côtes, et ses globes oculaires lui paraissaient bizarrement dilatés, trop à l'étroit dans leurs orbites. Sa langue était douloureuse, comme si quelqu'un s'était amusé à la tirer hors de sa bouche au moyen d'une tenaille.

« Tu viens d'enfoncer les doigts dans une prise de courant ! pensa-t-il. Bon dieu ! Pour un peu tu restais collé à cette saloperie. »

Il regarda ses paumes, ses doigts, mais le contact avait été trop bref pour engendrer une quelconque lésion. Pourtant la douleur persistait, courant dans sa chair tel un écho lointain, qui lui donnait envie de se recroqueviller sur le sol.

Il releva la tête pour lire le cadran : 4566.

4566 ? Il hoqueta de fureur. Ainsi trois secondes de souffrance intense n'avaient fait que diminuer sa peine d'une seule unité-douleur ? Il fut tenté d'arracher le tabouret du sol et de s'en servir pour fracasser l'installation, mais il dut renoncer à cet éclat, le siège refusant obstinément de bouger. Révolté, au comble de la rage, il repoussa la porte de la cabine d'un coup d'épaule et se rua dans la cellule. Patti l'observait, de l'autre côté du couloir, assise sur sa couchette, les jambes ramenées sur la poitrine.

— Alors, dit-elle d'une voix lasse. Tu as essayé ? Tu comprends mieux le problème à présent ?

Caine lâcha une injure et se frictionna les bras. Il continuait à sentir la souffrance qui grésillait au fond de sa chair, à la manière d'une étincelle refusant de s'éteindre.

— Ta peine s'élève à combien ? demanda la jeune femme.

Caine lui donna le chiffre, en précisant que trois secondes d'électrocution n'avaient diminué ce total que d'un point. D'un *unique* et *ridicule* point.

— Ça signifie, murmura Patti, que si tu te contentes d'une seule séance quotidienne, il te faudra environ 1522 jours pour purger ta peine, c'est-à-dire un peu plus de quatre ans.

— *Quatre ans ?* aboya Caine.

— Oui, confirma la jeune femme. Mais si tu peux supporter deux séances par jour, c'est-à-dire environ six secondes de souffrance, tu réduiras ton séjour ici à deux ans. Mais six secondes, c'est vraiment beaucoup, je te préviens. Moi, je n'ai jamais pu aller jusque-là.

— Même en fractionnant les contacts ? Je veux dire : trois séances de deux secondes chacune, par exemple.

— Non. Tu verras, on ne s'habitue pas à la douleur. Chaque fois, c'est comme si c'était la première fois. On a beau se raidir, faire appel à toute sa volonté, ça ne vous aide en rien. La souffrance vous saute dessus, et elle est toujours aussi vive, aussi insupportable.

Elle frissonna en prononçant ces mots et ferma les yeux. Caine était abasourdi. Jusqu'alors il n'avait pas vraiment pris conscience du piège dans lequel il était enfermé. *Quatre ans ?* Non, c'était impossible ! Il n'était pas question qu'il reste enfermé quatre ans dans cet asile de fous ! La panique lui brouillait les idées ; oubliant l'existence de Patti, il s'absorba dans ses calculs, marmonnant des chiffres, traçant du bout de l'index des opérations arithmétiques sur la toile de son matelas. Il ne cessait de se tromper, s'emmêlait, recommençait…

Il s'en voulait de céder ainsi à la panique et de faire le jeu de Noman, mais il ne pouvait s'en empêcher. Combien… Combien de temps devait-il rester collé aux poignées pour sortir dans un mois ? Après bien des erreurs il parvint au total effarant de… huit minutes. *Huit minutes par jour.* C'était impossible, jamais il ne parviendrait à supporter une pareille épreuve. Comme il présentait les signes d'une grande agitation, Patti l'interpella.

— Calme-toi, dit-elle, et arrête de calculer, ça ne sert à rien. On a tous essayé. Il ne faut pas te faire d'illusions. On ne peut pas encaisser les décharges impunément. Au bout de quelques jours, les fonctions nerveuses se détraquent, tu verras si tu insistes. Il y a même un type, au bout du couloir, qui s'est tranché la langue tout seul au cours d'une secousse. Je n'invente rien : ses mâchoires se sont mises à claquer comme des tenailles et il s'est sectionné le bout de la langue. Depuis, on ne comprend plus rien de ce qu'il raconte.

— Elle dit la vérité ! lança l'Indienne qui avait déjà pris la parole la veille, et que Caine ne pouvait apercevoir de sa cellule. Écoute-la !

— Les secousses trop fréquentes agissent sur le cerveau comme des électrochocs, reprit Patti. Tu finis par sombrer dans une sorte de torpeur. Il faut faire très attention.

— Tu dis cela, objecta Caine, mais tu t'es brûlé les mains.

— C'est vrai, avoua la jeune femme. Par moments on devient dingue, on est prêt à tout tenter pour sortir… d'une manière ou d'une autre. On se dit que le cœur va peut-être finir par lâcher et qu'on sera délivré.

— C'est vrai, fit l'Indienne. Il y avait un type dans la cellule en face de la mienne. Il est devenu fou. Un jour il s'est aspergé d'eau, il a déchiré son matelas pour tisser des lanières et il s'est attaché les mains aux poignées électriques. Ensuite, il s'est renversé en arrière, et il a encaissé une telle secousse qu'il en est mort. Il avait laissé la porte de la cabine ouverte, et pendant un quart d'heure je l'ai vu danser. Il avait les yeux qui lui sortaient de la tête et il montrait les dents comme un chien qui a la rage. À la fin, une contraction l'a jeté en avant, et il est tombé sur les poignées. Le courant ne passait plus, mais il était mort. Et il y avait de la fumée qui montait du creux de ses mains. Ça puait comme du poulet grillé.

— C'est vrai ? demanda Caine en fixant Patti.

— Je n'étais pas encore là, répondit la jeune femme. Mais je pense que c'est vrai. Il y a des gens qui sont là depuis deux ans. Des survivalistes, des Indiens, des membres de la secte qui se sont rebellés contre Mama Dolorosa. Ils ne parlent plus. Les électrochocs les ont peu à peu transformés en légumes.

— C'est peut-être ça la rééducation dont parlait Noman ? hasarda Caine. Un décervelage progressif.

— Je ne sais pas, soupira Patti. Tu verras par toi-même. On passe par des phases de révolte, d'abattement. Dès qu'on cesse d'espérer, on est fichu. On ne pense plus qu'à s'évader d'une manière… *définitive*. Et comme on ne peut pas se pendre faute d'un endroit pour accrocher une corde, il ne reste que l'électrocution. La chaise électrique comme seul moyen d'évasion.

— Il faut garder confiance, protesta Caine. Quelqu'un finira fatalement par s'inquiéter de notre disparition. On nous trouvera, on…

— C'est ce que je me répétais jusqu'à ce que je te voie débarquer ici, ricana amèrement Patti. Maintenant je commence à penser qu'il nous faudra purger notre peine jusqu'au bout.

Caine referma les mains sur les barreaux et les serra jusqu'à s'en blanchir les phalanges. Il ne se voyait pas passer les quatre prochaines années dans cet enfer. Le silence des autres détenus l'effrayait plus que tout. Il aurait préféré les entendre jurer, hurler, proférer des obscénités tout le jour durant, mais ce silence… ce silence de mort le terrifiait, car c'était la preuve que Noman les avait brisés. Patti avait-elle raison ? Les décharges électriques répétées finissaient-elles par vous décérébrer, faisant de vous un mouton apathique ? C'était bien dans ce but qu'on soumettait jadis à ce traitement barbare les fous jugés trop agressifs. Le courant traversant le cerveau avait – disait-on alors – un effet curatif qui le débarrassait des pulsions meurtrières. Depuis, on avait considérablement révisé ce jugement.

Caine se laissa tomber sur sa couchette, en proie à un grand trouble.

La journée s'écoula ainsi. La peur lui coupant l'appétit, il ne fit que grignoter la moitié de la ration de nourriture que lui délivra le tiroir alimentaire. Il prit bientôt conscience qu'il ne cessait d'effectuer mentalement des additions, des soustractions, pour tenter de déterminer à quel rythme il devrait user du cabinet d'expiation s'il escomptait sortir le plus tôt possible. Les chiffres qu'il obtenait lui faisaient dresser les cheveux sur la tête. Nerveusement épuisé, il fut heureux de se laisser couler dans le sommeil.

La journée du lendemain s'écoula selon un schéma analogue. Dès son réveil, il se précipita dans le cabinet de torture pour s'infliger une décharge qu'il espérait plus longue que celle encaissée la veille. Il s'était promis de compter les secondes mais, dès que la secousse l'empoigna, il perdit le contrôle de ses pensées et ne fut plus qu'une enveloppe de chair tressautante assaillie par mille essaims d'aiguilles invisibles. La force se ruait en lui, explosait en lui, tordant chacune de ses fibres. C'était comme si chacun de ses organes allait éclater.

Quand il s'effondra du tabouret, le nombre symbolisant la sentence qui le frappait avait été amputé de deux unités. Seulement deux unités. Hagard, il fixa les chiffres rutilants, essayant de se persuader qu'il se trompait, que la soustraction avait été beaucoup plus importante. Mais non, le cadran disait bien 4564. 4564, *et rien d'autre*.

Il n'eut pas la force de se relever et regagna sa cellule à quatre pattes. Là, il se roula en boule sur le sol, gémissant chaque fois qu'un spasme musculaire lui traversait la chair. Ses jambes remuaient toutes seules, décochant de grotesques ruades dans le vide. La voix de Patti lui parvenait de très loin, et il ne chercha pas à comprendre ce qu'elle disait. Il s'en moquait. Il n'était plus qu'une enveloppe vide, sans force, un vieillard précoce qui n'aurait pu se redresser sans l'aide d'un infirmier. Quand il émergea de l'anéantissement, il vit qu'il avait pissé sous lui, sans même s'en rendre compte.

Ce fut une étrange journée durant laquelle il ne cessa d'osciller entre la rage et l'abattement le plus complet. Par instants, il se répétait qu'il devait faire preuve de plus de courage, se relever et retourner dans la cabine pour s'infliger une nouvelle décharge. À d'autres moments, il était simplement content de ne plus souffrir, et se surprenait à penser : « Je n'irai plus. Je resterai là jusqu'à la fin des temps s'il le faut, mais je n'irai plus. »

Chaque fois qu'il s'endormait, il décidait qu'un nouveau jour venait de s'écouler, mais il ne disposait d'aucune preuve solide pour étayer cette affirmation. En l'absence de tout repère, il ne pouvait se fier qu'à ses impressions personnelles pour parvenir à diviser le temps en unités distinctes : la faim, la fatigue… Mais combien d'heures dormait-il réellement ? Il avait constaté que Patti dormait très souvent lorsqu'il entrait lui-même en phase diurne ; il l'avait fait observer à la jeune femme qui lui avait répliqué :

— Tu te trompes, c'est toi qui vis à l'envers. En ce moment, c'est la nuit, pas le jour. Dors, et fous-moi la paix.

Il avait beaucoup de mal à établir le contact avec elle. Brutalement sevrée des amphétamines dont elle avait fait une consommation effrayante, Patti Grizzle n'en finissait plus de glisser sur le toboggan de la dépression nerveuse. Il lui arrivait de sangloter pendant des heures, roulée en chien de fusil sur sa couchette. Ou bien elle s'agenouillait au pied de la grille et se cognait la tête contre les barreaux en suppliant qu'on lui donne un Valium. Lors de ces exhibitions il arrivait que ses arcades sourcilières se fendent et que le sang lui coule sur le visage.

Caine se surprenait à la détester quand ses gémissements l'empêchaient de mener à bien ses travaux compliqués de calcul mental. Au début, il avait essayé de la raisonner, mais il avait fini par renoncer, sans doute parce qu'il préférait garder son énergie pour son usage personnel.

— Ça sert à rien de parler, Visage pâle, lui avait lancé l'Indienne. Personne n'écoute. Autant se raconter des histoires dans sa tête, pour soi-même, au moins comme ça on n'emmerde pas le monde.

Tous les « matins », il entrait dans la cabine et affrontait la machine, sans parvenir pour autant à domestiquer la douleur. Un moment il avait cru qu'il s'y habituerait, mais il réalisait maintenant que Patti n'avait pas menti en affirmant que c'était toujours la première fois. Quand la force l'empoignait, il se mettait à tressauter comme un pantin. Parfois il se mordait la langue jusqu'au sang, parfois il urinait sous lui, ou éjaculait. C'était comme si un tortionnaire invisible s'amusait à actionner ses terminaisons nerveuses en dépit du bon sens. Lorsqu'il s'effondrait, les mains criblées d'aiguilles invisibles, la voix ironique de l'Indienne le ramenait à la réalité.

— Alors ? criait-elle. Le Visage pâle a encore essayé de jouer au héros ? Tu sais que tu pousses de drôles de cris quand le courant te traverse ? On croirait un chiot poursuivi par un essaim de guêpes ! Kaiii-kaiii-kaiii !

Pendant un moment, Caine traversa une période de courage, et s'infligea trois séances par jour. Dès que les spasmes se calmaient, il s'empressait d'aller consulter le cadran, et se sentait rempli de fierté quand il avait réussi à battre son record de la veille.

— T'es cinglé, lui criait l'Indienne. Tu vas y rester. T'as quel âge ?

— Quarante-deux, lui jeta le romancier.

— T'es trop vieux pour ce genre de sport, décréta la femme. J'avais un client, de cet âge-là, un type qui se craquait des poppers sous le nez quand on baisait. Un jour son cœur a flanché. Il est mort sur moi. Bon sang ça m'a fait un drôle d'effet. Il était raide crevé, et pourtant je le sentais jouir dans mon ventre. Il n'arrêtait plus de se vider, parole ! J'ai cru que ça ne finirait jamais.

Elle fit une pause, grommela, avant de conclure :

— La secousse électrique, c'est comme les poppers. Ça te déglingue à l'intérieur. Penses-y la prochaine fois.

Mais Caine s'obstinait. Au bout d'une douzaine de séances, il commença à souffrir d'arythmie. Des crises de tachycardie le tiraient brutalement du sommeil, et il se comprimait la poitrine à deux mains, essayant puérilement de contenir ce cœur qui semblait occupé à bondir entre les barreaux de sa cage thoracique comme une grenouille affolée.

« Calme-toi, se répétait-il, et arrête de t'électrocuter à crédit. Bumper va venir. Bumper finira bien par te trouver. »

Il n'y croyait pas vraiment. Bumper, s'il se mêlait d'enquêter à son tour sur la disparition de son auteur favori, risquait fort de le rejoindre avant peu, dans les geôles privées d'Ernst Julius Noman, et d'élire domicile dans l'une des cellules encore inoccupées du bout du couloir.

Quand il se sentait en meilleure forme, Caine s'approchait de la grille et se mettait à crier : « Est-ce que quelqu'un m'entend ? Combien êtes-vous ? Comment vous appelez-vous ? »

— Ta gueule, Visage pâle, lui répondait l'Indienne. Ils ne t'entendent pas. Ils sont là depuis deux ans. Leur cervelle a disjoncté depuis longtemps. Certains d'entre eux avaient connu la prison, la vraie prison, celle des flics et des matons, et elle n'avait pas réussi à les briser, mais ici ils ont perdu la boule. C'est ce qui nous attend tous. Un jour nous ne serons plus que des endives souriantes au fond de nos cages.

Une autre fois, elle murmura d'une voix angoissée :

— Il y a eu des morts, tu sais ? Des types ou des filles qui ont crevé d'une crise cardiaque. Personne n'est jamais venu enlever leurs cadavres... Ils ont pourri au fond des cellules, je le sais. J'ai senti l'odeur, un peu, pas longtemps, car la climatisation fonctionne très bien, et tout est aspiré en continu. Au début, je faisais l'appel. Ils répondaient... et puis, peu à peu, ils ont cessé de dire « présent ». Je suis sûre qu'ils sont morts. La machine électrique les a tués, et personne, maintenant, ne peut plus ouvrir leurs cellules. Ils resteront là, toujours. Sans sépulture. Nous sommes entourés de morts, Visage pâle, tu entends ça ? Des morts, partout.

Caine aurait voulu tenir un calendrier, mais il ne disposait d'aucun outil pour faire une marque sur le mur. À défaut, il prélevait chaque jour sur sa ration alimentaire une boulette de pâte nutritive qu'il roulait comme de la mie de pain et collait sur le sol avec un peu de salive. L'alignement comptait désormais sept pastilles jaunes, mais il n'était absolument pas certain de l'exactitude du décompte. Ne lui arrivait-il pas de prendre de simples siestes pour des nuits de sommeil ? Ou le contraire ? Était-il là depuis moins longtemps… ou alors beaucoup plus ?

Le huitième « jour », il se brûla les paumes et fut pris de vomissements. Il tomba sur les genoux, cassé en deux par les spasmes, tandis que ses viscères échappaient à son contrôle. Il roula sur le flanc au milieu de ses propres déjections et perdit connaissance.

« Je suis en train de faire une crise cardiaque », pensa-t-il en se sentant glisser dans le néant. Ce fut la voix de Patti qui le tira de l'inconscience. Elle criait :

— Caine ! Caine ! Tu es mort ? Réponds-moi, bordel !

Il voulut ouvrir la bouche mais renonça, la joue traversée par une terrible névralgie. Quand il palpa ses gencives, il découvrit que ses mâchoires s'étaient entrechoquées avec une telle violence qu'il s'était brisé deux molaires. Il se rappela alors qu'au cours des séances d'électrochoc on forçait les patients à mordre un morceau de caoutchouc pour prévenir ce genre d'incident.

— Arrête tes conneries ! lui cria Patti. Tu vas y rester. Tu ne comprends pas que c'est ce que veut justement

Noman ? Son système nous pousse à nous assassiner nous-mêmes jour après jour. Ton cœur va lâcher. Tu vas faire un infarctus et personne ne viendra te soigner.

Caine n'avait plus assez d'énergie pour lui répondre. Ce jour-là il se traîna jusqu'à sa couchette et s'y abattit sans proférer un son. Le lendemain ses paumes étaient couvertes de cloques et lui faisaient affreusement mal. Paradoxalement, la douleur lui permit de mieux supporter son inactivité. Contraint de mobiliser toutes ses ressources pour lui résister, il en vint à oublier sa triste situation.

— Tu fais du zèle parce que tu viens d'arriver, ricanait l'Indienne dont il ignorait toujours le visage. Ça te passera. Dans trois mois tu feras comme nous tous, tu te contenteras d'un petit passage par la cabine tous les trois ou quatre jours.

— Elle a raison, renchérit Patti. Je ne suis là que depuis quinze jours... du moins je crois, et j'ai déjà commencé à espacer les séances.

— Mais cela multiplie le temps de détention ! protesta Caine. Noman l'a bien dit : c'est nous qui détenons la clé de la grille. Notre séjour ici dépend uniquement de notre volonté d'en sortir...

— Connerie, siffla Patti. C'est un piège. Si tu continues sur ta lancée, tu ne tiendras pas deux mois. Si tu voyais ta gueule, tu comprendrais ce que je veux dire.

Dès que ses paumes furent cicatrisées, Caine retourna à la cabine. Chaque fois qu'elle entendait grincer la porte du réduit, l'Indienne s'esclaffait méchamment.

— Hey ! lançait-elle. Voilà Electro-Jim qui s'en va prendre sa dose. P'têtre que cette fois il va se transformer en super-héros, comme dans les BD, et qu'il va pouvoir tordre les barreaux à mains nues ?

À d'autres moments, son ironie prenait un tour obstinément sexuel :

— Hey ! criait-elle. À force de prendre ton pied aux 110 volts tu ne pourras plus jamais baiser une femme ! Ta queue, faudra que tu l'enfiles dans une prise électrique si tu veux avoir ta petite secousse !

Caine estimait qu'elle se trompait sur la puissance du courant circulant dans les poignées, sinon il n'aurait jamais pu résister six secondes d'affilée à la décharge dispensée par la machine ; cependant la secousse était assez rude pour provoquer un arrêt cardiaque immédiat chez toute personne souffrant d'arythmie. Aucun coronarien n'aurait pu affronter cette expérience avec l'espoir d'en sortir vivant.

Lors d'une séance dans la cabine, Caine fut si fortement secoué qu'il passa près d'une journée dans un état proche du coma. Quand il reprit conscience il fut – durant plus d'une minute – incapable de se rappeler son nom. Ce trou de mémoire le terrifia.

— Je t'avais prévenu, lui dit Patti avec une satisfaction dépourvue de pitié.

Caine enrageait de sentir son corps le trahir. Il était comme ces pilotes de chasse arrivés en fin de carrière, trop vieux pour encaisser les formidables accélérations des nouveaux jets, et qui tombent tout à coup en syncope à dix mille pieds au-dessus du sol.

— Tu es injuste avec toi-même, lui rétorqua Patti à qui il avait fait part de son découragement. Personne ne pourrait supporter ça. Noman nous a piégés. Le système qu'il a imaginé ne nous offre qu'une alternative : la réclusion à perpétuité ou la mort à petit feu sur la chaise électrique. Si tu continues à te torturer comme tu le fais, dans six mois tu ne seras plus qu'un vieillard complètement délabré.

Caine grogna. Dans six mois, on les aurait oubliés. La police aurait classé leur affaire dans le casier des disparitions inexpliquées; trop de gens s'évanouissaient chaque année dans la nature pour qu'on passe une éternité à tenter de retrouver leurs traces. Dès lors, Patti, lui et les autres appartiendraient plus que jamais à Noman. Ils deviendraient ses prisonniers privés, les victimes de *sa* justice. Les animaux d'un étrange zoo clandestin enfoui dans les fondations d'une résidence de luxe habitée par une population triée sur le volet. Peut-être les honorerait-il d'une visite, de temps à autre, pour voir s'ils faisaient des progrès sur la voie de la rédemption ? Peut-être alors descendrait-il accompagné de quelques amis à qui il ferait admirer l'implacable logique de son système rééducateur ?

Quand il songeait à tout cela, Caine se sentait devenir fou, et l'envie d'en finir le prenait à la gorge. Combien de temps lui faudrait-il attendre avant que la grille ne daigne enfin s'ouvrir ? Quatre ans ? Quatre ans à condition de s'obliger à supporter au moins trois secondes d'électrocution quotidienne. Son organisme tiendrait-il le coup ? Il n'aurait pas parié là-dessus.

9

Il était étendu sur sa couchette – la conscience ramenée à ce niveau minimum de veille qui lui permettait de supporter la réalité de renfermement sans sombrer immédiatement dans le désespoir – quand la porte du sous-sol s'ouvrit. Il l'entendit chuinter quelque part sur la gauche, mais il ne réagit pas tout de suite. Depuis un moment, il s'était replié dans une sorte de survie larvaire qui l'empêchait de céder à la désespérance. Échafauder des projets d'évasion chimériques ne servait qu'à l'épuiser nerveusement, il avait fini par le comprendre, aussi avait-il choisi de se mettre sur la touche jusqu'à complète cicatrisation de ses paumes brûlées au second degré. Il ne parlait plus, laissant les images défiler dans sa tête comme sur l'écran d'un téléviseur dont il aurait coupé le son. Ce pêle-mêle de souvenirs, de fantasmes et d'élucubrations oniriques le berçait des heures durant à la manière d'une auto-hypnose l'affranchissant du poids du temps. Quelques années auparavant, quand sa femme avait sombré dans la folie, il avait procédé de la même façon, restant étendu des jours entiers sur son lit à contempler le plafond. Avec un peu d'entraînement, on finissait par décoller du réel et oublier jusqu'à l'existence de son corps.

Engourdi, en route vers un demi-sommeil qui serait le bienvenu, il ne bougea pas, même lorsqu'il entendit la porte hydraulique se refermer et qu'un bruit de pas emplit la caisse de résonance du corridor. Était-ce Noman ? Que venait-il faire ici ? Amenait-il un autre prisonnier ?

Dans une prison ordinaire, Caine aurait pu se rabattre sur une ruse quelconque pour le forcer à ouvrir la grille : faire le mort, simuler un suicide, s'allonger au pied de la console de châtiment comme s'il venait d'être foudroyé par une crise cardiaque. Ici, de telles supercheries ne servaient à rien puisque le geôlier ne possédait pas la clé des cachots. Même si Caine avait réussi à passer le bras entre les barreaux et à saisir l'architecte à la gorge, il n'aurait pu le contraindre à le libérer. Noman se serait contenté de ricaner : « La clé, cher ami ? Mais elle est déjà entre vos mains ! C'est vous qui jouissez du pouvoir d'ouvrir cette grille, pas moi ! » Et le pire, c'est qu'il aurait eu raison.

Une ombre coula sur le sol, démultipliée par les faisceaux croisés des différents néons. Caine eut envie de fermer les paupières et de l'ignorer, il était trop fatigué pour supporter les commentaires ironiques de Noman ou son délire pseudo-philosophique.

— Caine, souffla tout à coup la voix d'Anka-Tika, réveille-toi, vite, nous n'avons pas beaucoup de temps.

Le romancier se redressa d'un bond. L'Indienne se tenait de l'autre côté des barreaux, l'air apeuré, elle portait un gros sac de toile maculé de taches sombres sur l'épaule. Il se rua contre la grille. La jeune fille recula instinctivement, comme si elle s'attendait à être frappée.

— Comment m'as-tu retrouvé ? haleta-t-il.

— Ne sois pas bête, murmura Anka-Tika en se rapprochant. J'ai participé à la construction de ces cellules. Tous les membres de la secte connaissent leur existence. Mama Dolorosa nous menace d'y faire un séjour quand nous nous éloignons des préceptes de son église.

— Est-ce que la police est venue ? interrogea Caine.

— Oui, fit l'Indienne. Ton éditeur les a prévenus. Mais Noman a juré que tu étais reparti presque aussitôt sur la piste de Patti Grizzle, quelque part au Nevada. Les flics l'ont cru. Ils ne reviendront pas. Mama Dolorosa a fait jeter ta voiture dans une crevasse.

— Tu as toujours su que Patti était ici, n'est-ce pas ? lança Caine en désignant la cellule où la journaliste dormait, roulée en boule. Pourquoi m'as-tu aiguillé sur la piste des survivalistes, alors ?

Anka-Tika détourna la tête, fuyant son regard.

— J'obéissais à Mama Dolorosa, avoua-t-elle. Et à Noman. Ils espéraient que les motards te donneraient une bonne leçon et te dégoûteraient de poursuivre ton enquête. Au début je m'en moquais, tu étais un étranger venu fouiner dans nos affaires. Un jouisseur de Los Angeles, sans morale, qui voulait nous faire du mal. Et puis je me suis rendu compte que tu n'étais pas mauvais. J'ai essayé de te prévenir à ma façon. De te faire peur. À la fin, je t'ai même proposé de m'emmener, rappelle-toi.

— C'est vrai, admit Caine.

— Je savais que ça finirait mal si tu allais trop loin. Que ta curiosité fatiguerait Noman. Mais tu ne m'as pas écoutée. Tu voulais à tout prix retrouver cette fille.

Elle jeta un coup d'œil hostile à Patti, puis fit tomber sur le sol le sac qu'elle portait sur l'épaule.

— Je ne veux pas qu'ils te fassent mourir à petit feu, comme les autres, fit-elle. À ton âge, tu ne pourras pas supporter les décharges très longtemps. Je sais aussi que tu n'auras pas la patience d'attendre.

— Est-ce que tu peux ouvrir la grille ? trancha Caine.

— Non, dit l'Indienne. Même Noman ne peut plus rien faire pour toi. Le jugement a été rendu. Le processus est irréversible et l'ordinateur veillera à ce que tu rembourses ta dette jusqu'au bout, mais...

— Mais ? répéta Caine, brusquement en éveil.

— Il y a peut-être un moyen, chuchota Anka-Tika, une ruse qui peut tromper l'ordinateur. Je ne suis pas certaine que ça marchera. C'est à toi de voir si tu veux tenter ta chance.

— Je suis prêt, siffla Caine. N'importe quoi plutôt que rester là.

— D'accord, dit Anka-Tika en fronçant les sourcils. Mais je ne pourrai libérer que toi. Personne d'autre. Tu comprends ? Dès que la grille se sera ouverte, il faudra fuir le plus rapidement possible, car si Mama Dolorosa nous capture, nous ne sortirons plus jamais d'ici. On nous condamnera à payer une dette si élevée que le reste de notre vie n'y suffira pas. Il faut que tu réfléchisses. À l'heure actuelle, tu peux être dehors dans quatre ans à raison d'une électrocution par jour. Quatre ans, ce n'est pas si long. Il suffira ensuite que tu prétendes vouloir te convertir, et on te fichera la paix. Peut-être même auras-tu vraiment envie de rejoindre la secte à ce moment-là ?

— Tu rigoles ? C'est beaucoup trop long ! aboya Caine. Il n'est pas question que je joue les prisonniers modèles. J'accepte le risque d'une évasion.

— D'accord, soupira Anka-Tika. Je vais t'aider parce que je t'ai trompé, et que c'est ma faute si tu es ici. Tu n'es pas un mauvais homme, comme le prétend Mama Dolorosa. Je crois que tu ne mentais pas quand tu disais que tu m'emmènerais avec toi. Écoute-moi bien. Quand la grille s'ouvrira il faudra faire vite, parce que l'ordinateur émettra un signal de libération, une musique qui sera diffusée dans toute la résidence, et que la secte se pressera de se rassembler en haut de l'escalier pour accueillir le prisonnier relâché. C'est le rituel. Quand ils verront que c'est toi, ils comprendront tout de suite que tu as triché, et ils feront tout pour te reprendre.

— Il y a combien de temps que je suis ici ?

— Cinq jours. Personne ne peut acquitter une dette comme la tienne en cinq jours, à moins d'être un surhomme. Et tu es trop vieux pour cela.

— Cinq jours seulement ? murmura Caine abasourdi.

Anka-Tika passa une main impatiente entre les barreaux et lui saisit l'épaule.

— Écoute ! ordonna-t-elle. Je t'attendrai en haut de l'escalier, au volant de la voiture de Noman que j'aurai sortie de son box privé. Tu sauteras dedans et tu prendras le volant, tu conduis mieux que moi. Il faudra que tu roules à toute vitesse vers la rampe de sortie, avant que Mama Dolorosa ne bloque la porte métallique qui ferme le garage. Si elle a le temps de le faire, nous ne pourrons pas la forcer. Est-ce que tu as compris ?

— Oui, oui, balbutia Caine, mais l'espoir d'une brusque libération lui embrouillait le cerveau. Mais comment ouvriras-tu cette grille ?

Il avait refermé les mains autour des barreaux pour tenter de les secouer, mais ils étaient trop épais et trop profondément enracinés. Ils ne frémirent même pas. Anka-Tika s'agenouilla pour dénouer la lanière de cuir qui fermait le sac qu'elle avait jeté sur le sol. Caine eut un sursaut lorsque apparut la tête d'un coyote mort aux babines retroussées.

— C'est lui que tu vas enfermer dans la cabine, expliqua rapidement l'Indienne. C'est lui qui va encaisser les décharges électriques à ta place. L'ordinateur n'est pas capable d'identifier celui qui tient les poignées. Un homme, une bête… ça lui est indifférent, il se contente de mesurer l'intensité de la secousse traversant les chairs, c'est tout. Si tu attaches cet animal sur le palonnier, il y a une chance pour que la machine croie que c'est de toi qu'il s'agit, et que tu viens de t'installer pour ta séance d'électrocution quotidienne.

Caine siffla entre ses dents. C'était une ruse à la fois élémentaire et stupéfiante d'ingéniosité, simple et lumineuse comme toutes les grandes idées. Anka-Tika avait empoigné la dépouille à pleines mains et s'efforçait de la glisser entre les barreaux. Caine saisit le coyote par les antérieurs et le tira à lui. La carcasse était déjà raide et répandait une odeur de viande avariée.

— Je l'ai piégé il y a deux jours, dit l'Indienne. Je n'ai pas pu venir plus tôt. Il fallait que je me débrouille pour trouver les codes qui commandent lcs portes hydrauliques, en bas c'est le 7-0-7, tu te rappelleras ? 7-0-7, ensuite tu grimpes l'escalier, au sommet il y a une seconde porte, le code est 4-9-8. Quand le battant coulissera tu déboucheras directement au niveau du grand parking souterrain. Je t'attendrai là aussi longtemps que possible. Mais dès que l'ordinateur fera entendre la sonnerie de levée d'écrou, nous ne disposerons plus que de trois ou quatre minutes pour sortir de la résidence.

Caine répéta les codes à haute voix pour les mémoriser. Il n'avait jamais été très doué pour retenir les numéros de téléphone, et redoutait d'être victime d'un trou de mémoire. Il en voulut à Anka-Tika de n'avoir pas pensé à écrire les séquences chiffrées sur un morceau de papier.

Dès que la dépouille du coyote eut basculé à l'intérieur de la cellule, la jeune fille battit en retraite.

— Il y a de la ficelle et du ruban adhésif dans le sac, dit-elle. J'ai rasé les poils des pattes. Il faut que la chair soit bien en contact avec le métal des poignées, rappelle-toi, sinon le courant ne passera pas. Fais vite.

Son visage luisait de sueur et sa peau avait viré au gris. Caine comprit qu'elle mourait de peur et qu'elle devait se faire violence pour désobéir aux commandements de la secte. Avant qu'il ait eu le temps de lui dire merci, elle s'était enfuie. Il l'entendit pianoter sur le cadran commandant la porte hydraulique, puis le battant chuinta deux fois, à une seconde d'intervalle.

— Qu'est-ce qui se passe ? interrogea Patti qui venait de se réveiller. Qu'est-ce que tu fiches avec cette bestiole ?

Caine lui expliqua en deux mots ce qu'il allait tenter de faire.

— Mais tu ne pourras pas me libérer ! s'indigna la jeune femme.

— Non, confirma Caine, en essayant de ne pas s'énerver. Mais je reviendrai avec la police. Nous te sortirons de là, n'aie pas peur.

— Mais j'ai très peur, justement ! siffla Patti. Bon sang ! Si tu foires ce coup, tu croupiras ici jusqu'à quatre-vingts ans !

— Merci, grogna Caine, c'est sympa de m'encourager !

Essayant de dominer sa répugnance, il avait empoigné le coyote par la peau du dos et le traînait vers la cabine d'expiation. La bête, inerte, paraissait peser plus que son poids de viande. Sa chair avait une consistance à la fois molle et rigide selon les endroits qu'il palpait. Les muscles étaient durs, mais la peau du ventre, distendue par les gaz, semblait prête à éclater. Il eut beaucoup de mal à installer la carcasse sur le tabouret. Il transpirait d'abondance et la sueur ne cessait de couler dans ses yeux, l'aveuglant. Il fixa les pattes antérieures aux poignées métalliques à l'aide du ruban adhésif, en prenant bien soin d'appliquer la peau rasée, violette, contre l'acier. Pendant tout le temps qu'il travaillait, il dut supporter le poids de la tête du coyote sur son épaule. Chaque fois qu'il essayait de la repousser, un peu de bave sanglante gouttait de la gueule du prédateur pour couler sur sa poitrine.

Quand il eut enfin achevé de ligoter l'animal, il noua la corde autour du palonnier, de manière à pouvoir le tirer en arrière sans y poser les mains. Pendant toute la durée de la décharge, il devrait prendre garde à ne pas entrer en contact avec la carcasse du coyote mort. Il s'accroupit, la corde entortillée autour des mains, les épaules collées à la paroi, les yeux fixés sur les chiffres rouges de la sentence. Et si Anka-Tika s'était trompée ? Si l'ordinateur était bel et bien capable d'analyser l'identité réelle du prisonnier ? Mais non ! C'était idiot, on n'était pas dans un putain de film de science-fiction ! Le computeur se contentait de mesurer la puissance de l'arc électrique traversant la victime, rien de plus.

Il s'essuya une nouvelle fois le visage, inspira profondément, et tira sur la corde pour faire basculer le palonnier en arrière. Quand il entendit le grésillement de la décharge, il faillit tout lâcher et s'enfuir. Il eut l'impression que la carcasse du coyote s'était redressée sous l'effet de l'électrocution, comme ces cadavres ramenés à la vie par le docteur Frankenstein dans les films d'épouvante qu'il allait voir au drive-in de Laguna Beach lorsqu'il était gosse. Il était tellement tendu qu'il n'aurait pas été surpris outre mesure d'entendre l'animal hurler à la lune.

« Bon dieu ! Je deviens dingue ! » songea-t-il, soudain plein d'une terreur superstitieuse. Le bourdonnement du générateur le glaçait d'effroi. Levant les yeux vers l'animal, il fut cette fois persuadé que la fourrure fauve s'était hérissée sur l'échine du cadavre. Mais sans doute n'y avait-il là rien de mystérieux ? « Simple conséquence du choc électrique... » décida-t-il en serrant un peu plus les doigts sur la corde.

Il pencha la tête pour tenter de suivre le défilement des chiffres rouges sur le cadran de la console. *Ça marchait !* Bordel ! Ça marchait bel et bien ! Le montant de la « dette » diminuait de seconde en seconde, en un compte à rebours qui s'accélérait. S'il avait dû réellement cramponner les poignées aussi longtemps, il serait déjà mort depuis cinq minutes au moins, le cœur en fibrillation, la langue sortant de la bouche et les yeux hors de la tête. Il se recroquevilla un peu plus au fond de la cabine, s'écorchant les omoplates au crépi du mur, mais il ne s'en rendait pas compte, il ne voyait plus que le défilement des chiffres écarlates se rapprochant de zéro. Soudain une odeur de brûlé emplit l'habitacle. De la fumée montait des pattes du coyote, là où elles étaient scotchées aux poignées. La chaleur du court-circuit prolongé était en train de les faire cuire, et le plastique adhésif lui-même fondait ! Caine comprit qu'il devait lâcher la corde avant que la carcasse ne lui tombe dessus, l'électrocutant. Quand le palonnier reprit sa position initiale, le compteur affichait : 2577.

Caine se redressa, chercha fébrilement le rouleau de ruban, et entreprit d'entortiller les pattes de l'animal plus serrées qu'auparavant. L'odeur de viande grillée était écœurante, et des macules noirâtres tavelaient maintenant la peau rasée du prédateur. Caine se demanda si la chaleur de la décharge ne risquait pas de faire exploser la dépouille. Un policier du LAPD lui avait expliqué jadis que les gaz de putréfaction contenus dans l'abdomen des cadavres sont toujours extrêmement inflammables, et qu'il suffit parfois du brasillement d'une simple cigarette pour provoquer une abominable déflagration.

Caine s'accroupit de nouveau et tira sur la corde. La carcasse du coyote frémit sous la décharge, et, cette fois, son pelage se dressa franchement sur sa colonne vertébrale, comme si le fauve se préparait à bondir. Caine serra les dents. Il était à présent dans un tel état de nerfs que l'explosion de l'animal électrocuté ne lui paraissait plus invraisemblable. L'odeur de brûlé devint plus forte encore. Cette fois les pattes de la bestiole étaient en train de prendre feu, comme la corde qui commençait à roussir. Caine jura. L'intensité de la décharge n'allait-elle pas provoquer la méfiance de l'ordinateur ? Et si toute l'installation s'enflammait avant que le compteur ne soit revenu à zéro ? Peut-être aurait-il mieux valu procéder par séquences successives ? Il relâcha sa traction. La corde était brûlante entre ses mains. Le métal du palonnier dégageait une odeur de pot d'échappement atteignant l'incandescence. Sur le cadran, les chiffres écarlates affichaient la mention : 1247.

Caine s'essuya le visage d'une main tremblante. Ce n'était plus l'affaire que de quelques minutes, mais la dépouille du coyote tiendrait-elle le coup ? Elle dégageait une puanteur de charogne mal cuite, et la chair des babines, au-dessus des crocs découverts, avait changé de couleur. Les poils, gorgés d'électricité, crépitaient dès qu'on les effleurait. Sous l'effet des secousses, la langue avait jailli des mâchoires et s'était mise à pendre sur le poitrail, démesurée. Caine se remit en position, priant pour que l'installation électrique ne disjoncte pas avant que l'ordinateur ait enregistré la remise à zéro du compteur. Ç'aurait été d'une ironie atroce. Une seconde il imagina les chiffres régressant lentement sur le cadran : 0006… 0005… 0004… et puis, soudain, la panne générale, l'obscurité tombant sur les cellules, tous les rouages de la machinerie se paralysant. Non ! Ce n'était pas possible ! Le destin n'allait tout de même pas lui faire une pareille farce, n'est-ce pas ?

L'odeur de brûlé le faisait suffoquer. Sur le tabouret, la dépouille de la bête commença à vibrer, à tressauter. Enfin il perçut un claquement provenant de la console, et le bourdonnement de la décharge cessa, en même temps que le défilement du cadran s'arrêtait sur le chiffre zéro. Caine demeura un moment stupide, incapable de se redresser, puis il entendit le bruit sourd des barreaux qui se relevaient, se rétractant à l'intérieur de leur logement. Il avait réussi : la herse rentrait dans le plafond. Alors, seulement, il prit conscience des cris de Patti.

— Remue-toi ! hurlait-elle. Qu'est-ce que tu fiches ?

Caine se secoua. Il perdit quelques précieuses secondes à se dépêtrer de la corde qui lui avait entaillé la peau des mains, puis il se rua sous la grille qui n'était encore relevée qu'à mi-hauteur, s'éraflant le cuir chevelu à l'extrémité des barreaux. Les codes ? Quels étaient les codes commandant l'ouverture des portes ? Allait-il être fichu de s'en souvenir ?

Il s'immobilisa une seconde en face de la cellule de Patti, mais la jeune femme lui fit signe de continuer son chemin.

— Cours ! criait-elle, mais cours donc !

Il ne pouvait pas se décider à partir comme ça. La curiosité le poussait à explorer la travée entre les cellules. La curiosité, *la sale curiosité*... Il devait voir. Il se mit à marcher entre les rangées de barreaux, jetant de rapides coups d'œil à droite et à gauche. Il savait qu'il était fou d'agir ainsi mais il ne pouvait s'en empêcher. Il vit l'Indienne, celle qui lui avait souvent parlé. C'était une petite femme précocement vieillie, aux seins flasques et au visage ingrat. Elle eut un étrange réflexe de pudeur lorsqu'il croisa son regard, et dissimula sa poitrine derrière ses bras croisés. Dans les autres cellules il y avait des hommes prostrés, la mâchoire pendante. Des cadavres aussi. Il en vit trois, racornis sur le sol. Des momies de cuir brun dont la peau desséchée collait aux membrures des côtes. L'un d'eux avait conservé sa barbe et ses cheveux. C'était un spectacle épouvantable et fascinant que ces morts hors d'atteinte couchés entre les parois d'un mausolée étincelant de propreté.

— Caine ! hurla Patti. Qu'est-ce que tu fiches ? Tu perds la tête ! Reviens !

Caine se secoua, s'arrachant à l'hypnose de l'étrange prison. Revenant sur ses pas, il remonta précipitamment le couloir aux parois nues et finit par buter sur une grosse porte métallique que commandait un boîtier aux touches numérotées. Il connut un moment de panique lorsqu'il lui fallut pianoter sur le clavier caoutchouté de la serrure électronique, mais sa mémoire ne lui joua pas de mauvais tour, et le battant se déverrouilla en chuintant. De l'autre côté s'élevaient les marches étroites d'un escalier de béton. Il s'y rua. « Nous ne disposerons que de trois minutes », avait dit Anka-Tika. Alors qu'il était parvenu à mi-parcours, une musique tonitruante retentit dans son dos. C'était un air religieux exécuté par un orgue électronique. Il en fut si surpris que ses cheveux se dressèrent sur sa nuque. Tout le monde savait désormais que la prison venait de relâcher l'un de ses détenus. À travers la résidence, les enfants de l'Église de la Nouvelle Force allaient abandonner leurs outils pour venir accueillir celui qui avait obtenu la rémission de ses péchés. Et Mama Dolorosa viendrait en tête de la colonne, son affreux sourire plaqué sur les lèvres.

Caine atteignit enfin la seconde porte. La sueur l'aveuglait et ses doigts tremblaient tellement qu'il se trompa deux fois de suite en pianotant sur les touches. Alors qu'il commençait déjà à se désespérer, le battant coulissa, lui dévoilant la perspective de l'immense parking souterrain. La voiture de Noman était là, portière ouverte. Dès qu'elle l'aperçut, Anka-Tika abandonna le volant pour se glisser sur le siège du passager. Le mur qui s'était entrouvert pour laisser passer le fuyard se referma telle la caverne d'Ali-Baba. Aucune fissure apparente ne permettait de détecter l'entrée du souterrain sur la paroi de béton. Quant au clavier chiffré commandant ce prodige, Caine supposa qu'il était dissimulé de ce côté de la muraille à l'intérieur d'une quelconque boîte de connexions.

— Vite ! lui cria Anka-Tika. J'ai ouvert la porte du garage avec ma carte magnétique, mais Mama Dolorosa pourra la refermer n'importe quand au moyen de son code d'alarme.

Caine se jeta dans la voiture. Ce n'est qu'en s'installant au volant qu'il prit conscience qu'il était toujours nu. Bien que ce ne fût guère le moment, il se sentit complètement ridicule.

À côté de lui, Anka-Tika s'impatientait. Il démarra enfin, lançant la voiture sur l'immense damier du parking souterrain mal éclairé. Il n'osait rouler trop vite de peur d'emboutir un pilier. L'Indienne lui criait des indications topographiques qu'il comprenait de travers, et le suppliait d'aller plus vite. Ils avaient à peine atteint le centre de l'aire de stationnement quand Mama Dolorosa se dressa devant eux, ses enfants sur les talons. Tout de suite, elle reconnut Caine et lança un ordre aux jeunes gens qui l'entouraient. Ceux-ci se déployèrent, les bras écartés, s'interposant entre la voiture et la rampe de béton qui permettait de gagner le désert. Caine dut donner un coup de volant à droite pour éviter d'écraser ces imbéciles qui regardaient le véhicule foncer sur eux sans bouger d'un pouce.

— Qu'est-ce que tu fais ? sanglota Anka-Tika. Fonce vers la sortie avant que Mama Dolorosa ferme la porte ! Après ce sera trop tard !

— Mais je ne peux tout de même pas leur rouler dessus ! protesta Caine, les mains crispées sur le volant.

Les jeunes gens jouaient avec l'automobile comme avec un gros animal. Ils se jetaient à la rencontre de son mufle pour contraindre le conducteur à tourner en rond. Caine les évitait de justesse, en sachant qu'il faisait exactement ce qu'ils désiraient qu'il fasse. Ils avaient formé une sorte de demi-cercle mouvant qui lui barrait le chemin de la sortie, et chaque fois qu'il fonçait sur eux, espérant qu'ils allaient prendre peur et sauter de côté, c'était lui qui cédait à la dernière seconde, brisant net l'élan du véhicule juste avant que le capot n'entre en contact avec l'un de ces corps sautillants, aux bras écartés. Il les voyait sourire dans le pinceau des phares. Il voyait leur regard illuminé par une sorte de fièvre froide. Il ne doutait pas de leur détermination. Ils étaient prêts à aller jusqu'au bout. S'il fonçait sur eux, ils se laisseraient écraser parce que Mama Dolorosa leur en avait donné l'ordre. Parce qu'elle le voulait ainsi, et qu'ils se faisaient une gloire de lui obéir aveuglément.

— Passe au travers ! hurlait Anka-Tika. Ils sont en train de nous prendre au piège !

Elle désigna du doigt Mama Dolorosa qui courait vers la cabine de surveillance dont la guérite blanche se dressait au bas de la rampe d'accès.

— Elle va enclencher la procédure d'alerte ! balbutia l'Indienne. La résidence va devenir étanche et nous ne pourrons plus sortir ! Qu'est-ce que tu attends ?

Il savait qu'elle disait vrai, mais il ne pouvait toujours pas se résoudre à renverser les garçons et les filles qui se dressaient dans le pinceau de ses phares. À présent il tournait en rond, faisant hurler ses pneus, laissant de grandes traces de gomme brûlée sur le revêtement. Chaque seconde qui passait diminuait leurs chances de s'échapper.

— Fonce ! ordonna Anka-Tika au moment où Mama Dolorosa ouvrait la porte de la cabine de surveillance. C'est maintenant ou jamais !

Caine fit une dernière tentative. Les mains soudées au volant, il lança l'automobile vers la barrière humaine qui se pressait sur le chemin de la sortie.

« Ils ne s'écarteront pas ! pensait-il. Salopards de cinglés ! Je ne leur fais pas peur ! Ils se foutent de ma gueule ! »

Il ne se trompait pas. Les gamins riaient à présent, comme si tout cela n'était qu'un grand jeu. Ils avaient compris que l'homme n'oserait pas leur faire du mal. Ils le tenaient en leur pouvoir. Ils n'avaient aucune arme, et pourtant ils étaient plus forts que lui car ils avaient la foi ! Ils allaient le faire tourner en rond, comme une bête affolée, jusqu'à ce qu'il en ait assez, jusqu'à ce qu'il comprenne qu'il avait perdu la partie. Voilà, c'était aussi simple que cela. Il suffisait de fixer le capot qui grossissait… et de prier. L'homme était faible, il ignorait la puissance de la vraie détermination et le mépris de la douleur. Eux, ils n'avaient pas peur. La cérémonie des épingles les avait peu à peu endurcis. Ils se moquaient d'être heurtés par le pare-chocs. Ils étaient même sûrs de n'éprouver aucune souffrance si cela se produisait…

— Ils ne s'écarteront pas ! vociféra Caine qui perdait son sang-froid.

Au moment où il allait donner un nouveau coup de volant pour faire bifurquer la voiture vers la gauche, la main d'Anka-Tika s'abattit sur la sienne, l'empêchant de dévier la course du véhicule. Dans le même temps, le pied droit de la jeune fille écrasa le sien, enfonçant la pédale d'accélération au ras du plancher. L'automobile rugit et fit un bond en avant. Caine hurla quand le capot se creusa un chemin au milieu de la barrière humaine. Un jeune homme, heurté de plein fouet, fut projeté dans les airs et retomba sur le toit du véhicule, le bosselant. Mais Anka-Tika n'avait pas lâché prise. Ses mains broyaient celles de Caine, les obligeant à maintenir le volant braqué sur le chemin de la rampe de béton.

— Tu es folle ! hoqueta le romancier. Tu les as tués !

— Roule ! répliqua l'Indienne. Tu entends ce bruit ? C'est la porte de fer qui s'abaisse. Il faut que nous passions en dessous avant qu'elle ne touche le sol, sinon nous ne sortirons jamais d'ici. Jamais !

Mais Caine ne parvenait pas à oublier le choc, à la fois dur et mou, des corps fauchés par le museau de la voiture. Quelque chose lui criait de revenir en arrière, de faire demi-tour pour aller porter secours aux blessés. Il ne pouvait pas s'enfuir de cette manière, comme un chauffard ivre, sans savoir dans quel état se trouvaient ses victimes. Anka-Tika, devinant ses scrupules, n'avait pas relâché son étreinte. Jamais il n'aurait cru qu'elle avait autant de force dans les mains. Au sommet de la rampe, il aperçut la sortie. Le lourd volet blindé ayant pour fonction de l'obstruer était effectivement en train de descendre en ronronnant. Il avait déjà parcouru les deux tiers de sa course.

— Il est trop bas ! brailla Caine. Nous ne passerons pas !

— Baisse la tête ! ordonna l'Indienne, et ferme les yeux !

Son pied écrasait toujours celui de Caine, et la voiture se jeta à pleine vitesse dans l'ouverture trop étroite. Le pare-brise heurta la base du volet et explosa. Le toit fut arraché comme s'il s'agissait d'une simple capote de toile. Caine sentit sa nuque et ses épaules aspergées par une averse de verre brisé. Il crut un instant que le véhicule allait rester encastré dans l'orifice qui continuait à se rétrécir, et que le volet – s'abaissant toujours – allait les broyer comme un marteau-pilon. La porte d'acier blindé, mue par des pistons hydrauliques, n'entendait visiblement pas se laisser freiner par un si frêle obstacle. Elle irait jusqu'au bout, quitte à couper la voiture en deux. Caine écrasa l'accélérateur. Les roues patinaient, laissant leur gomme sur le béton. Une épouvantable odeur de caoutchouc grillé se répandit aux alentours. Caine eut l'impression horrible d'être un rat coincé sous la semelle d'une botte.

— Fichons le camp ! hurla-t-il. Abandonnons la voiture.

Mais les portières, tordues par la pression, étaient coincées. Enfin, alors qu'ils se préparaient déjà à finir laminés, l'automobile fit un bond en avant et retomba dans le sable. Caine corrigea sa trajectoire *in extremis*, juste avant de heurter l'un des rochers qui bordaient la piste. Ils avaient réussi ! Ils étaient passés !

— Roule ! sanglota Anka-Tika. Ne t'arrête pas ! Ils vont peut-être essayer de nous rattraper. Ils ont des camions, des pick-up. S'ils nous poursuivent ils n'auront aucun mal à nous faire quitter la route !

Caine ne leva pas le pied malgré la poussière qui l'aveuglait. Les yeux à demi fermés, il conduisait, penché sur le volant. Du sang coulait de ses épaules entaillées par les débris du pare-brise. Il se fit la réflexion qu'il ne disposait même plus d'un rétroviseur pour surveiller ses arrières. À combien de kilomètres se trouvait le premier poste de surveillance des rangers ? La voiture tiendrait-elle jusque-là ? La pression exercée sur elle par le volet hydraulique avait faussé la barre de direction, et elle avait tendance à chasser dans les virages. Caine devait chaque fois ralentir pour ne pas quitter la piste.

— Ils nous suivent ? lançait-il anxieusement à sa compagne. Est-ce qu'ils nous suivent ?

— Je ne sais pas, répondait Anka-Tika. Je ne vois rien, il y a trop de poussière.

Ils atteignirent enfin le poste des rangers, provoquant l'effarement d'un groupe de touristes débarquant d'un autocar climatisé. Ce n'est qu'au moment où il claquait la portière que Caine se rappela qu'il était toujours nu, couvert de sang, et que la voiture semblait avoir subi les effets d'un tir de rocket. Deux flics vinrent à sa rencontre, la main posée sur la crosse de leur arme de service. Il ouvrait la bouche pour réclamer de l'aide quand le premier policier lui ordonna de se retourner, d'écarter les jambes et de poser les mains sur le capot de son véhicule. On ne plaisante pas avec l'attentat à la pudeur en Californie. Comme il essayait de protester, le flic lui posa le canon de son revolver sur la nuque et lui retourna un bras dans le dos.

— Vous êtes en état d'arrestation, décréta-t-il avant de commencer à réciter le texte de la loi Miranda.

— Je peux expliquer ma tenue, protesta Caine. Bon sang ! Je ne suis pas un putain d'exhibitionniste ! Il se passe des choses graves.

— Je le crois aussi, monsieur, dit froidement le policier. Il y a des débris humains coincés dans le parechocs de votre véhicule.

10

Caine et Anka-Tika furent menottés et conduits dans une cellule. Le policier n'avait pas menti. La calandre de l'auto était couverte de sang, et deux doigts humains – un pouce et un index encore reliés par un lambeau de chair – étaient coincés derrière l'un des ornements de chrome du pare-chocs.

Caine essaya de parler de la résidence, de l'incroyable prison dont il venait de s'échapper, mais on ne lui prêta guère attention, et il comprit bien vite que les flics le croyaient fou ou drogué. Un médecin vint d'ailleurs lui faire une prise de sang pour déterminer la nature de son intoxication. Anka-Tika, elle, avait sombré dans l'abattement et le mutisme. Les yeux fixes, elle ne répondait à aucune des questions qu'on lui posait. Caine se demanda si ce retour à la réalité ne commençait pas à lui faire regretter d'avoir trahi la secte.

Il fallut un long moment avant qu'on n'autorise le romancier à passer un unique coup de téléphone. Caine choisit d'appeler Bumper, et lui expliqua aussi brièvement que possible de quoi il était question.

— J'arrive, dit l'éditeur. Tiens bon, mon gars. Je vais tirer quelques sonnettes et je débarque avec les renforts. Te fais pas de bile, je suis ton appui-feu.

Une fois que Caine eut décliné son identité, on daigna se rappeler qui il était.

— Bon dieu, grogna l'un des flics. C'est vous qui nous avez bombardés d'appels au sujet des survivalistes, non ? C'était à cause de cette fille qui a disparu : Patti Grizzle.

Caine dut reprendre son histoire depuis le début pour leur expliquer que Patti Grizzle n'avait pas disparu, et qu'elle était en ce moment même enfermée dans la prison privée imaginée par Ernst Noman.

— Une prison privée ? répétaient les flics goguenards.

Ils avaient fini par former un cercle autour de la table d'interrogatoire. Les pouces passés dans le ceinturon, ils écoutaient les divagations de Caine comme s'il s'agissait d'un show télévisé.

— Hé ! dit l'un d'eux, vous êtes romancier, c'est votre boulot d'inventer des histoires, mais vous devriez mettre ça par écrit et le donner à votre éditeur. Vous vous trompez de public. Est-ce que vous avez pris quelque chose pour vous stimuler l'imagination ? Hein ? De la mescaline par exemple ? Votre histoire, elle me fait penser à un délire de mec complètement allumé.

Les choses continuèrent ainsi jusqu'à l'arrivée de Bumper accompagné de deux avocats et d'un fonctionnaire en costume trois pièces qui se révéla être un agent du FBI. Dès lors l'interrogatoire prit un tour nettement plus crispé. L'agent fédéral s'était procuré le dossier de l'architecte. Il voulait avant tout déterminer si l'Église de la Nouvelle Force pouvait être considérée comme un groupement subversif complotant contre la sûreté de l'État, et si la résidence constituait pour elle une sorte de base avancée. La consonance latine du patronyme de Mama Dolorosa le fit tiquer. Les Cubains manipulaient-ils Noman, oui ou non ? Les choses s'embrouillaient. La personnalité de l'architecte incitait à la prudence. Que se passerait-il si les médias s'en mêlaient ?

Lorsque Caine révéla aux policiers que la secte comptait à peu près quatre-vingts membres, l'expédition prit l'allure d'une véritable opération militaire.

Les chefs de groupe du SWAT, appelés en renfort, exigeaient de savoir si les enfants de Mama Dolorosa disposaient d'armes automatiques et s'il existait un risque qu'ils en fassent usage. Anka-Tika répondit par la négative. Depuis qu'elle était entrée dans les locaux de la police, elle avait perdu toute combativité. Même ses magnifiques cheveux noirs semblaient devenus plus ternes, et elle avait soudain l'air d'une serveuse de snack-bar qui vient porter plainte en pleurnichant parce qu'un voyou à moto lui a arraché son sac à la sortie de son travail. Les uniformes, les coups de gueule des hommes en armes l'effrayaient. Sans doute regrettait-elle d'être à l'origine de tout ce tumulte. Si elle avait laissé Caine au fond de sa cage, rien de tout cela ne serait arrivé. Hors du désert, elle n'était plus qu'une petite Indienne illettrée, terrifiée par les lois compliquées des Blancs. Les néons du bureau avaient suffi à transformer la chasseresse des sables en une pauvre fille qui faisait le dos rond et tressaillait au moindre éclat de voix. Un capitaine du SWAT lui demanda si les gens de la secte se rendraient sans difficulté à la première sommation. Encore une fois, elle secoua négativement la tête.

— Ils vont s'enfermer, murmura-t-elle. Noman va mettre la cité en défense. Il appuiera sur le bouton d'alerte, et toutes les ouvertures se verrouilleront. Vous ne pourrez pas entrer.

Comme les flics manifestaient une certaine incrédulité, Caine dut leur expliquer que la résidence avait été bâtie sur le principe de l'autosuffisance, et qu'elle pouvait se couper du monde sans souffrir de la faim ou du manque d'eau.

— Ils peuvent fabriquer leur propre électricité, insista-t-il. Leurs citernes sont pleines d'eau douce. Ils ont assez de vivres pour supporter un siège d'un an ou plus. S'ils vous ferment la porte au nez, aucun d'entre vous ne pourra prétendre aller leur passer les menottes.

— On fera sauter la porte, aboya le type du SWAT.

— Pas sûr, objecta Caine. Noman a tout prévu. Il a utilisé des matériaux à usage militaire. Des métaux dont le point de fusion peut résister à la chaleur développée par le réacteur d'une fusée.

Mais il parlait dans le vide. Il était romancier, n'est-ce pas ? Il était de ces gens qui se laissent emporter par leur imagination, pourquoi aurait-on perdu un temps précieux à écouter ses divagations ?

Une demi-heure plus tard, le premier contingent se mettait en branle. Il se composait de six voitures de patrouille et d'un hélicoptère. Par radio on avait demandé des renforts ainsi qu'un véhicule blindé antiémeute. Une sorte de char sans tourelle, mais muni d'un bélier capable d'enfoncer les murs les plus résistants, et de renverser toutes les barricades.

Anka-Tika ne s'était pas trompée dans ses prévisions. Lorsqu'ils arrivèrent au pied de la résidence, les hommes des sections d'attaque trouvèrent toutes les portes hermétiquement closes. La cité s'était recroquevillée sur elle-même, se coupant du reste du monde. On essaya de forcer le sas d'accès, en vain. Même le char qu'on lança à l'assaut du grand escalier de marbre fit chou blanc, et son éperon heurta les grands panneaux de polycarbonate sans même parvenir à les rayer. La nuit s'installa, compliquant davantage les choses. Il fallut braquer des projecteurs sur les bâtiments, encercler la résidence au moyen d'un cordon d'hommes en armes. Aucune des lignes téléphoniques reliant l'Oasis au reste du monde ne répondait.

— C'est pas croyable, siffla Bumper, on dirait un vaisseau spatial tombé du cosmos, comme dans ces films en carton-pâte que j'allais voir quand j'étais môme.

Caine approuva. La résidence, avec son grand dôme transparent et son profil aérodynamique, avait bel et bien quelque chose d'une soucoupe volante échouée en plein désert. Les ultimatums hurlés par les mégaphones restaient sans réponse. Caine et Anka-Tika grelottaient. Un infirmier compatissant leur jeta sur les épaules deux couvertures de la Croix-Rouge. Le romancier songeait à Noman. Que faisait-il en ce moment même ? Observait-il les assaillants depuis le sommet de la tour ? Éprouvait-il une certaine fierté à voir les forces de l'ordre réduites à piétiner autour de la muraille qu'il avait su élever ?

« Il ne risque rien dans l'immédiat, pensa Caine. Il a tout prévu depuis longtemps. Il sait que personne ne pourra s'introduire dans la cité sans son assentiment. Aucun moyen d'effraction classique ne pourra venir à bout du système qu'il a mis en place. Il va attendre. Il peut s'offrir le luxe de nous observer une année durant, peut-être même plus. Il est intouchable. Il va nous ridiculiser. »

— À moins de faire venir les B-52 et de lui balancer un tapis de bombes sur la tête, personne n'entrera chez ce monsieur sans y avoir été invité au préalable, grogna Bumper. Il s'est bâti là une sacrée forteresse, ouais !

Un vent de panique commençait à souffler sur les forces de police qui prenaient peu à peu conscience de leur réelle impuissance. Trois hélicoptères tournaient maintenant au-dessus de la résidence, balayant les grandes structures aériennes des bâtiments à l'aide des projecteurs mobiles. Jamais la cité n'avait été aussi belle qu'au milieu de cette atmosphère d'hystérie collective. Toutes ses fenêtres étaient protégées par des volets de fer, comme autant d'yeux dormant sous des paupières blindées. Les coups de pioches, les leviers, les crics raclaient ces surfaces protectrices sans réussir à les entamer.

« Plongée profonde », murmura Caine, se rappelant le terme qu'avait un jour employé Noman pour décrire ce type d'isolement.

— Il est en train de faire sa propre guerre de Sécession, rigola sourdement Bumper. Et je doute fort que quelqu'un soit assez malin pour forcer ses frontières.

— Je m'en ficherai si Patti n'était pas là-dedans, dit Caine.

— Tu as raison, admit Bumper. Mais ton Noman est tout de même un sacré bonhomme.

Caine ne pouvait pas le contredire sur ce point.

La nuit s'écoula sans que quelqu'un puisse s'introduire d'une manière ou d'une autre à l'intérieur des murs, et l'aube se leva sur le désert, jetant ses premières lueurs sur une troupe hagarde d'assaillants aux joues bleuies par la barbe.

Ainsi s'acheva la première nuit du siège.

11

Le siège dura un an. Pendant douze mois rien ni personne ne put entamer le réseau défensif mis en place par Noman. On essaya de plastiquer les différentes ouvertures, d'ouvrir des brèches dans les murs, sans succès. L'architecte avait conçu l'Oasis comme une forteresse inentamable. Il ne s'était pas vanté quand il s'était déclaré en mesure d'assurer une sécurité absolue à tous ceux qui choisiraient de vivre entre les murs qu'il avait érigés sur le sable du désert.

Un an... Pendant un an, l'Oasis fut assiégée sans relâche. Un cordon de sécurité avait été formé autour des bâtiments, un campement dressé sur la plaine. Jamais la police n'avait été mêlée à une opération d'une telle ampleur, jamais non plus elle n'avait eu à subir un tel échec. Pour forcer la résistance passive de la cité, il aurait fallu la faire pilonner par l'artillerie ou bombarder par l'Air Force. Le congrès se refusa à donner un tel ordre. Cette histoire avait déjà fait trop de bruit, on ne pouvait lui donner plus d'importance encore en déployant des moyens qui, à force d'être grandioses, risquaient de devenir ridicules. Déjà, tous ceux qui passaient par Los Angeles voulaient photographier le camp retranché des rebelles, cet « Alamo » high-tech qu'assiégeait une armée de policiers fourbus et désabusés. Dans toutes les brigades du LAPD, « la mutation à l'escouade du désert » devint la menace dont usèrent et abusèrent tous les chefs de service. Personne, en effet, ne tenait à affronter les terribles écarts de température qu'impliquait la surveillance de la cité fantôme perdue au milieu des vents de sable. Jamais, pendant tout ce temps, Noman, Mama Dolorosa ou les enfants de l'Église de la Nouvelle Force ne donnèrent signe de vie. Jamais non plus on ne les vit traverser le hall ou arpenter le grand dôme. On supposa qu'ils avaient élu domicile dans les parties non exposées de la résidence, et la curiosité des reporters, qui auraient donné n'importe quoi pour pouvoir filmer les insurgés, demeura inassouvie.

Pendant un mois, Caine et Anka-Tika furent placés sous les feux de l'actualité. Caine écrivit le récit de sa captivité à l'intérieur de la cité, Bumper le publia. Le livre connut un immense succès. Puis – avec cette fulgurance qui caractérise les volte-face des Californiens en matière de mode – le public se désintéressa du siège qui s'éternisait. On avait espéré un assaut terrifiant, des explosions, un crépuscule d'apocalypse sur un décor de ruines fumantes, on se lassa des images monotones retransmises par les différentes chaînes de télévision, et qui ne montraient que des flics grelottant la nuit ou suant sous le soleil, l'air maussade, les mains crispées sur des armes inutiles.

Caine récupéra la Simarane, qu'un spéléologue amateur découvrit au fond d'une crevasse. La restauration du véhicule lui coûta une petite fortune.

Le romancier avait installé Anka-Tika chez lui, dans son loft de Venice. Elle ne parlait plus beaucoup, mais elle s'acharnait à lui faire l'amour avec une rage et une soumission presque douloureuses. Il parvint à la décider à se rendre trois fois par semaine chez un psychanalyste qui essayait tant bien que mal de la débarrasser du sentiment de culpabilité qu'elle éprouvait vis-à-vis de la secte.

Au bout de six mois de traitement, Caine obtint qu'elle renonce aux épingles, et ses chairs martyrisées commencèrent à cicatriser.

— Est-ce que tu accepterais de me donner de l'argent ? lui demanda-t-elle un jour. Beaucoup d'argent ?

— Combien veux-tu ? lui répondit Caine. Tu sais bien que tu possèdes la moitié des droits du livre. Tu as signé le contrat, rappelle-toi.

En réalité, elle n'avait fait que tracer une croix au bas de l'accord de publication, en présence de deux témoins. Le romancier avait tenu à ce qu'il en soit ainsi, mais elle ne savait ni lire ni écrire, et elle n'avait aucun sens de l'argent. « Beaucoup d'argent », pour elle, c'était de quoi remplir l'un de ces sacs en papier que vous donnent les épiciers.

— Tu es riche, lui expliqua Caine. Tu peux t'acheter ce que tu désires.

— Je voudrais une terre, pour ma tribu, dit-elle. Est-ce que c'est possible ?

Ce fut possible. Dès qu'il eut réglé les formalités et retrouvé la trace des Indiens vagabonds qu'il avait brièvement rencontrés un soir dans le désert Mohave, Caine sut qu'Anka-Tika ne resterait plus très longtemps en sa compagnie. Un matin, en se réveillant, il découvrit qu'il avait dormi seul sur le grand futon échoué au centre du loft. Anka-Tika était partie, sans un mot, mais elle n'avait pas emporté les épingles. Il en fut heureux.

Un an jour pour jour après l'évasion de Caine, les policiers en faction autour de l'Oasis entendirent s'ouvrir les portes du sas principal, au sommet du grand escalier de marbre.

Ce chuintement provoqua un début de panique dans les rangs des sentinelles qui avaient fini par s'habituer à l'idée que la résidence demeurerait à jamais intouchable et affranchie de toute juridiction. Depuis douze mois qu'ils grelottaient, les hommes de garde considéraient la cité comme une épave énigmatique tombée de l'espace, un bloc mystérieux, inentamable, et devant lequel risquaient fort de se succéder des générations de sentinelles inutiles.

Avec un grand luxe de précautions, les experts du SWAT envahirent le hall. Les différentes étapes de cette intrusion avaient été planifiées depuis longtemps, et c'est avec une incrédulité mêlée d'angoisse que les flingueurs de la section antiémeute prirent possession des lieux. Deux informaticiens spécialisés en domotique furent amenés de Silicon Valley par hélicoptère. Ils apportaient avec eux cent kilos de matériel programmé pour venir à bout de l'ordinateur contrôlant la cité. Ils ne parlaient que sondes, scanners, décodeurs. Les flics les surnommèrent d'emblée « les extraterrestres ».

Se défiant des ascenseurs, les policiers grimpèrent au sommet de la tour par l'escalier de secours. Ils trouvèrent Ernst Noman au dernier étage.

Nu, dans son grand fauteuil de cuir d'autruche tourné vers l'immense baie vitrée, il faisait face au désert. Quand on s'approcha de lui, l'arme pointée, on s'aperçut qu'il était mort depuis trois jours au moins. L'ordinateur avait été programmé par ses soins pour déverrouiller la cité à la date anniversaire de sa mise en défense.

Une seringue abandonnée sur le bureau permit de déterminer que l'architecte s'était suicidé en s'injectant 100 ml d'air dans les veines, provoquant ainsi une embolie gazeuse qui avait décroché la pompe cardiaque. Ennemi de toute drogue, Noman était resté fidèle à ses principes jusqu'au bout en choisissant un poison « propre ». Mama Dolorosa et ses enfants l'avaient imité. On les découvrit allongés sur les cases du parking souterrain, les bras le long du corps, l'air serein. Les inspecteurs émirent l'hypothèse qu'après un an de siège, les réserves alimentaires de la cité touchaient à leur fin, et que les rebelles – comme les appelèrent par la suite les médias – avaient préféré la mort à la reddition.

Les ingénieurs de Silicon Valley éprouvèrent d'énormes difficultés à pénétrer les circuits de l'ordinateur. Et s'ils parvinrent à déverrouiller les portes donnant accès à la prison secrète, jamais ils ne réussirent à provoquer l'ouverture des grilles fermant les cellules. Il fallut attaquer les barreaux à la lance thermique après avoir fait revêtir aux prisonniers hagards des combinaisons protectrices amenées par les pompiers. Aucun des malheureux n'avait été tenu au courant des événements des douze derniers mois, et Patti Grizzle – qui, à peine libérée, s'empara d'un micro pour décrire ses conditions de détention – avoua qu'elle croyait Oswald Caine mort depuis longtemps.

Lorsqu'elle apprit que celui-ci avait publié un an plus tôt un livre sur le sujet, elle entra dans une si violente colère qu'on dut la placer sous sédatif.

La fin du siège de la résidence rebelle du désert Mohave fit l'objet d'un commentaire de trente secondes au journal du soir sur MTV. Il y avait déjà longtemps que personne ne s'intéressait plus à cette vieille histoire.

Dès sa sortie de clinique, Patti Grizzle fit un procès à Oswald Caine, l'accusant de lui avoir volé la vedette dans l'affaire Noman. Elle fut déboutée. Malgré tous les efforts de Caine, ils ne se réconcilièrent jamais.

Serge Brussolo
dans Le Livre de Poche

Avis de tempête nº 17102

Imaginez un bateau abandonné par son équipage et qui continue malgré tout à dériver en haute mer, au hasard des courants. Ses cales sont remplies de lingots d'or, trésor de guerre offert au premier qui osera s'en emparer. Mais attention ! Aborder ce vaisseau fantôme, c'est pénétrer dans une épave où rôde l'ombre d'un criminel de guerre que la solitude a rendu fou.

Baignade accompagnée nº 17158

A Key West (Floride) se trouve le Club des Dévorés Vifs. Il regroupe les malheureux qui, au cours d'une plongée ou d'une baignade, ont été attaqués et mutilés par un requin. A quelque distance de là, Peggy gère une réserve naturelle de squales, utilisés pour la recherche scientifique. Mais une autre sorte de requin nage dans les eaux troubles de Floride. Des trafiquants, prêts à tout pour récupérer un échantillon de drogue – une drogue chimique foudroyante, jadis testée par l'armée américaine.

Bunker nº 37157

Une angoissante course au trésor dans une maison hantée par des fantômes à croix gammée. Une ancienne cité balnéaire où la jungle crève les trottoirs, où les singes envahissent les cabines téléphoniques. Un vieillard mythomane, concierge d'un bunker abandonné, sentinelle d'apocalypse, veillant sur les ruines d'un laboratoire digne des « médecins » maudits du IIIe Reich !

La Chambre indienne nº 17174

Sarah, jeune mère célibataire, fuit Los Angeles avec son petit garçon, pour recommencer sa vie dans un hameau du Middle West. Elle ne désire qu'une chose : oublier le père de l'enfant, cet homme qui la terrorise par son comportement prédateur. Hélas, à peine a-t-elle eu le temps de s'installer que son fils est kidnappé par de mystérieux ravisseurs.

Le Chien de minuit nº 13717
(Prix du roman d'aventures 1994)

Sur les toits de Los Angeles, des bandes s'affrontent pour la possession des espaces de béton qui surplombent le vide. Ils sont des dizaines là-haut, à vivre de rapines dans les appartements qu'ils atteignent en escaladant les façades. Seul le 1224 Horton Street, occupé par un luxueux complexe de loisirs, demeure inaccessible ; il est défendu par Dogstone, terrible gardien qui n'hésite pas à précipiter les intrus dans le vide, et qu'ils ont surnommé le Chien de minuit.

Conan Lord nº 13921

Londres, 1945. Les exploits de Conan Lord défraient la chronique. Qui est donc ce cambrioleur insaisissable qui signe ses forfaits en rayant les miroirs, comme si son image lui était insupportable ? Un nazi clandestin, un anarchiste ? Un soldat défiguré par la guerre et décidé à se venger ?

Les Enfants du crépuscule nº 17064

Curiosité locale, la maison de poupées géantes de la famille McGrégor attire les touristes de tous les coins de la Floride. Interminable labyrinthe, on dit que le fantôme d'une petite fille y aurait trouvé refuge. Depuis quelque temps la mort guette tous ceux qui s'y intéressent d'un peu trop près.

Les Emmurés nº 17206

A l'origine, la mission de Jeanne était simple : s'installer quelque temps dans un immeuble où furent commis, des années plus tôt, plusieurs crimes inexpliqués, afin d'y écrire un reportage, si possible sensationnel… Mais, aussitôt franchi le seuil de l'étrange maison Malestrazza, la jeune femme va deviner que les maléfices ne sont pas uniquement dus aux fantasmes du voisinage.

L'Enfer, c'est à quel étage ? nº 37038

Modèle nu, Jeanne doit poser pour un sculpteur dont l'atelier est installé au cœur de la maison van Karkersh, un hôtel particulier dont le propriétaire fut jadis retrouvé coupé en morceaux dans la cage des fauves, au jardin zoologique voisin. La bâtisse semble abriter mille crimes impunis, et tout autant de secrets.

La Fille de la nuit nº 17007

Elle a survécu par miracle à une balle dans la tête. Dans l'hôpital de Los Angeles où elle se rétablit, on l'appelle désormais Jane Doe. Mais plus personne ne pourra dire qui elle était avant... Peut-être une tueuse, une créature de l'ombre, froidement programmée pour le crime.

Iceberg LTD nº 17213

Dans le labyrinthe des banquises fracassées, un cargo se fraye un chemin. A son bord, deux jeunes femmes à la recherche d'un avion qui s'est écrasé aux abords du Pôle. Très vite, la mission de secours semble compromise par d'étranges événements. L'équipage, composé d'Esquimaux superstitieux, affirme qu'un être fabuleux sorti du blizzard harcèle le navire. Un climat de cauchemar s'installe tandis que les matelots disparaissent un à un.

La Main froide nº 7680

Pour pirater la surveillance électronique de la banque où travaille son mari, Adam Smart, Dorana a besoin de deux choses : sa voix et sa main. Cela peut s'arranger, surtout lorsque, à la clef, il y a quelques millions de dollars... Mais elle doit, ainsi que ses complices, affronter le compagnon favori d'Adam Smart : Dust, le chien policier recueilli par le banquier. « Une saloperie vivante », avaient averti les flics.

La Mélancolie des sirènes par trente mètres de fond nº 37124

Femme scaphandrier, Lize Unke appartient à la brigade de police fluviale chargée d'enquêter sur la catastrophe du métro englouti.

Qu'est-il réellement arrivé, ce jour-là, quand le plafond du tunnel a crevé, laissant le fleuve s'engouffrer dans le réseau souterrain pour noyer des kilomètres de galeries, de rames… et des milliers d'usagers ? Bien des années ont passé depuis le drame, mais l'énigme reste entière. On parle de survivants, prisonniers de poches d'air. Des survivants qui connaîtraient la vérité… mais que personne ne semble pressé de ramener à la surface.

Le Murmure des loups n° 17034

Quelle meilleure cachette, au terme d'un hold-up sanglant, qu'un bâtiment condamné, perdu au milieu d'anciens locaux militaires placés sous haute surveillance ? Bien sûr, il vous faudra cohabiter avec les rats, véritables propriétaires des lieux. Etudiant pauvre, Daniel Sarella, lui, s'est fait embaucher dans une société de gardiennage, pour gagner un peu d'argent. Et lorsqu'il découvre l'univers ténébreux des vigiles, ces guerriers de la nuit, il se demande s'il a fait le bon choix.

Le Nuisible n° 14345

Un envoi anonyme vous raconte par le menu quelques faits de votre vie, de ceux que vous avez préféré cacher à votre femme, à vos amis et relations… Vous attendez logiquement que ce maître-chanteur très bien renseigné fasse connaître ses exigences. Erreur. Votre correspondant vous veut du bien. Il vous révèle les trahisons dont vous êtes victime. Il vous suggère d'écrire la suite, d'imaginer la punition, de donner des ordres aux puissances de l'ombre…

Le Sourire noir n° 7686

A Mother Lode Lake, au cœur d'un somptueux parc naturel californien, « yuppies » surmenés et cadres stressés peuvent à la fois s'amuser et suivre le régime amaigrissant idéal, celui qui permet de manger autant qu'on veut… Lorsque cela tourne au drame, David Sarella, leur prof de création littéraire, commence à s'interroger sur les vertus de ce produit de régime. Pour s'apercevoir bientôt que beaucoup de gens – en particulier la mafia et la CIA – s'intéressent également aux secrets du l'Amazing Diet…

Composition réalisée par Asiatype

Achevé d'imprimer en novembre 2006 en France sur Presse Offset par

BRODARD & TAUPIN
GROUPE CPI

La Flèche (Sarthe).
N° d'imprimeur : 38787 – N° d'éditeur : 79882
Dépôt légal 1re publication : décembre 2006
LIBRAIRIE GÉNÉRALE FRANÇAISE – 31, rue de Fleurus – 75278 Paris cedex 06.

31/1617/5